Margje Woodrow

Truth – Bist du bereit für die Wahrheit?

MARGJE WOODROW

Truth

Bist du bereit für die Wahrheit?

Übersetzung aus dem Niederländischen von Verena Kiefer

one

Dieser Titel ist auch als Hörbuch-Download und E-Book erschienen

MIX
Papier aus verantwortungsvollen Quellen
FSC® C014496

Die Bastei Lübbe AG verfolgt eine nachhaltige Buchproduktion. Wir verwenden Papiere aus nachhaltiger Forstwirtschaft und verzichten darauf, Bücher einzeln in Folie zu verpacken. Wir stellen unsere Bücher in Deutschland und Europa (EU) her und arbeiten mit den Druckereien kontinuierlich an einer positiven Ökobilanz.

Titel der niederländischen Originalausgabe:»Verwoest«

Umschlaggestaltung: FAVORITBUERO, München
Umschlagmotiv: FAVORITBUERO, München unter Verwendung von Motiven © Brian A Jackson/shutterstock; autsawin uttisin/shutterstock; Ann.and.Pen/ shutterstock; Anastasiia Guseva/ shutterstock
Satz: 3w+p GmbH, Rimpar
Gesetzt aus der Adobe Caslon Pro
Druck und Einband: GGP Media GmbH, Pößneck

Printed in Germany
ISBN 978-3-8466-0146-4

5 4 3 2 1

Sie finden uns im Internet unter one-verlag.de
Bitte beachten Sie auch luebbe.de

Die wahre Kunst der Erinnerung
ist die Kunst der Aufmerksamkeit

Samuel Johnson (1709–1784)

Gleich beginnt meine Show.
Was für ein großartiger Tag!
Es ist kalt, aber klar. So klar wie in meinem Kopf. Als müsste alles so sein.
Ich öffne den Müllcontainer und werfe das Pillendöschen hinein. Das Etikett mit meinem Namen habe ich vorher abgekratzt.
So, weg damit. Kein Zeugs mehr, das meine Gefühle unterdrückt.
Von jetzt an handele ich aus eigener Kraft.
Zufrieden denke ich an die Dinge, die ich geregelt habe. Auch wenn ich durchs halbe Land reisen musste, um alles zu besorgen.
Aber die Reisen haben mir die Zeit gegeben, alle Einzelheiten noch einmal durchzugehen.
Ein perfekter Auftritt verlangt nun einmal eine perfekte Vorbereitung.
Ich freue mich schon jetzt auf das spektakuläre Ende meiner Show. Das Publikum wird höllisch überrascht sein.
Höllisch!
Meine Rache wird süß. Und dann?
Dann finde auch ich hier meine Ruhe.

1

Zu Hause wird geschwiegen. Schon allein beim Hören seines Namens könnte Mama zusammenbrechen. Vor einer Woche erst ist sie aus der Klinik nach Hause gekommen.

Aber Milan für immer totschweigen – ich weiß nicht, ob ich das kann …

Der Kies knirscht unter meinen Sohlen. Fröstelnd ziehe ich den Reißverschluss meiner Jacke hoch. Irgendwie scheint es auf dem Friedhof immer ein paar Grad kälter zu sein. Ich habe alles Mögliche mitgebracht: ein Plastik-Tray voller Veilchen, lachsrosa Rosen und eine kleine Harke. Ich stelle die Gießkanne unter den Wasserhahn und schaue zu den anderen Gräbern in Milans Reihe hinüber. Von den meisten kenne ich die Namen mittlerweile auswendig, auch das Jahr, in dem sie gestorben sind. Manche Gräber werden sorgfältig mit frischen Blumen, Pflanzen und Windlichtern gepflegt. Doch auf den meisten wuchert Unkraut, und auf den Grabsteinen ist ein grünlicher Belag. Wurden diese Menschen schon vergessen?

Ich bin die einzige Besucherin. Bis auf das Gezwitscher von ein paar Vögeln ist es still auf dem Friedhof.

»Hi!«, sage ich. »Herzlichen Glückwunsch, Alter.« Ich lege die Sachen auf den Boden und befreie die Rosen aus ihrer Folienverpackung. »Guck mal, ganz schön hässlich, oder? Die hast du zum Muttertag immer an der Tankstelle gekauft, weißt du noch?« Es ist immer noch seltsam, mich zu ihm reden zu hören. Ich hocke mich hin, lehne den Strauß an seinen grau gesprenkelten Grabstein und zupfe ein wenig Unkraut aus der Erde. »Unglaublich, wie schnell das Zeug wächst.«

Milan hat mir beigebracht, wie ich es vorsichtig samt Wurzel ausrupfe. Unten am Stängel anfassen und in einer schnellen Bewegung rausziehen. »Weißt du noch, wie wir früher am Grab von Oma und Opa die Erde geharkt haben? Und was wir für eine Angst vor Käfern und Knochen hatten?«

Manchmal haben wir uns bei den Kindergräbern umgeschaut. Dann haben wir uns vorgestellt, an was sie wohl gestorben waren. Bei einem Jungen war es besonders traurig. Sein Grab war voller Unkraut gewesen, also haben wir uns auch bei ihm an die Arbeit gemacht.

Während ich noch mit den letzten Stängelchen zugange bin, ist es, als könnte ich mitten durch die Erde blicken. Es wimmelt nur so von Tierchen in und auf seinem Sarg. Mir läuft ein kalter Schauder über den Rücken. Hätte ich doch bloß nie diesen ekligen Wurm gesehen, als sie seinen Sarg abgelassen haben. Schnell schiebe ich das Bild aus meinen Gedanken.

»Mama ist übrigens wieder zu Hause. Sie schläft noch viel, aber es geht ihr etwas besser. Ich glaube aber nicht, dass sie es schon schafft, dich zu besuchen. Aber na ja – ich bin ja da …« Ich fange an zu harken und frage mich, ob wohl hin und wieder Leute an Milans Grab stehen bleiben. Sehen sie dann, dass er nur achtzehn Jahre alt geworden ist? Oder reden sie vor allem über den Jungen, der sich besoffen an einem Baum totgefahren hat? Besoffen. Das jedenfalls hat sich nach dem Unfall in rasendem Tempo in unserem Viertel verbreitet. So ein Unsinn! So unfair!

»Man hat nicht mal Alkohol in deinem Blut gefunden«, flüstere ich. »Aber das will keiner hören …« Ich seufze. »Ach, es ist sinnlos, sich über solche Leute überhaupt Gedanken zu machen. Guck mal, ich habe auch gelbe Veilchen gekauft, die sind doch ganz okay, oder?« Ich halte die Veilchen hoch, als würde ich erwarten, dass er sie sieht. Mit den Händen grabe ich kleine Kuhlen, aber schon bald wird mir klar, dass ich mehr Pflanzen brauche. Das sieht sonst nach nichts aus.

»Bin sofort wieder da«, murmele ich. Wie immer hoffe ich irgendwie auf ein *Okay* oder *Bis gleich* …

Eine Viertelstunde später komme ich mit einem weiteren Pflanzentray auf den Friedhof zurück. Diesmal mit violetten Veilchen. Auf der Kirchturmuhr sehe ich, dass es schon viertel nach fünf ist. Ich muss mich beeilen! Es ist wahnsinnig wichtig, dass ich pünktlich um sechs am Tisch sitze. Ruhe, Regelmäßigkeit und Tabletten, das scheint die Formel für Mama zu sein. Und Schweigen, vor allem über ihn.

Noch immer bin ich die Einzige auf dem Friedhof. Fast wirkt er noch stiller als eben. Totenstill …

Plötzlich überkommen mich die Tränen. Es ist so unfair! Unser Haus hätte heute von Familie und Freunden nur so wimmeln müssen. Es hätte nach indonesischer Reistafel geduftet, nach Grillspießchen und Gewürzkuchen. Milan hätte seine Anlage nach unten geholt und für die Musik gesorgt. Meine Eltern hätten zusammen gelacht.

Ich verstehe, was Mama damit meint, wenn sie sagt, dass sie innerlich kaputt ist. Am liebsten würde ich mich jetzt ganz schnell umdrehen und wegrennen. Keine Ahnung wohin. Einfach Tage, Wochen weiterrennen, wie in dem einen Film, den Milan und ich so genial fanden.

Trotzdem gehe ich weiter. Ich muss. Sein Grab zu pflegen ist das Mindeste, was ich für ihn tun kann. Vielleicht fühle ich mich danach weniger beschissen. Ich schlucke meine Tränen hinunter und wische mir ungeschickt über die Wangen. Sobald ich seine Reihe erreicht habe, erschrecke ich. Da ist ein Rascheln neben mir. Oder ist es hinter mir? Ich schaue über meine Schulter. Nichts. Wird wohl ein Vogel gewesen sein. Komm schon, rede ich mir gut zu. Da ist nichts.

An seinem Grab lasse ich vor Schreck das Sechser-Tray mit den Veilchen fallen. Plastik reißt, die Pflanzen liegen auf dem Kopf, Blumenerde über meinen Füßen. Ich starre auf die Worte im frisch geharkten Boden.

TRUTH + DARE = WAHRHEIT

Milans Lieblingsspiel. Truth or Dare. Seine Videos waren auf YouTube ein Hit.

Es fühlt sich an, als würde mir jemand die Kehle zudrücken. Was ist das? Panisch schaue ich mich um. Will sich da einer einen schlechten Scherz mit mir erlauben? »Hey!«, rufe ich. »Los, zeig dich!« Ich blinzele ein paar Mal und spähe zu den bizarren Schatten der Grabsteine hinüber.

Dann sehe ich den weißen Briefumschlag. Bei den Rosen. Mit meinem Namen in schwarzen Blockbuchstaben. Ich hebe ihn auf, fummele den Kleberand auf. Meine Haut prickelt, und die Sonne scheint mir plötzlich direkt in die Augen.

Es ist eine Trauerkarte. Auf der Vorderseite ist ein schlichtes schwarzes Kreuz, darunter ein zierlicher Aufdruck: *Viel Kraft*. Mit zitternden Fingern klappe ich die Karte auf. Beim Anblick des Fotos erstarre ich.

Blut, viel Blut. Milans Kopf liegt auf dem Lenkrad. Glanzlose, offene Augen, ein schiefer Mund. Sein Arm hängt schlaff aus dem Fenster seines roten Autos. Scherben in den schwarzen Haaren.

Ich würge und wende den Blick ab. Tränen steigen mir in

die Augen, Erbrochenes mischt sich mit Rotz. »O Gott«, wimmere ich. »Sorry.«

Am Wasserhahn werfe ich mir einen Schwall Wasser ins Gesicht. Totale Verwirrung jagt wie ein Tornado durch meinen Kopf. Mit einer gefüllten Gießkanne gehe ich wackelig zu Milans Grab zurück und spüle das Erbrochene weg. Dann schütte ich ein wenig Erde darüber. Ein schmutziger Schlammhaufen liegt vor mir. Ich will das Foto und die Karte in den Umschlag zurückstecken und sie zerreißen oder verbrennen. Aber mein Blick bleibt doch an dem Foto hängen. Mit dem Zeigefinger streiche ich über sein Gesicht, als könnte ich so das Blut wegwischen.

Dieses Foto muss kurz nach dem Unfall aufgenommen worden sein. Aber von wem? Ich weiß, dass die Spurensicherung Fotos gemacht hat. Die habe ich selbst gesehen. Aber waren das nicht nur Fotos von Milans völlig schrottreifem Auto gewesen? Sein Körper war da schon rausgezogen worden. Oder …? Ja, ich bin mir ganz sicher: Ich habe Milan erst gesehen, als er ohne Blut und mit geschlossenen Augen im Sarg lag. In einem kleinen Raum in der Trauerhalle.

Weiß da etwa jemand mehr? Mehr als die Polizei?

Warum bekomme ich dieses abscheuliche Foto? Ausgerechnet heute? Was will derjenige? Oder ist es eine die? Ich schüttele den Kopf, und mir wird wieder schlecht. Hatte Mama vielleicht doch recht?

Die Kirchturmuhr schlägt sechs Mal. Mist, ich bin zu spät. Ich muss dringend nach Hause. Aber wegen Mama darf ich mir nichts anmerken lassen.

2

Durch das Fenster kann ich meine Eltern am Tisch sitzen sehen. Ich fahre mir mit den Händen durch die Haare und binde sie flüchtig zu einem Zopf. Sehe ich aus, als wäre ich völlig durcheinander? Habe ich dicke rote Augen? Ich atme ein paarmal tief ein und aus und werfe einen prüfenden Blick in das spiegelnde Glas der Haustür, ob meine Wimperntusche verschmiert ist.

»Hallo, ich bin wieder da!«, rufe ich übertrieben fröhlich. Der Briefumschlag brennt in meiner Tasche. So normal wie möglich lege ich meine Jacke auf die Treppe. »Was gibt's zu essen?«

Mama wirkt total niedergeschlagen. Das hält mich nicht davon ab, ihr trotzdem einen Kuss zu geben.

Ich setze mich an den Tisch. Noch immer habe ich mich nicht daran gewöhnt, dass ich jetzt vor Kopf sitze, seit Milans Stuhl weggenommen wurde. Aber lieber so, als dass Mama ständig auf den leeren Stuhl starrt.

Ich hebe den Topfdeckel. »Oh, lecker, Spaghetti Bolognese. Hast du gekocht, Mama?« Ich muss aufpassen, dass sich mir nicht wieder der Magen umdreht.

Mama schüttelt den Kopf und zeigt lustlos zu Papa. »Ich habe mich nur um den Salat gekümmert.« Sie sagt es in einem Ton, als hätte sie das zu Tode erschöpft. Die dunklen Ringe unter ihren Augen sprechen Bände.

Ich versuche, noch fröhlicher zu klingen. »Na, wenn er mit

deinem leckeren Dressing ist, kann ja heute nichts mehr schiefgehen.«

Ich spüre Papas Fuß an meinem Bein. Er signalisiert mir, die Klappe zu halten.

Ich schweige.

Wir schweigen zu dritt.

Ich lausche dem Klappern und Schaben des Bestecks. Ich höre mich selbst kauen. Schlucken ist anstrengend. Das grausige Bild vom Foto presst mir die Kehle zu. Könnte ich nur davon erzählen. Könnte ich doch bloß sagen, dass Mamas Zweifel nicht von ungefähr kamen. Dass ich dasselbe glaube. Plötzlich bin ich fest entschlossen und lege meine Gabel hin.

Mama schaut mich mit glasigen Augen an.

Mein Mund öffnet sich und klappt wieder zu. Ohne es laut zu sagen, verspreche ich ihr, die Wahrheit herauszufinden.

Papa stupst mich an. »Was hast du denn mit deinen Fingernägeln gemacht? Die sind ja ganz schwarz.«

Seine Frage erschreckt mich. »Oh, äh, nichts Besonderes. Wir mussten in Bio mit Pflanzen arbeiten.« Ich mustere ihn. Milan und er sehen sich so ähnlich wie ein Ei dem anderen. Sahen. An Papas Kinn und auf der Oberlippe klebt etwas Sauce. Mein Blick trübt sich. Es ist, als würde ich dieses furchtbare Foto anschauen … Das ganze Blut …

»Juul?«

Ich blinzele.

Papa weist auf Mama. »Sie hat etwas zu dir gesagt.«

Mamas Daumen gleitet langsam über meine Fingernägel. »Sie sehen aus wie Trauerränder«, sagt sie.

Kurz darauf liegt Mama auf dem Sofa und ruht sich aus. Papa und ich räumen auf. Die Tür zum Wohnzimmer ist zu, und ich schalte absichtlich den Wasserkocher an. Sie darf uns nicht hören.

»Papa, kann ich dich etwas fragen, über, äh ... Also, ich weiß, dass du lieber nicht willst, dass ich davon anfange, aber ich will etwas wissen über Milan ... über den Unfall.«

Mein Vater hört auf zu spülen und seufzt tief. »Nein, Juul, lieber nicht. Wegen Mama, verstehst du? Wenn wir jetzt wieder alles aufwärmen, dann ...« Er bringt den Satz nicht zu Ende und starrt traurig auf den Topf im Spülbecken.

»Aber sie kann uns doch jetzt gar nicht hören. Es ist *echt* wichtig.« Das klingt quengeliger als beabsichtigt.

An seinem Unterkiefer zittert ein kleiner Muskel. »Ich habe wirklich genug um die Ohren. Das Einzige, worum ich dich bitte, ist, dass du nicht immer wieder von Milan anfängst, okay?«

Ich nicke und schlucke meine Tränen hinunter. Ich muss es sagen. Ich muss einfach! »Aber er hat heute Geburtstag!«

»Er hätte heute Geburtstag«, korrigiert er mich, und seine Stimme überschlägt sich dabei.

Der Wasserkocher stellt sich automatisch ab. Flüsternd fährt mein Vater fort: »Und jetzt musst du echt aufhören. Ist es denn wirklich so schwierig, auf deine Mutter Rücksicht zu nehmen?« Er schaut mich enttäuscht an. »Also?«

»Ich mache nichts anderes ...«, murmele ich.

»Was hast du gesagt?«

»Nichts.« Schweigend trockne ich weiter ab. Ich konzentriere mich auf das Brummen des Kühlschranks, aber die Wörter *Truth + Dare = Wahrheit* schwirren weiter wie eine wütende Wespe durch meinen Kopf. »Papa?«

Sein Kopf wendet sich mir langsam zu, und ich erschrecke vor dem gequälten Blick in seinen Augen.

»Ach, nicht so wichtig.«

In meinem Zimmer hole ich den Briefumschlag aus der Jackentasche. Erst als ich sicher bin, dass meine Eltern unten vor dem Fernseher sitzen, ziehe ich die Karte raus. Das Foto lege ich mit dem Gesicht nach unten neben mich. Ich will es nicht anschauen. Für einen Moment kneife ich die Augen zusammen. Dann klappe ich die Karte auf und zwinge mich zu lesen, was dort steht.

PKW rast gegen Baum

Ein achtzehnjähriger Mann aus Tilburg prallte in der Nacht von Samstag auf Sonntag frontal gegen einen Baum. Der Unfall ereignete sich gegen Mitternacht auf der Bundesstraße von Haaren Richtung Oisterwijk. Wie es dazu kommen konnte, ist unklar. Wahrscheinlich hat der junge Mann die Gewalt über das Steuer verloren und ist mit dem Fahrzeug in die Böschung geraten. Ob Alkohol im Spiel war, wird momentan noch untersucht. Rettungsdienste kamen zu spät, das Opfer verstarb noch an der Unfallstelle. Die Polizei sucht nach Zeugen.

Wie kann ich es wiedergutmachen?
Sag es mir.
Ich bin zu allem bereit
Bis gleich!
19:44

Milan war zu allem bereit. Und du, Juul? Wie weit bist du bereit zu gehen? I dare you. Entferne seinen Kopf aus dem Klassenfoto am Walberg-Gymnasium. Ersetze ihn durch einen Totenschädel. Als Beweis verlange ich ein Video mit dir in der Hauptrolle. Schicke es an

061426899. Frist: 24 Stunden. Danach erfährst du die Wahrheit über seinen Unfall.
P.S.: Keine Polizei!!
Ich sehe, höre, weiß alles.

»Unklar«, flüstere ich. Genau das hat Mama immer wiederholt. Papa und mir gegenüber. Familie und Freunden gegenüber. Der Polizei gegenüber.

Mein Blick huscht zur rechten Seite der Karte. Dort ist ein kopierter Screenshot.

Nebel füllt meinen Kopf. Das … Das ist eine Nachricht von Milan. Aber für wen war sie gedacht?

Milans Kopf vom Klassenfoto entfernen? Was soll das? Wer will das? Was ist das für eine absurde *Dare?* Ich greife zu meinem Handy. Geh dran, bitte geh dran!

3

Keine zehn Minuten später stürmt Fleur in mein Zimmer. Ich falle meiner Freundin um den Hals und fange an zu erzählen. Mit offenem Mund hört sie mir zu, und ihre strahlend blauen Augen werden immer größer. »Das ist nicht dein Ernst!«, wiederholt sie ständig. Mit kaltem Grausen betrachtet sie das Foto. »Was für ein Scheiß, Juul, wie schrecklich«, sagt sie. Wie eine erfahrene Ermittlerin studiert sie den Zeitungsartikel, den Screenshot von Milans Nachricht und die *Dare.* Sie glättet die Karte und hält sie unter die Schreibtischlampe. Ihr Zeigefinger folgt den Wörtern Buchstabe für Buchstabe, und dann riecht sie sogar am Papier.

Unterdessen tigere ich in meinem Zimmer umher. Ab und zu bleibe ich vor dem Spiegel stehen. Wie blass ich bin! Meine langen schwarzen Haare sind struppig und lösen sich aus dem unordentlichen Zopf. Ich sehne mich nach einer warmen Dusche, um die Verwirrung abzuspülen.

»Du musst zur Polizei«, sagt Fleur. »Das hier ist völlig krank. Du hast doch hoffentlich Fotos von seinem Grab gemacht, oder?«

Ich schüttele den Kopf. »Ich hatte mein Handy vergessen.«

»Oh.« Sie schweigt kurz. »Ist das vielleicht einfach irgendein übler Scherz von … Ja, Himmel, von wem eigentlich?«

»Dachte ich auch zuerst, aber als ich das Foto gesehen habe und diese Karte, da …« Ich schlage die Hände vors Gesicht.

Die Tränen, die sich schon beim Abwasch angekündigt haben, brechen sich jetzt Bahn.

Fleur umarmt mich. »Hey, du Liebe, komm mal her.« Sie streicht mir über den Rücken und zieht mich noch fester an sich. »Hast du es deinen Eltern schon erzählt?«

»Nein.« Ich schniefe. »Ging nicht.«

Fleur zieht mir die Hände vom Gesicht, wischt eine Träne weg und sieht mich eindringlich an. »Aber deine Mutter hatte doch selbst so große Zweifel in den Wochen nach Milans Unfall und wurde deswegen …« Fleur sucht nach Worten.

Weinend ergänze ich für sie: »Verrückt, meinst du?«

»Äh, so ähnlich, ja.«

»Genau deswegen habe ich mich nicht getraut, es zu erzählen.«

»Und was ist mit deinem Vater?«

»Der wollte absolut nichts davon hören. Hat natürlich Angst vor Mamas Reaktion.«

Fleur sieht mich ungläubig an. »Aber das hier ist wirklich ernst! Und diese Dare ist so seltsam. Die von Milan waren ja immer noch witzig, aber doch nie so absurd wie diese.«

Ich schüttele den Kopf und ziehe die Nase hoch. Die Wörter *Keine Polizei* kreisen in meinem Kopf. Es ist, als könnte Fleur Gedanken lesen, denn sie sagt: »Juul, ganz im Ernst, wir müssen die Polizei einschalten. Wir können doch nicht auf so eine schwachsinnige Dare von irgendeinem Idioten eingehen!«

Trotz meiner Tränen muss ich lachen. Wie sie das sagt: *wir*. Als wären wir schon ein Team. Vom Regal neben meinem Waschbecken nehme ich ein Handtuch und wische mir übers Gesicht. Sie hat recht. Diese Dare werde ich nicht annehmen! Wir müssen zur Polizei. Aber wieder denke ich an die Worte

Keine Polizei!! Ich sehe, höre, weiß alles. »Das geht nicht«, sage ich. »Guck mal.« Ich reiche ihr die Karte und zeige auf das PS.

»Vergiss es! Gerade die Polizei weiß, wie sie damit umgehen muss. Komm, wir rufen einfach dort an und fragen, an wen wir uns wenden müssen. Wo ist dein Handy?«

Für einen Moment weiß ich nicht, was ich sagen soll. Einfach anrufen? Das geht mir zu schnell. Ich brauche Zeit zum Nachdenken. Um eine Entscheidung zu treffen. »Fleur, warte mal.« Erneut studiere ich das Foto und versuche, über das Blut und die glanzlosen Augen hinwegzusehen. Es klappt nicht. Wieder protestiert mein Magen. Ich lege einen Finger über Milans Gesicht. Irgendwas ist mit dem Foto. Was übersehe ich?

Fleur schaut über meine Schulter mit auf das Bild. Ich spüre ihren Atem in meinem Nacken. Aus Versehen stößt sie an meinen Arm, und mein Finger rutscht nach rechts. Erst da fällt es mir auf. Mein Herz fängt an zu wummern. »Da!«, rufe ich. »Siehst du das?« Ich tippe auf die Beifahrertür. »Guck mal, die Tür ist geöffnet! Siehst du das?«

»Ja, aber was meinst du damit?«, fragt Fleur unsicher.

»Ist es nicht verrückt, dass diese Tür offensteht?«

»Na ja«, sagt sie. »Ich weiß nicht. Nach so einem Aufprall … Wenn du siehst, wie zerknautscht die Front ist. Vielleicht ist die Tür dann auch, äh, aufgeflogen oder so?«

Ich lasse das kurz auf mich wirken. »Nein«, sage ich entschlossen. »Das glaube ich nicht. Das hätte mit der anderen dann auch passieren müssen, oder?« Mein Finger schiebt sich auf die Tür, aus der Milans Arm hängt. Mir läuft ein Schauder über den Rücken. Das zerbrochene Fenster, das ganze Blut, der Arm …

Offenbar kann Fleur auch nicht mehr hingucken. Sie dreht

sich um und lässt sich auf mein Bett fallen. Eine Weile schweigen wir. »Wo ist sein Auto eigentlich geblieben?«, fragt Fleur dann.

»Auf dem Schrott. Nach der kriminaltechnischen Untersuchung wurde es dort hingebracht.«

»Von wem? Und auf welchen Schrottplatz?«

Ich zucke mit den Schultern.

»Weiß dein Vater das nicht?«

Wieder zucke ich mit den Schultern. »Als ob der mir eine Antwort geben würde.«

»Stimmt.«

Wir schweigen wieder.

»Na ja, deine Eltern waren ja noch nie sehr gesprächig …«

»Snoeren!«, falle ich ihr ins Wort. »Snoeren war es!«

Fleur macht ein fragendes Gesicht. »Äh, ich kann dir gerade nicht folgen.«

»So hieß der Schrottplatz.«

»Okay, aber …«

Wieder unterbreche ich sie. »Und wie wäre es, wenn wir uns selbst einen Eindruck verschaffen würden?«

»Was meinst du damit?«

»Dass wir Milans Auto suchen.«

»Jetzt?«

»Ja.«

»Es ist schon fast halb neun, Juul, die haben ganz sicher nicht mehr offen.«

»Deswegen ja gerade. Wir können uns in aller Ruhe umschauen.«

»Ach, ich weiß nicht, Juul. Kann das nicht bis morgen warten? Und was sagen wir deinen Eltern?«

»Keine Ahnung, vielleicht irgendwie so was, dass wir noch

Hausaufgaben bei dir machen müssen? Warte, ich nehme eine Taschenlampe mit.« Ich suche in der Schublade unter meinem Bett.

»Okay«, sagt sie nach einer Weile. »Wenn du mir versprichst, dass du morgen zur Polizei gehst, komme ich jetzt mit.«

Als wir auf dem Industriegelände ankommen, lege ich meine Hand auf ihren Arm. »Warte mal. Ich glaube, wir sollten lieber über die Rückseite reingehen.«

»Quatsch, es ist bestimmt keiner mehr da. Komm, wir versuchen es einfach.«

Ich seufze. Typisch Fleur. Vorhin wollte sie noch die Polizei anrufen, und jetzt tut sie so, als wäre das alles ein Klacks.

Kurz darauf rüttelt Fleur am Eisentor von Schrottplatz Snoeren. Das Gelände ist mit Stacheldraht eingezäunt. Die Außenbeleuchtung im vorderen Teil brennt und erhellt aufeinandergestapelte Autos, Container voll altem Metall, Wrackstücken und Autoreifen.

»Hallo? Hallooo, ist da jemand?!«, ruft Fleur fröhlich. Als kämen wir zum Kaffee!

Ein Hund fängt an zu bellen. Die Laute kommen aus dem Lagerschuppen. Ich mag keine Hunde.

»Psst.« Ich remple sie an. »Was machst du denn da?«

»Wir sollten schon mal kurz die Lage checken! Oder hast du Lust, gleich irgendeinem verrückten Typen in die Arme zu laufen?« Ärgerlich reibt sich Fleur die Seite.

»Komm«, sage ich. »Ich will wirklich lieber von hinten aufs Gelände.«

Fleur läuft hinter mir her, und ich tue so, als könnte ich ihr Murren nicht hören. Schon nach knapp hundert Metern stellt sich heraus, dass wir in einer Sackgasse gelandet sind, die bei einer Snackfabrik endet.

»Und jetzt?«, fragt Fleur.

Ich suche den Zaun ab. »Wir kriechen hier unter dem Stacheldraht durch, und dann laufen wir von der Seite aus nach hinten, okay?« Ich schließe mein Fahrrad an einen Baum an und nehme die Taschenlampe.

»Warum willst du denn unbedingt hinten anfangen?«

Der Ton sagt mir, dass sie anderer Meinung ist als ich.

»Weil ich keine Lust habe, irgendeinem verrückten Hund in die Arme zu laufen.« Sofort tut es mir leid, sie so angeschnauzt zu haben. Fleur will mir schließlich nur helfen. »Sorry«, sage ich schnell. »Ich hab's nicht so gemeint.«

Jetzt rempelt Fleur mich an. »Okay.« Sie lehnt ihr Rad an meins. »Sollen wir dann mal? Ich gehe vor. Gibst du mir die Taschenlampe?«

Bevor auch ich unter dem Stacheldraht durchkrieche, schaue ich mich noch einmal gründlich um. Hockt da auch keiner im Gebüsch? Steht niemand hinter einem Baum? Nur auf dem Schrottplatz brennt Licht. Stell dich nicht so an, rede ich mir gut zu, aber mein Herz klopft jetzt doch schneller.

Fleur ist bereits auf dem Gelände. Jetzt nur noch ich. Das Gras ist hoch. Ich bücke mich und drücke den untersten Draht runter. Plötzlich kribbeln meine Hände ganz furchtbar. Fluchend zucke ich zurück und gerate mit der Stirn an den Stacheldraht. Auch das noch. Ich spüre, wie mir ein warmer Strahl am Ohr entlang über die Wange läuft. Ich wische mit der Hand darüber.

»Wie siehst du denn aus!«, ruft Fleur, als sie mir mit der Taschenlampe ins Gesicht leuchtet. »Du bist ja voller Blut! Komm mal her.« Sie zückt ein Taschentuch und tupft vorsichtig über mein Gesicht. »Entspann dich«, sagt sie. »Es ist sauber.« Ihr Atem riecht nach Zahnpasta. »Oh je, was für ein Schnitt, das muss genäht werden, Juul. Damit kannst du nicht rumlaufen.«

Ich erschrecke. Bitte nicht. Schnell übernehme ich das Taschentuch, gehe zu einem Auto und schaue in den Seitenspiegel. Aber so im Dunkeln kann ich nichts sehen. »Fleur, leuchtest du mir mal?« Es blutet wirklich heftig! Im Licht der Taschenlampe wirkt mein Spiegelbild besonders gruselig. »Ach«, sage ich möglichst cool, »alles halb so wild. Komm, sonst verlieren wir zu viel Zeit.« Schnell gehe ich durch die Autoreihen, das Taschentuch fest gegen die Stirn gepresst.

Es ist schwierig, im Dunkeln Farben zu unterscheiden. Da stehen Fahrzeuge diverser Sorten, Größen und Marken. Verbeulte und eingedellte, viele ohne Reifen und mit kaputten Scheiben. Ich schätze, dass Snoeren ein paar Tausend auf seinem Gelände stehen hat. Die Stapel sehen aus, als könnte das oberste Auto jeden Moment runterdonnern. Es riecht nach einer Mischung aus Öl, Gummi und Benzin, und der Geruch verursacht mir Übelkeit.

Fleur und ich reden wenig, während wir uns durch die Reihen schlängeln. Jedes Mal, wenn ich glaube, ein rotes Auto zu sehen, beschleunige ich meinen Schritt. Bis auf unser Rascheln im Gras und ein Knacken oder Piepsen hier und da ist es still.

Nach einer knappen Stunde will ich aufgeben. Das hier ist die Suche nach der Nadel im Heuhaufen. Wenn wir sie alle absuchen müssen, sind wir die ganze Nacht zugange. Vielleicht ist Milans Auto ja längst in der Presse. Gerade, als ich mich mit Fleur beraten will, fasst sie mich am Arm. »Juul, da hinten!« Sie richtet die Taschenlampe auf ein verbeultes Auto über einem schwarzen Mercedes. »Ist es das nicht? Davon ist ja tatsächlich nicht mehr viel übrig.«

Ich erstarre, als würde ich einen Geist sehen.

Fleur reicht mir die Taschenlampe und rennt auf das Auto zu. »Worauf wartest du noch?!«, ruft sie.

Ich kann nur mit dem Licht der Taschenlampe das Barcelona-T-Shirt anstrahlen, das mit einem Saugnapf an der Innenseite der Scheibe befestigt ist. Blödes Teil. Dachte ich zumindest letztes Jahr, als er nach einer Klassenfahrt damit ankam. Jetzt spüre ich den Drang, es an mich zu drücken und nie wieder loszulassen. Ich beiße mir auf die Lippen. Meine Augen brennen.

»Juul …? JUUL!«

Ich schrecke auf. Eine Träne rollt über meine Wange.

»Kommst du noch?« Fleur steht an der Motorhaube des schwarzen Mercedes und winkt mir zu. »Such mal was, auf das wir klettern können!«, ruft sie. »Von dieser Seite aus klappt es nicht.«

Ich leuchte meine Umgebung ab. Ein paar Meter weiter steht ein verrostetes Fass neben einem Wohnwagen. Oben drin ist zwar ein großes Loch, trotzdem ruckele ich das Ding locker, kippe es um und rolle los. Modriger Matsch tropft aus dem Loch, es riecht übel nach verrotteten Blättern und Schlamm. Ein paar Spritzer landen auf meiner Jeans.

»Gibt es nichts anderes?«, fragt Fleur, als ich das Fass endlich zum Auto gerollt habe.

Ich seufze. Muss sie jetzt wirklich darüber diskutieren? Dafür haben wir keine Zeit, denke ich und klettere selbst drauf. Es wackelt, und mein linker Fuß versinkt im Loch. Ich halte mich am Mercedesdach fest und ziehe den Fuß raus. Ein stechender Schmerz durchfährt meinen Knöchel. Mist!

Plötzlich knackt es ganz laut neben uns.

Fleur stößt einen Schrei aus, und mein Atem stockt.

Wieder ein Knacken, gefolgt von einem schabenden Geräusch.

Ich schaue zur Seite.

»Juul«, flüstert Fleur und fasst an die Tonne. »Was war das?«

In der Ferne bellt ein Hund.

»K-keine Ahnung.« Ich rüttele, zerre und reiße an der Tür von Milans Auto. Geh auf, geh auf, oh, komm schon! Endlich gibt die Tür nach. Die Taschenlampe unter den Arm geklemmt ziehe ich mich selbst am Lenkrad in den wackelnden Wagen. Auf dem Sitz sind dunkle Flecken. Blut? Nicht hinschauen. Sobald ich sitze, lasse ich den Lichtstrahl über die Frontscheibe wandern. Ich fange einen Hauch von Milans Lieblingsduft Acqua di Giò ein. Oder bilde ich mir das nur ein?

»Siehst du was?«, fragt Fleur.

»Noch nicht.« Ich habe keine Ahnung, wonach ich suche. Wo soll ich anfangen? Was will ich? Die Beifahrertür, die auf dem Foto weit offen stand, ist jetzt natürlich zu. Ich drehe mich um und leuchte die Rückbank ab. Nichts. Oder doch? Ganz langsam lasse ich den Lichtkegel noch einmal darüber wandern. Auf dem Sitz liegt etwas.

Ein Lipgloss. Enttäuscht stecke ich ihn in die Jackentasche. Dann löse ich das Barcelona-Shirt vom Fenster.

Ich kurbele die Scheibe neben mir runter und schaue frustriert ins Dunkle.

Plötzlich rieche ich etwas Seltsames. Brandgeruch. Eine Zigarette? Instinktiv lösche ich das Licht.

»Juul?«

Ein dunkler Schatten, gleich neben dem Wohnwagen. Eine Bewegung.

Ich halte den Atem an und starre auf den dunklen Fleck, als würde ich davon eingesogen.

Ein orangefarben glühendes Pünktchen. Wird schwächer. Leuchtet auf. Der Geruch ist jetzt intensiver.

»Juul?«

Ich traue mich nicht, Fleur zu sagen, was ich sehe. Was ich denke. Meine Hand umklammert die Taschenlampe. Soll ich es wagen? In einer fließenden Bewegung knipse ich sie wieder an und richte das Lichtbündel auf den Schemen.

Ein, vielleicht zwei Sekunden lang sehe ich ein Gesicht, versteckt in einer Kapuze.

Ich schreie.

Fleur schreit.

Die Taschenlampe fällt mir aus der Hand. Ich flüchte aus dem Auto, suche Halt am Fass, verliere aber das Gleichgewicht. Fleur packt mich an meinem schmerzenden Knöchel. Ist es überhaupt Fleur? Meine Fingernägel kratzen über den Lack.

Ich schaue über meine Schulter. Der Schatten ist verschwunden. Oder? Wo ist er? O Gott, wo ist er geblieben?

»Juul, jetzt antworte mir doch mal, du machst mir Angst«, sagt Fleur mit schriller Stimme.

»Renn, Fleur!«, rufe ich. »Jetzt!«

Endlich haben wir den Weg erreicht. Endlich! Wir rutschen unter dem Stacheldraht durch und sprinten weiter. Den Schmerz in meinem Knöchel ignoriere ich. Wo stehen unsere Räder? Schnell scanne ich die Umgebung. Es ist so dunkel! Dann erkenne ich die Umrisse der Snackfabrik. »Nach links«, bringe ich keuchend raus.

Fleur hat Mühe, mit mir Schritt zu halten, und keucht noch lauter als ich.

Ich könnte heulen vor Erleichterung, als ich unsere Räder entdecke. Den Schlüssel fische ich noch im Laufen aus meiner Hosentasche. Seltsam … Hatte ich das Rücklicht nicht ausgemacht? Meine Brust schmerzt, aber Zeit zum Verschnaufen bleibt mir nicht. Ich schaue hinter mich. Und noch einmal.

»Juul«, höre ich Fleur wimmern, als sie ihr Rad wegnehmen will.

O mein Gott, es war nicht das Rücklicht!

Auf meinem Fahrradsattel liegt die Taschenlampe, die mir am Auto aus der Hand gefallen war. Der Strahl ist auf den Gepäckträger gerichtet. Zwischen den Spannbändern klemmt ein Zettel mit schwarzen Blockbuchstaben.

ICH SEHE ALLES

Ab jetzt folge ich ihr auf Schritt und Tritt.
Drohend, aber vorsichtiger als eben.
Unsichtbar muss ich sein.
Als ich gesehen habe, wie sie aus dem Haus geschlüpft sind, sagte mir meine Intuition, dass sie etwas vorhatten.
Ich hörte, sah und wusste es.
Diese Freundin ist ein Hindernis. Sie muss ausgeschaltet werden.
Mit mir spielt man keine Spielchen.
Ich *bin* das Spiel. Also bestimme ich verdammt noch mal die Spielregeln.
Geht Juul nach links, dann zwinge ich sie nach rechts.
So will ich es haben. Mein Drehbuch ist zu einzigartig, um Abweichungen zu akzeptieren. Die Rollen dürfen auf keinen Fall umgekehrt werden. Ich muss derjenige sein, der unvorhersehbar ist und kreativ. Wer was und wann tut, ist Sache des Regisseurs. Und der bin ich.

4

Drei Uhr nachts. Ich drehe mich vom Rücken auf die Seite. Zahllose Fragen gehen mir durch den Kopf. Wer hat die Trauerkarte auf Milans Grab gelegt? Warum werden wir beobachtet? Ich konnte nur einen Blick auf das Gesicht erhaschen, mehr nicht. War es ein Mann oder eine Frau? Ich rolle mich auf den Rücken zurück und starre zur Decke. Der Schnitt auf meiner Stirn brennt.

Alle Mühe von heute Abend war umsonst, denn mehr als einen albernen Lipgloss haben wir nicht gefunden. Bestimmt ist er von Aisha, Milans Freundin.

Was wollte Milan wiedergutmachen? Und bei wem? Ich bin davon überzeugt, dass meine Mutter recht hatte mit ihrem Misstrauen. Aber mit ihr kann ich nicht darüber reden, denn dann rückt sie ganz bestimmt der Polizei wieder auf die Pelle. Und muss zurück in diese Klinik.

Ich nehme mein Handy vom Nachttisch und suche nach einem Foto von Milan. Diesmal spreche ich nicht mit ihm. Ich will nur kurz sein Gesicht sehen. Sein fransiges schwarzes Haar, den Spalt zwischen den Schneidezähnen, seine braunen Augen. Wenn ich ihn auf die Palme bringen wollte, brauchte ich nur von seiner großen Nase anzufangen und den Sommersprossen auf der Stirn. Er war ganz schön eitel.

Ich seufze und gähne zugleich.

Milan und ich hatten keine Geheimnisse voreinander. Aber

jetzt zweifele ich plötzlich daran. Habe ich etwas verpasst? Oder hat er mir etwas Wichtiges verschwiegen?

Ob Aisha mehr weiß? Ich finde es immer noch merkwürdig, dass sie nicht auf Milans Beerdigung war. Lag das an ihrem Glauben? Aber auch daran zweifele ich immer mehr. Sie hat sich nicht mehr gemeldet. Andererseits: ich mich auch nicht …

Mit Wouter, Milans bestem Freund, habe ich manchmal Kontakt, meistens über WhatsApp. Soll ich ihm eine Nachricht schicken?

»Nein«, flüstere ich. Ich muss alleine eine Entscheidung über diese abscheuliche Dare treffen.

Nach einer weiteren schlaflosen Stunde steht mein Entschluss fest, und ich nehme die Trauerkarte mit der Telefonnummer von meinem Schreibtisch. Bevor ich die Nachricht verschicke, überprüfe ich zehnmal, ob ich deutlich genug bin.

Sobald die Nachricht verschickt ist, zerreiße ich die Karte. So, denke ich. Verpiss dich mit deinem kranken Theater. Ich bestimme selbst, wie ich die Wahrheit herausfinde.

> Ich nehme deine Dare nicht an.
> Lass Milan und mich in Ruhe!

Aber ich liege noch keine Minute wieder im Bett, als mein Telefon piepst.

> Wie du willst. Dann bekommt deine verrückte Mutter eine schöne Dare. Wird sie eben noch verrückter, als sie schon ist.

Am nächsten Tag erlebe ich die Schulstunden wie hinter einem Schleier, so als hätte ich Mamas Tabletten geschluckt. Ich bin körperlich anwesend, aber das ist auch schon alles. Und es fühlt sich an, als würde das Cuttermesser, das ich heute Morgen in die Tasche gesteckt habe, leuchten.

An Schlaf war nach dieser Drohung natürlich gar nicht mehr zu denken. Die Vorstellung, Mama würde mit reingezogen, hat mich total kirre gemacht. Dieses schreckliche Foto von Milan … tot in seinem Auto … Sie darf es nie zu Gesicht bekommen. Es würde sie völlig fertigmachen. Erst recht, wenn sie auch noch irgendeine abartige Dare bekäme!

Ich *muss* es tun, es geht nicht anders.

Fleur und ich sind unterwegs zu unserer letzten Unterrichtsstunde. Meistens mag ich Chemie wegen der Experimente ganz gern, aber jetzt muss ich mich fast zum Raum schleppen.

»Weißt du schon, was du machst?«, fragt Fleur.

Ich nicke, aber ich traue mich nicht, sie dabei anzusehen.

»Wirklich?«, fragt sie nach.

»Ja.«

»Also gehst du zur Polizei? Du hast es mir versprochen.«

Wieder nicke ich.

»Oder soll ich mitgehen? Dann kann ich ergänzen, falls du etwas vergisst.«

»Ach, alles gut, ist nicht nötig.« Meine Stimme klingt seltsam hoch, und ich schaue sie immer noch nicht an. »Mein Vater geht mit.«

»Dein Vater?«

»Äh ja, heute Morgen hat er mir auf einmal doch zugehört.« Es ist, als würde mein Mund ein Eigenleben führen. Nichts von dem, was ich sage, stimmt. Aber Fleur hat heute schon bestimmt zehn Mal darauf bestanden, dass ich zur Polizei gehen muss. Oder dass sie selbst geht, wenn ich es nicht tue.

»Also nimmt er es ernst?« Fleur stellt sich vor mich und wirft mir einen prüfenden Blick zu.

»Superernst«, antworte ich mit aller Überzeugungskraft, die ich aufbringen kann. »Zum Glück, ja. Er war natürlich zu Tode erschrocken und erst sauer, weil wir auf eigene Faust beim Schrottplatz waren. Aber danach war er sehr verständnisvoll.«

»Und was ist mit deiner Mutter?«

»Der sagen wir nichts.«

»Oh, okay.« Sie klingt skeptisch.

Ich reibe mir übertrieben die Wangen und sehe sie jetzt direkt an. »Pff, allein schon bei der Vorstellung wird mir glühend heiß. Ich weiß ja nicht einmal, wie so eine Anzeige oder Meldung funktioniert.«

Fleur lacht. »Das wird schon.«

Ich lächele zurück.

»Rufst du mich an, falls dein Vater es sich anders überlegt? Dann komme ich sofort.« Sie mustert mich lange und forschend. »Vergiss vor allem nicht, ihnen die Handynummer zu geben. Damit kann die Polizei im Handumdrehen herausfinden, wem sie gehört. Okay?«

»Okay.« Ein unangenehmes Gefühl nistet sich in meinem Magen ein. Es ist das erste Mal, dass ich Fleur bewusst anlüge.

Statt Experimenten erwartet uns Herr Verstedens langweiliger Monolog über Atome und Moleküle. Die Formeln, die er an das Digiboard schreibt, sind für mich das reinste Abrakadabra. Die Stunde kriecht vorbei.

Ich versuche, die weißen Streifen auf seinem Maßanzug zu

zählen. Für einen Lehrer sieht er extrem cool aus. Glänzende Schuhe, eine Designer-Ledertasche. Mit viel Haarwachs zurückgekämmte halblange Haare, an den Schläfen leicht grau meliert.

Mama ist ins Stottern geraten, als Versteden ihr bei Milans Schulabschluss gratuliert hat. Als würde ihr Leonardo DiCaprio persönlich die Hand schütteln. Nur sein gelber Nikotinnagel hat nicht ins Bild gepasst.

Endlich klingelt es, und schnell sammele ich meine Sachen zusammen. Jetzt muss ich zuerst Fleur abwimmeln, um sicherzugehen, dass sie weg ist.

Gerade als ich den Chemieraum verlassen will, tippt mir Versteden auf die Schulter. »Juul, könnte ich dich vielleicht kurz mal sprechen?«

Oh nein, bitte nicht jetzt, denke ich. Am liebsten würde ich so tun, als hätte ich ihn nicht gehört. Aber ich bleibe stehen und werfe Fleur einen gequälten Blick zu.

Er will bestimmt mit mir über meine schlechten Noten reden. Oder über Zuhause. Milan kam gut mit Versteden zurecht und hatte ihn wie viele andere auch als persönlichen Vertrauenslehrer gewählt. Ich sehe noch vor mir, wie schockiert er am Tag nach dem Unfall bei uns auf dem Sofa gesessen hat. In diesem Schuljahr ist er der Vertrauenslehrer unserer Stufe.

Sobald alle weg sind, klappt Versteden freundlich lächelnd seinen Laptop auf. Ich sitze neben ihm auf dem Stuhl. Also doch die Noten, denke ich. Während er das Programm öffnet, starre ich auf die Reagenzgläser, Tiegel und Gasbrenner in der Vitrine. Im Kopf wiederhole ich schon mal meine Verteidigung. Im Prinzip kann ich einfach erzählen, wie es ist, dass ich mich in letzter Zeit nur schwer konzentrieren kann. Hoffentlich besteht er nicht darauf, dass ich nachmittags an der Nachhilfe teilnehme oder jemanden aus einer höheren Klasse als Mentor zur Seite bekomme.

»Hör mal«, beginnt er. »Warum ich dich bat, noch kurz zu bleiben, ist Folgendes: Einige Kolleginnen und Kollegen machen sich Sorgen um dich. Ich auch. Wir haben das Gefühl, dass du dich mit deinen Noten in einer Abwärtsspirale befindest. Das ist mehr als verständlich, Juul, keine Frage, nach allem, was passiert ist. So ein Verarbeitungsprozess kostet nun einmal Zeit.« Er schweigt kurz und sieht mich eindringlich an. »Ich fände es so schade, wenn du nicht versetzt würdest.«

Ich verschränke die Finger, um nicht nervös auf meinen Nägeln zu kauen.

»Kannst du denn mit jemandem darüber reden? Ich weiß natürlich, dass es deiner Mutter nicht gut ging, und ich kann mir vorstellen, dass …«

»Mama ist seit letzter Woche wieder zu Hause«, unterbreche ich ihn.

»Okay«, sagt er langsam. »Das ist an sich eine gute Nachricht.« Er rückt näher. Einen Moment glaube ich, er würde mir am liebsten über den Kopf streichen, aber er wartet nur interessiert meine Reaktion ab.

»Ja.« Mehr bringe ich nicht raus. Ich möchte, dass er davon aufhört.

»Also geht es ihr besser? Ist sie nicht mehr so intensiv mit dem Unfall beschäftigt?«

Warum fragt er das? Hat er vielleicht den Bericht der Schulsozialarbeiterin gelesen? Mit dieser furchtbaren Christine habe ich es keine Woche ausgehalten. Aber so ein Bericht ist doch vertraulich!

Ich schüttele den Kopf. »Oh nein, nein. Das hat sie vollkommen hinter sich gelassen«, antworte ich und füge schnell hinzu: »Zum Glück.«

»Und du?«

»Ich auch. Das mit den Noten wird schon wieder. Ich muss einfach ein bisschen mehr dafür tun als Milan.« Letzteres versuche ich, möglichst locker klingen zu lassen. Hoffentlich hilft es dabei, das Thema zu wechseln.

»Bist du sicher? Ein paar zusätzliche Gespräche mit Christine sind schnell vereinbart.«

»Nein.« Es klingt heftiger, als ich will. »Nein, danke«, fahre ich ruhiger fort. »Mir geht es gut. Ja, manchmal auch nicht, aber dann rede ich mit meinem Vater darüber, und dann ist es wieder in Ordnung.«

Einen Augenblick schaut mich Versteden grübelnd an. »Na gut«, sagt er dann. »Ich schlage vor, dass du in den kommenden Wochen – sagen wir bis zu den Pfingstferien – nachmittags an der Nachhilfe teilnimmst. Vor allem in Chemie, Englisch und …«, er wirft einen kurzen Blick auf den Bildschirm, »… Mathematik kannst du ein wenig Hilfe gut brauchen. Einverstanden?«

Um ihn loszuwerden, stimme ich höflich zu. Ich tue sogar so, als würde ich es für eine gute Idee halten. Ich bin heilfroh, dass ich nicht wieder zum Schulsozialdienst muss.

Das Gespräch mit Versteden hatte den Vorteil, dass die Schule jetzt nahezu leer ist. Die meisten Schülerinnen und Schüler sind nach Hause gegangen, und im Lehrerzimmer sitzen die Lehrerinnen und Lehrer in einer Konferenz. Das macht es mir etwas leichter. Praktisch gesehen zumindest, denn was ich jetzt tun werde, ist kaum auszuhalten.

Ich laufe zu dem Gang, der die beiden Schulgebäude miteinander verbindet. Dort hängen die Fotos der Abschlussklassen in Reihen nebeneinander. Vor dem von Milans Klasse bleibe ich stehen. Erst schaue ich mich um. Niemand zu sehen. Ich öffne den Reißverschluss meiner Tasche und nehme dann den Rahmen von der Wand. Angenommen es kommt jetzt doch noch jemand, sage ich einfach, ich sei in einer sentimentalen Stimmung. Aber da ist niemand. Sobald das eingerahmte Foto in meiner Tasche steckt, gehe ich schnell zur Umkleide neben der Sporthalle. Denn ich weiß genau, dass diese Tür abschließbar ist.

Wie immer müffelt es dort nach Schweiß. Ich lege meine Jacke ab und setze mich auf die Holzbank. Vorsichtig ziehe ich den Rahmen aus meiner Tasche und starre wie hypnotisiert auf Milan, der mit einem breiten Grinsen in der hintersten Reihe zwischen Wouter und Aisha steht. Es ist so grausam. So bitter. Als dieses Foto aufgenommen wurde, hatte er noch so viele Pläne, genau wie alle anderen in seiner Klasse. Doch kaum ein paar Monate später war er tot. Und die anderen studieren jetzt, sind von zu Hause ausgezogen oder reisen herum.

Aisha ... Nur Wouter, Fleur und ich wussten, was zwischen Milan und ihr lief. Er war so verliebt! Vor dem Rest der Welt und vor allem vor ihrer Familie musste es verschwiegen werden, weil Milan nicht wollte, dass Aisha Probleme deswegen bekommt.

Mein Blick wandert über das Foto, auf der Suche nach Aishas Zwillingsbruder Jamal. Ich weiß, dass auch er in dieser Klasse war. Ein ziemlicher Wichtigtuer. Milan meinte mal, ein typischer Fall von großer Klappe und nichts dahinter.

In der vordersten Reihe entdecke ich ihn schließlich. Er ist der Einzige, der nicht genau in die Kamera schaut.

Ich stoße einen tiefen Seufzer aus. »Sorry, Bruderherz, für

das, was ich jetzt gleich mache«, flüstere ich. »Aber ich kann nicht anders. Ich muss wissen, was mit dir passiert ist.« Mein Finger folgt seinen Umrissen. »Verstehst du?« Während ich das Foto aus dem Rahmen hole, werde ich nervös. Es widert mich so an, was ich da mache. Das ist überhaupt nicht gut …

Mein Handy lehne ich ungefähr einen halben Meter entfernt aufrecht an meine Schultasche. Zuerst mache ich ein Testvideo. Als alles gut sichtbar im Bild ist, lege ich das Cuttermesser, das Knetgummi und ein Bildchen von einem Totenschädel bereit.

Plötzlich schrecke ich hoch – auf dem Gang höre ich hastige Schritte. Sie kommen in meine Richtung. Ich habe die Tür doch abgeschlossen, oder? Blitzschnell lege ich meine Jacke über die Sachen.

Die Klinke wird heruntergedrückt. Rütteln. Danach klopft jemand. »Hallo?«

Eine vertraute Stimme. Fleur! Mist.

»Hallo? Juul?«

Ich rühre mich nicht.

Fleur klopft, rüttelt und bollert an die Tür. Dann gibt sie auf.

Jetzt fühle ich mich noch schuldiger. Aber ich muss das hier machen, so grässlich es auch ist. Ich lege meine Jacke zur Seite, aber starte die Videoaufnahme noch nicht.

Meine Hand zittert, als ich die Messerspitze auf das Papier setze. Zentimeter für Zentimeter schneide ich um den Kopf herum. »Sorry«, flüstere ich noch einmal.

Es hat geklappt – ich habe den Totenschädel ausgeschnitten, ohne abzurutschen. Kommt überhaupt nicht in Frage, dass ich meinen Bruder aus diesem Foto schneide. Niemals! Diese Lösung ist nur vorübergehend, beschwichtige ich mich selbst.

Das ist wirklich nur vorübergehend. Aber die Tränen tropfen schon aus meinen Augen, bevor ich den Totenkopf über Milans Gesicht schiebe. Scheiß-Dare. Scheiß-Video. Scheiß-Wahrheit …

Ich zupfe ein Stück Knetgummi ab, rolle eine Kugel daraus und drücke sie platt. Hoffentlich bleibt das Bild kleben und beschädigt dabei das Foto nicht. Ich stecke das Foto in den Rahmen zurück. Mit Bauchschmerzen betrachte ich das Ergebnis. Der Totenkopf sieht blöd und kindisch aus. Aber in diesem Zusammenhang ist er zu gruselig für Worte. Bevor ich ein Video davon aufnehme, muss ich aufhören zu weinen. Meine Tränen gönne ich niemandem.

Das Foto vor meiner Brust schaue ich direkt in die Handykamera. Ein paar Sekunden, mehr bekommt er nicht. Oder sie.

Kaum habe ich das Video an die Handynummer geschickt, bollert wieder jemand laut an die Tür. »Juul, mach auf. Ich weiß, dass du hier drin hockst.«

Fleur rüttelt und wummert so lange, bis ich öffne.

Zum dritten Mal schaue ich mir das Video an.
Zoome ran.
Das Bild wird unschärfer.
Trotzdem hole ich es noch näher.
Sie hält das Foto schräg.
Ich weiß genug.
Es wurde nicht korrekt umgesetzt.
Nicht wie ich es wollte.
Sie hat mich reingelegt.
Ich bohre meine Fingernägel in die Handflächen und spanne die Muskeln an.
Das ist nicht gut.
Perfektion will ich.
Kein amateurhaftes Pfuschwerk.
Ich springe auf, und meine Faust knallt auf den Tisch.
Die hält mich zum Narren!
Wieder spiele ich das Video ab.
Wo sitzt sie? Ich sehe rote Ziegelsteine.
Holz. Einen Fliesenboden.
Das ist nicht gut.
Ich presse die Zähne aufeinander.
Sie hat Glück, dass ich sie noch brauche.
Die Spielregeln müssen verschärft werden.
Meine Hand gleitet in den Gummihandschuh, und ich ziehe die Mütze über die Haare.
Ich schlucke.
Welche Karte wird es?
Von jedem Motiv habe ich drei angeschafft.
Trotzdem übe ich die Blockbuchstaben erst auf einem Zettel. Fehler machen passt nicht zu mir.
Nicht mehr.

5

Fleur steht breitbeinig vor mir, die Hände in die Seiten gestemmt. »Und ich stehe bei den Rädern und warte!« Ihre Stimme schallt durch die Umkleide. »Ich wollte mit dir zur Polizei und dort auf deinen Vater warten. Um dir zu helfen. Aber es hat ewig gedauert. Da habe ich drinnen nach dir gesucht und gemerkt, dass Milans Klassenfoto weg war und … Du hältst mich doch bestimmt nicht für blöd?« Sie schaut mich herausfordernd an.

»Nein, äh …« Ich weiß nicht, was ich sagen soll. Ich brauche auch nichts zu erklären, denn Fleur zeigt auf das Foto vor meiner Brust.

»Du hast es also doch getan?« Sie klingt vorwurfsvoll.

Eine lange, ungemütliche Stille tritt ein, bis ich nicke. Dann lege ich das Foto neben mich, hebe kurz die Arme und lasse sie schlaff wieder fallen. »Ja, äh, tut mir leid, Fleur. Vielleicht hätte ich es anders angehen müssen.«

»Das hättest du ganz bestimmt, ja«, schnaubt sie.

»Aber du hast immer wieder von der Polizei geredet, also …«

»Also lügst du mich einfach an«, ergänzt sie. »Ich dachte, wir hätten vereinbart – nein, sogar geschworen! – uns nie, aber dann auch wirklich nie anzulügen.«

Beschämt lasse ich den Kopf hängen. »Sorry.« Noch nie in meinem Leben habe ich mich so oft entschuldigt wie gestern und heute. Doch plötzlich beginnt es in mir zu brodeln. Ich stehe auf und gehe zum Angriff über. »Und was wäre, wenn es um *deinen* Bruder ginge?«, frage ich mit lauter Stimme. Verzweifelt und ruhelos lasse ich mich wieder auf die Holzbank fallen. »Was wäre dann?«, wiederhole ich um einiges leiser. »Kannst du dich nicht in mich hineinversetzen und zumindest ein bisschen verstehen, warum ich noch nicht zur Polizei will?«

Fleurs kühler Blick taut auf. Sie zuckt mit den Schultern. »Ich weiß es nicht«, seufzt sie und setzt sich neben mich. »Aber ich finde das alles so unheimlich … Ich … Ich will einfach nicht, dass dir auch etwas passiert. Die Polizei kann dich schützen. Und dir helfen. Wir müssen doch nur seine Handynummer angeben und …«

»Und was? Die Polizei zieht doch sofort meine Eltern hinzu! Was glaubst du, was mit Mama ist, wenn sie das hört? So bekommt sie nie die Gelegenheit, Milans Tod zu akzeptieren. Ich will das hier abwarten. Nein, ich *muss* das abwarten. Verstehst du?« Ich starre so lange zur Neonbeleuchtung schräg über mir, bis meine Augen schmerzen.

»Wusstest du eigentlich …«, sagt Fleur mit rauer Stimme, aber sie bringt den Satz nicht zu Ende.

»Was?«

»Ach, nichts.«

Einen Augenblick schweigen wir.

Ich denke an den Moment, als mein Bruder und ich das letzte Mal miteinander gelacht haben. Vor exakt drei Monaten und vier Tagen. Zwei Stunden vor seinem Tod. Mein Vater hatte wieder einmal eine blöde Bemerkung am Tisch gemacht. Milan hat mir zugezwinkert, und ich musste lachen.

Ich würde wirklich alles dafür geben, wenn ich zu diesem Moment zurückkehren könnte.

Fleur räuspert sich. »Hast du nie gemerkt, dass ich in ihn verliebt war?«

Ruckartig drehe ich meinen Kopf. »Wie bitte?«

In ihren Augen steigen Tränen auf. »Das hört sich bestimmt echt dumm an.«

»Aber …«, sage ich, während ich nach Worten suche. »Woher kommt das denn plötzlich? Warum erzählst du das jetzt erst?«

»Weiß ich nicht. Vielleicht deswegen.« Sie zeigt auf das Foto. »Ich wollte es dir ja sagen, aber nach Milans Tod wusste ich gar nicht mehr, wie. Du hattest es schon schwer genug mit deiner Mutter und mit dir selbst. Ich wollte dich nicht auch noch mit meinem Scheißgefühl belästigen, verstehst du?« Sie fängt leise an zu schluchzen.

Einen Augenblick bin ich zu erstaunt, um darauf zu reagieren. Ich denke an die vergangenen Monate. Wie sie mich unterstützt hat. Tagein, tagaus. Egal, ob ich stundenlang geheult habe, schlecht gelaunt oder lustlos war. Sie war da und hat mich aufgemuntert, mich mit ins Kino geschleppt oder einfach neben mir auf dem Bett gesessen, wenn ich gar nichts wollte. Ohne auch nur ein einziges Mal zu jammern, während sie vielleicht fast an ihrem eigenen Kummer erstickte.

Ich streiche ihr eine Strähne aus dem Gesicht. »Hättest du es doch bloß erzählt, Mensch.«

»Echt?«

»Natürlich. Ich hätte gern gewusst, was du in meinem Bruder gesehen hast.«

Sie lächelt unter Tränen. »Keine Ahnung … Auf einmal fand ich ihn mehr als nett.«

»Auf einmal?«

»Ja.«

Ich nehme ihre Hand. »Komm, erst muss dieses Foto wieder zurück an seinen Platz.«

Als ich nach Hause komme, liegt Mama lustlos auf dem Sofa. Ich gebe ihr einen Kuss. Sie riecht nach Zigaretten, und ihre dicken, rot geränderten Augen verraten, dass sie geweint hat. Aber immerhin ist sie angezogen.

Erstaunlich, wie schnell ich mich zusammenreiße, kaum dass ich in ihrer Nähe bin. Wie eine routinierte Schauspielerin zaubere ich ein Lächeln auf mein Gesicht. »Wie geht es dir? Was hast du heute gemacht?«

»Nichts. Bin ein bisschen spazieren gegangen.«

»Wow, wie gut«, antworte ich, als hätte sie einen Marathon gelaufen. »Schön, oder? Was hältst du davon, wenn wir uns einen Hund holen?«

Ihr Blick erstarrt.

»Das wäre doch nett«, füge ich schnell hinzu. »So ein kleiner?«

»Weißt du noch, dass Milan als kleiner Junge immer so sehr um einen Hund gebettelt hat? Aber dass du damals schon so große Angst vor Hunden hattest und es deswegen nicht ging?«

Ich krümme meinen Rücken. »Oh ja, jetzt wo du es sagst. Tut mir leid, das hatte ich für einen Moment vergessen.«

»Macht nichts.« Sie lächelt, aber ihre Lippe zittert.

Mein Kopf ist zu voll, um tröstende Worte zu finden. »Soll ich den Tisch decken?«, frage ich, weil mir nichts Besseres einfällt.

»Mach ruhig. Papa bringt Essen mit, er wird gleich hier sein«, antwortet sie flach.

Widerwillig nehme ich die Teller aus dem Schrank. Plötzlich nervt mich das eisige Schweigen am Tisch mehr denn je.

Und wenn wir doch etwas sagen, ist es, als müsste jedes Wort auf die Goldwaage gelegt werden.

Neben der Obstschale liegt ein Briefumschlag. Sobald ich die schwarzen Blockbuchstaben sehe, bekomme ich Gänsehaut. Dieser Brief – wie kommt der hierher?

Keine Briefmarke, keine Adresse, nur mein Name. Der Umschlag ist also persönlich abgegeben worden. Nervös reibe ich an der frischen Kruste auf meiner Stirn. Wie viel Zeit habe ich noch vor dem Essen? Ich schaue auf die Uhr: eine knappe halbe Stunde. Mitsamt dem Umschlag verschwinde ich in meinem Zimmer. Noch viel lieber würde ich ganz verschwinden.

Das Rotkehlchen auf der Vorderseite guckt mich niedlich an. Aber der Schein trügt. Vor allem, als ich die Innenseite sehe.

> *Die erste Dare wurde schlampig durchgeführt. Ich mag keine halben Sachen. Ich mag keine Leute, die ihre Nasen in alles reinstecken.*
> *Du hast dir nur einen Bruchteil der Wahrheit verdient: 1603.*
> *Willst du mehr?*
> *I DARE YOU.*
> *Schalte Versteden im Unterricht aus. Setz ihn unter Drogen.*
> *Sei erfinderisch.*
> *Ich verlange einen Beweis! Eine Videonachricht. Halte jeden deiner Schritte fest!*
> *Frist: 24 Stunden.*
> *Mach es gut. Mach es, wie ich es will. Mach es perfekt.*
> *P.S.: Keine Polizei! Ich sehe, höre, weiß alles. Alles!*
> *P.P.S: Wenn du dich weigerst, mache ich deine Mutter noch verrückter.*

Meine Wangen glühen. Vor Wut zerreiße ich die Trauerkarte

und werfe die Fetzen in die Luft. Wie Schneeflocken trudeln sie zu Boden.

Verdammt! Habe ich es nur dafür getan? Für 1603? Eine Zahl, mit der ich nichts anfangen kann? Und wieso erste Dare? Wie viele sollen denn noch kommen? Da spielt jemand ein widerliches Spiel mit mir. Ein selbsterfundenes Spiel mit kranken Dares. Nach idiotischen Regeln. Ich bin eine Puppe, eine Spielfigur. Und ich habe keine Ahnung, gegen wen ich spiele!

Verzweifelt lasse ich mich aufs Bett fallen und vergrabe mein Gesicht im Kissen. Was soll ich denn jetzt machen? Hätte ich mich doch nie darauf eingelassen!

Versteden unter Drogen setzen. Eine Videonachricht. Das ist doch Wahnsinn!

Reglos bleibe ich auf dem Bett liegen. Könnte ich jetzt nur innerhalb einer Sekunde einschlafen, nicht Versteden ausschalten, sondern mich. Die Tränen brennen in meinen Augen. Oh nein, ich fange jetzt nicht an zu heulen, nur weil es solche Psychopathen gibt! Ich kneife die Augen fest zu. Was bedeutet diese Zahl …? Die Unruhe in meinem Körper wird so groß, dass ich mich wieder aufsetze. Ich sammele die Papierfetzen vom Boden auf. Schwindelig gehe ich zu meinem Schreibtisch und suche in der obersten Schublade nach einer Rolle Klebeband. Wie ein Puzzle schiebe ich die Kartenfetzen wieder zusammen.

Unten höre ich meinen Vater. Auch das noch. Wie überstehe ich bloß diese Viertelstunde am Tisch? Als würde ich jetzt auch nur einen Bissen runterkriegen …

»Was zum Teufel!«, ruft Fleur aus. »Ich und meine Nase überall reinstecken!? Und Versteden unter Drogen setzen?«

»Psst«, zische ich und lausche ängstlich ins Treppenhaus. Zum Glück höre ich unten den Fernseher.

»Und wieso ausgerechnet Versteden?« Wieder untersucht Fleur jeden Millimeter der Karte.

»Ich habe keinen blassen Schimmer. Obwohl … Letztes Jahr war er Milans persönlicher Tutor.«

»Von wem denn nicht?«, meint Fleur schulterzuckend. »Alle wollten ihn als Tutor, auch wenn sie kein Chemie gewählt hatten.«

»Aber warum?«, frage ich mich laut. »Wegen seiner gewagten Experimente?«

»Auch. Und weil er total beliebt ist. Was ich im Übrigen nicht nachvollziehen kann.«

»Wieso?«

»Na ja, ich finde, er tut nur so als ob. Gibt den tollen Lehrer, aber wenn es wirklich darauf ankommt, ist er so ein Feigling. Lässt dich einfach hängen.«

Verblüfft schaue ich sie an. Wie kommt sie denn plötzlich darauf? Sie hat doch nie ein Problem mit ihm gehabt. Ich beschließe, nicht darauf einzugehen, und zeige auf die Karte. »Vielleicht will unser Psycho uns was verdeutlichen? In Sachen Versteden.«

»Mag sein, aber was? Und wie soll das denn gehen, Versteden unter Drogen setzen? Ich habe kein Drogenlabor im Keller oder so. Und ich habe keine Ahnung, wie wir an dieses Zeug kommen könnten. Außer vielleicht über den Hausarzt.« Mit gespielt hoher Stimme sagt sie: »Bitte, Frau Doktor, haben Sie ein Medikament für mich, mit der ich meinen Chemielehrer ausschalten kann?«

Ich lache und denke sofort an das Körbchen im Badezimmer. »Es könnte schon funktionieren«, flüstere ich dann.

»Was? Zum Hausarzt gehen?«

»Nein, das wäre nicht nötig. Pillen haben wir genug im Haus, eine Apotheke ist nichts dagegen.«

Fleur sieht mich mit großen Augen an. »Du meinst, von deiner Mutter?«

»Ja.«

»Juul«, beginnt Fleur vorsichtig. »Sorry, dass ich wieder davon anfange – aber bist du sicher, dass du immer noch nicht zur Polizei willst?«

»Ganz sicher.«

Mehl, Butter, Zucker und Eier, mehr brauchen wir nicht. Zum Glück haben wir alles im Haus. Das Rezept kann ich auswendig. Ich heize den Ofen auf 160 Grad vor, lege das Butterpäckchen auf die Heizung und suche den Handmixer.

»Deine Mutter schluckt eine pro Tag«, sagt Fleur, während sie den Beipackzettel der Schachtel Temazepam liest. »Das entspricht zwanzig Milligramm. Schläft sie dann schnell ein?«

»Ziemlich. Jedenfalls geistert sie nicht die ganze Nacht herum, wie anfangs.«

»Okay. Aber für einen Mann braucht es vielleicht mehr. Warte, ich googele mal eben die Höchstdosis.«

Wenig später zerdrücke ich mit einem Löffel drei Tabletten auf einem Schneidebrettchen.

»Das sieht aus wie Kokain«, sagt Fleur, die den Zucker mit der Butter mischt.

»Oder Puderzucker«, sage ich und kichere. Aber als ich die Stimme meines Vaters höre, lache ich nicht mehr.

Warum kommt er ausgerechnet jetzt rein? Hat er uns gehört? Schnell bedecke ich die Tablettenschachtel mit der Hand.

Verärgert betrachtet er das Durcheinander auf der Anrichte. Und meine Hand. »Ist dieses Chaos notwendig?«

»Wir wollen Mama überraschen«, flüstere ich in einem Ton, als würde ich ihm ein großes Geheimnis erzählen. »Sie isst doch so gerne Kuchen.«

Sein Gesicht entspannt sich. »Oh, das ist wirklich nett. Ihr räumt das Durcheinander aber auch wieder auf, okay?«

Fleur und ich nicken gleichzeitig.

Er geht ins Wohnzimmer zurück. An der Tür dreht er sich um. »Juul?« Flüsternd fährt er fort: »Hast du zufällig Mama mit einem frischen Pillenblister gesehen? Ich kann die Tabletten nicht finden, und sie sagt, sie hätte noch keine eingenommen.«

»Nein, nicht dass ich wüsste«, antworte ich, aber ich traue mich nicht, ihm ins Gesicht zu sehen.

Mein Vater schüttelt skeptisch den Kopf, als würde er spüren, dass ich lüge.

Sobald er weg ist, drücke ich drei zusätzliche Pillen aus dem Blister. Falls wir morgen noch mehr brauchen. Danach renne ich nach oben, um die Schachtel wieder in das Körbchen mit den anderen Medikamenten zu legen. Hoffentlich glaubt er einfach, er hätte sie übersehen.

»Wir sollten Cupcakes backen«, sagt Fleur, als ich wieder zurück bin. »Sonst wissen wir nicht, wer was davon isst, oder?«

Ich nicke und schaue zu, wie sie die Eier nacheinander in den klebrigen Teig schlägt. Danach stellt sie den Mixer auf die höchste Stufe. »Hast du kleine Förmchen?«, übertönt sie den Lärm.

»Bestimmt.« Ich öffne den Küchenschrank.

Der Mixer geht aus. »Denken die nicht sofort an einen Space Cake, wenn wir den Kuchenteller rumgehen lassen?«, fragt sie.

»Ach was, wir und Cannabismuffins? Das glaubt bestimmt keiner.«

»Hm. Ich fände das verdächtig.«

»Echt jetzt?«

Fleur zuckt mit den Schultern. »Und wenn Versteden keinen will? So ein Süßer ist er nicht. Er läuft immer mit einer Flasche Wasser und Äpfeln durch die Gegend.«

»Wir werden sehen. Zur Not stecken wir die Reservepillen eben in seine Wasserflasche.«

Ich verteile die Papierförmchen auf dem Backblech. Neben mir löffelt Fleur den Teig hinein. Seltsamerweise fühlt es sich gut an, gemeinsam mit so etwas Einfachem wie Backen zugange zu sein. Über den Grund dafür denke ich lieber nicht zu viel nach. Das letzte Förmchen markiere ich mit einem unauffälligen Punkt.

»Okay, bereit zum Filmen?«, frage ich, während ich mich in der Scheibe der Mikrowelle betrachte. »Mister Psycho verlangt einen kompletten Bericht.«

»Mister Psycho?«, fragt Fleur. »Vielleicht stellt sich später heraus, dass es gar kein Mann ist, sondern eine Frau.«

Ich lache und gebe ihr mein Handy. »Spannend. Für mein Gefühl ist es ein Er. Und wenn er einen Bericht will, kann er ihn kriegen. Also …, wenn du filmst, mache ich den Rest.«

Fleur nickt. »Dein Gesicht soll ins Bild?«

Einen Moment zögere ich. »So ist es vermutlich gedacht.«

»Hier, fang«, sagt sie und wirft mir etwas zu. »Wenn wir das schon machen, dann richtig!«

Ein Lipgloss. Ich drehe an der Kappe und erstarre. Dieselbe Marke, dieselbe Farbe wie die, die ich im Auto gefunden habe.

Oder? *Flamingo Pink* steht auf dem runden Sticker. Ja, genau der gleiche Lipgloss!

»Trag ihn einfach auf, Juul. Die Farbe ist wirklich toll. Frisch gekauft«, sagt Fleur.

Ich mache, was sie sagt, und das merkwürdige Gefühl verfliegt.

Sobald ich das Piepsen meines Handys höre, halte ich meine Hand, in der die drei Tabletten liegen, vor die Kamera. Dann stecke ich sie in meine Hosentasche und zeige auf das Pulverhäufchen auf dem Schneidebrett. Ich schabe das Pulver mit einem Messer zusammen und lasse es in das Förmchen rieseln. Danach hebe ich es mit einem Teelöffel unter den Teig. Die ganze Zeit über sage ich nichts, meinen Blick halte ich so neutral wie möglich. Ich will absolut keine Emotion zeigen. Psycho bekommt nur die Handlungen zu sehen.

Fleur hört zum Glück genau in dem Moment auf zu filmen, in dem ich genug habe. »So«, sagt sie und nimmt die Zuckerdose. »Noch ein bisschen mehr für den Geschmack kann nicht schaden.«

Als sie fertig ist mit Rühren, leckt sie den Löffel ab.

»Nicht!«, rufe ich.

»Ach, dann schlafe ich nachher gut«, sagt sie mit einem Grinsen. »Man schmeckt das Zeug übrigens nicht heraus.«

Kurz überlege ich, ebenfalls davon zu naschen. Ich habe keine Lust auf eine weitere Nacht grübeln. Aber ich lasse es. Morgen muss ich fit sein.

Flamingo Pink. Flamingo Pink. Ich muss ständig daran denken.

6

»Das ist ja abartig!«, höre ich am nächsten Morgen auf dem Flur. »Echt nicht normal, so brutal!«

Eine Gruppe von Schülern steht vor Milans Klassenfoto. »Wer macht denn bloß so was? Sollen wir das melden?«

Shit. Es wurde jetzt schon entdeckt. Ich will weglaufen, aber ich höre meinen Namen. »Guck dir das mal an!« Ein Junge, den ich nur vom Sehen kenne, winkt mir zu. »Nicht erschrecken, aber irgendein kranker Mensch hat am Klassenfoto von deinem Bruder herumgebastelt.«

Ich tue so, als würde ich doch erschrecken. »W-was? Ist nicht dein Ernst!«

Sie schauen mich mitleidend an. Jemand legt mir eine Hand auf die Schulter. Jemand anderes sagt: »Ich hole den Direktor.«

»Nein, nicht nötig«, sage ich laut. »Das mache ich schon selbst.« Ich nehme den Rahmen von der Wand und stecke ihn in meine Tasche. »Wir dürfen der Sache nicht so viel Beachtung schenken, sonst bekommt der Täter, was er will, oder?«

Im Toilettenraum pule ich den Totenschädel ab, und Milan kommt wieder zum Vorschein. Es ist, als würde ich ihn wieder zum Leben erwecken.

»Oh, womit haben wir das verdient?«, fragt Versteden, als wir ihm in der letzten Stunde den Kuchenteller unter die Nase halten. »Wie nett.«

Auf dem Teller liegen noch drei Cupcakes. Der Rest der Klasse hatte schon.

Oh nein, denke ich, Fleur und ich hätten erst selbst einen nehmen sollen. Dann hätte er keine Wahl mehr gehabt. Schnell biete ich ihm das Förmchen mit dem Punkt an. »Einfach so, wir haben uns gestern Abend gelangweilt.« Ich höre selbst, wie künstlich das klingt.

Versteden nimmt den Cupcake freundlich lachend an. »Na, ich würde sagen – und ich glaube, die ganze Klasse ist damit einverstanden: Macht das ruhig öfter!«

Noch keine Sekunde später frage ich mich, ob wir nicht zu weit gehen. Vielleicht geht gleich etwas ganz schrecklich schief. Oder er durchschaut uns doch noch.

»Sehr schöne Farbe«, sagt er, während er den kleinen Kuchen ausgiebig bewundert. »Aber wenn es für euch okay ist, nehme ich lieber diesen kleinen.« Er stellt den Cupcake auf den Teller und nimmt einen anderen. »Ich muss schließlich auf meine Figur achten.«

Fleur steht unterdessen ein wenig entfernt und nimmt alles auf. Sie kann mir nicht helfen. Außerdem können wir nicht von vorn anfangen.

Ich muss mir jetzt etwas einfallen lassen. »Herr Versteden!« Meine Stimme überschlägt sich fast. »Äh, ich vertrage kein Gluten, also der, den Sie da gerade genommen haben, ist eigentlich speziell für mich.«

»Oh«, sagt er, und stellt den Kuchen wieder hin. »Tut mir leid. Weißt du was?« Er nimmt den richtigen und beißt hinein. »Nach der Schule jogge ich einfach eine Extrarunde.«

Mit drei schnellen Bissen ist der Kuchen aufgegessen. »Köstlich«, sagt er mit vollem Mund. »Schön süß. Da bin ich aber froh, dass ich doch den großen genommen habe.«

Hinter mir höre ich, wie mein Handy piepst. Fleur hat es geschafft. Aber statt Erleichterung verspüre ich nur Bauchschmerzen. Meinen eigenen Cupcake bekomme ich kaum runter.

Versteden klatscht in die Hände. »Gut, wir fangen an. Statt euch mit todlangweiliger Theorie zu quälen, arbeiten wir heute in Zweiergruppen. Sehr wichtig ist, liebe Leute, dass ihr die Anweisungen Schritt für Schritt befolgt. Also bitte nicht zu lässig damit umgehen. Salzsäure ist ein ganz gemeines Zeug.«

Er hält ein Glas mit durchsichtiger Flüssigkeit hoch und grinst. »Denn angenommen, ich würde einem von euch jetzt einen Finger abhacken und ihn in diese Flüssigkeit tauchen, dann wäre innerhalb weniger Sekunden nichts mehr davon übrig. Keine Haut, kein Blut oder Eiter, nicht mal ein Knöchelchen. Nichts, nada, null. Aufgelöst. In kriminellen Kreisen werden damit ganze Leichen beseitigt.«

Er lacht über seine eigenen Worte, aber mir kriecht ein Schauder den Rücken hinauf. Bei dem Wort *Leiche* sehe ich sofort Milan vor mir. Er ist der einzige Tote, den ich je gesehen habe. Plötzlich stelle ich mir vor, wie sich Milans Körper in einem blubbernden Säurebad auflöst. Genug! Ich will das nicht. Ich schüttele den Kopf und schiebe das Bild zur Seite. Gruselig. Ich gehe zum Materialschrank. Dort nehme ich vier Reagenzgläser, einen Halter und Gläschen mit verschiedenen Metallen heraus. Ich kontrolliere bestimmt dreimal, ob ich die richtigen Sachen genommen habe.

Versteden ist eifrig damit beschäftigt, Sicherheitsbrillen zu verteilen. »Vergesst sie nicht. Und nochmals – nicht schludern. Ich habe keine Lust auf Krankenwagen und Blaulicht vor der Tür.« Seine Stimme klingt normal. Auch an seinem Gang ist noch nichts zu merken. Wie lange dauert es, bis Temazepam wirkt? Eine Viertelstunde, dachte ich. Oder braucht es länger in Kombination mit Kuchen?

Zum dritten Mal überprüfe ich mein Handy. Die Kamera ist bereit.

Zehn Minuten später befinden sich die vier Metalle in den Röhrchen. Mit einer Pipette träufele ich die Säure vorsichtig darauf.

Fleur lehnt sich neben mir über den Tisch. »Da passiert nicht viel bei ihm. Soll ich ihm sonst vielleicht eine hiervon in den Kaffee tun?« Sie zeigt mir ihre Handfläche. Offenbar hat sie die Reservetabletten aus dem Seitenfach meiner Tasche genommen. »Oder soll ich sie alle drei …«

»Bloß nicht«, zische ich.

»Das machst du gut, Juul. So gefällt mir das«, höre ich Versteden hinter mir.

Vor Schreck drücke ich zu fest in den weichen Teil der Pipette. Die Säure spritzt in alle Richtungen.

»Vorsicht!«, ruft Versteden, während er Fleur wegschubst. »Du … du musst Abstand halten.« Er schwankt und hält sich an einer Stuhllehne fest.

Erschrocken schaue ich zu Fleur. Hat sie Säure abbekommen?

Mit blassem Gesicht inspiziert sie ihre Arme.

»Alles okay?« Ich flüstere, aber meine Worte klingen laut.

Im Chemieraum herrscht Totenstille. Alle starren uns an.

Fleur nickt. »Bei mir schon, aber …« Sie wirft einen vielsagenden Blick in Richtung Versteden. Seine Augenlider fallen ständig zu, und seine Arme hängen schlaff neben dem Körper. Wenn er versucht, einen Schritt zu machen, sieht es so aus, als würden ihm die Beine wegknicken.

Darauf haben wir fast eine halbe Stunde gewartet. Trotzdem ist es alles andere als ein Grund zum Jubeln. Es fühlt sich so falsch an, jetzt das Handy zu zücken. Milan würde es einfach machen, versuche ich mir gut zuzureden. Plötzlich werde ich von Zweifeln überfallen. Trotzdem nehme ich mein Handy und filme möglichst unauffällig.

Fleur rennt mit unserem Mitschüler Bas zu Versteden. »Geht es Ihnen gut, Herr Versteden?« Ich höre die Panik in ihrer Stimme.

»Haben Sie Spritzer abbekommen?«, fragt Bas.

»Nein, nein, aber ich … Ich fühle mich …« Ihm fehlen die Worte, und sein Atem geht schwer. »Ich glaube, dass …« Mit schlaffer Hand zeigt er zum Pult.

Wie eine Stoffpuppe schmiegt er sich an Bas, der ihn mit viel Mühe zu seinem Stuhl bringt.

Wenige Sekunden später lehnt Versteden vornüber auf dem Pult, den Kopf auf den Armen. War die Dosis zu hoch?

Es bleibt still in der Klasse. Hin und wieder ein Flüstern. Wir starren alle auf Versteden.

Ich habe riesige Angst, dass jemand mitkriegt, wie ich filme.

»Ist er eingeschlafen?«, flüstert jemand.

Bas legt ihm zwei Finger ans Handgelenk.

Ich halte den Atem an. Er lebt doch noch, oder? O Gott …

Aber dann nickt Bas grinsend. »Anscheinend ist der Herr Lehrer im Land der Träume.«

Erleichtert atme ich auf, als sich Verstedens Kopf bewegt.

Plötzlich werden alle wieder lebendiger. Lachen hallt durch den Chemieraum.

»Was war denn in eurem Kuchen?«, fragt Bas Fleur. »Drogen, oder was?«

»Hast du sie noch alle?«, schnauzt Fleur ihn an. »Das ist nicht witzig.« Mit wütendem Gesicht verlässt sie den Raum.

Bas wendet sich an mich. »Wow! Ist sie immer so geladen?«

Ich tue so, als würde ich ihn nicht hören, halte das Video jedoch an. Das Risiko, beim Filmen von Bas erwischt zu werden, will ich nicht eingehen.

Kurz darauf kommt Fleur mit dem Direktor in den Raum zurück. Als er sieht, was hier los ist, trägt er uns auf, alles aufzuräumen. Ich glaube, er hat keine Ahnung, dass wir mit Salzsäure experimentiert haben. Er sagt nichts über Sicherheitsbrillen oder vorsichtig sein.

Vergebens versucht er, Versteden wachzurütteln.

»Okay«, ruft er laut über den Lärm hinweg. »Der Unterricht ist beendet. Würdet ihr jetzt bitte alle ruhig den Raum verlassen?«

Fleur und ich schlüpfen in die Toilette. Erst als wir sicher wissen, dass wir allein sind, prusten wir los.

»Lieber Himmel! Für einen Augenblick dachte ich, er ist tot«, sagt sie.

»Ich auch.«

Fleur seufzt tief. »Ich bin so froh, dass ich ihm nicht auch noch die zusätzlichen Tabletten gegeben habe.«

»Genau. Das hier war schon mehr als genug.«

»Es sah schon so aus, als habe sein letztes Stündlein geschla…«

»Wieso bist du eigentlich so wütend aus dem Raum gerannt?«, unterbreche ich sie.

»Hast du nicht kapiert, wieso?«

»Nein. Ehrlich gesagt, fand ich es ziemlich seltsam. Vor allem, als du mit dem Direktor zurückgekommen bist.«

»Das war Absicht.«

»Wieso das denn?«

»Ich dachte«, fängt sie an, »wenn auf dem Video zu sehen ist, dass ich sogar den Direktor holen gehe, ist es glaubwürdiger. Denn noch hat unser Psycho nicht durchschaut, dass wir seine bescheuerten Dares zu zweit durchführen, oder?«

Ich denke nach, schüttele aber schon bald den Kopf. »Und was ist mit dem Schrottplatz? Er hat uns dort zusammen gesehen. Und in der Karte sprach er von Leuten, die ihre Nase überall reinstecken.«

»Kann sein«, sagt sie. »Trotzdem glaube ich, dass er darauf hereinfallen wird. In dem Video sieht es doch wirklich so aus, als würdest du allein handeln. Oder?« Fleur zieht ihre Lippen vor dem Spiegel nach.

Es ist wirklich genau derselbe Lipgloss. Jetzt, denke ich. Jetzt kann ich es ansprechen. Ich nehme den Lipgloss, den ich in Milans Auto gefunden habe, aus meinem Mäppchen und räuspere mich. »Äh, kann es sein, dass der von dir ist?«

Überrascht schaut sie mich an. »Er sieht so ähnlich aus, darf ich mal gucken?« Sie betrachtet den runden Sticker an der Unterseite. »Tatsächlich, den habe ich schon vermisst. Meine Mutter hat ihn mir zum Geburtstag geschenkt. Die Farbe ist superschön, aber mir fiel der Name nicht mehr ein, bis ich ihn vor Kurzem zufällig bei Kiko entdeckt habe. Lag er bei dir rum?«

»Na ja, nicht ganz. Ich habe ihn in Milans Auto gefunden.«

»Hä? Wie kann das denn sein?« Fleur sieht mich mit offenem Mund an, als würde ich etwas vollkommen Abwegiges sagen.

»Das weißt du besser als ich, oder?« Es klingt unfreundlicher, als beabsichtigt.

»Hm, keine Ahnung. Wahrscheinlich ist er mir aus der Tasche gerutscht, als ich bei ihm im Auto saß.«

»Und wann war das?«

»Hey, hallo, Juul? Was hast du denn auf einmal? Darauf habe ich ganz sicher keinen Bock! Das ist nur ein Lipgloss. Ich bin hin und wieder mit Milan zur Schule gefahren. Genau wie du.«

Im Spiegel verhaken sich unsere bösen Blicke ineinander. Bis mir klar wird, dass es nicht lohnt, hierüber zu streiten. Vor allem nicht jetzt. Wir haben gerade etwas anderes am Hals.

Ich seufze. »Okay, eigentlich ist das Quatsch. Es geht nicht um den Lipgloss, wir sind einfach nur unglaublich angespannt ... Wollen wir uns auf dieses Video konzentrieren? Je früher wir es verschicken, desto besser. Ich will das hinter mich bringen ...«

Fleur nickt, aber nicht von Herzen.

»Was meinst du?«, frage ich, als wir uns das Video angeschaut haben. »Ob unser Herr Psycho dieses Mal zufrieden sein wird?« So lustig ich es klingen lasse, so miserabel fühle ich mich.

»Ich hoffe sehr, dass wir ein bisschen mehr kriegen als diese lächerliche 1607. Sonst habe ich mich umsonst so verausgabt.«

»1603«, korrigiere ich sie.

»Wie du willst, Juul«, schnauzt sie. »Mir ist alles recht.«

Mein Daumen schwebt zögernd über meinem Handy. Was hält mich davon ab?

Mach's einfach, Juultje. Einfach machen. Fast höre ich Milan das sagen. Dann drücke ich auf »Versenden«. Ich starre auf den blauen Streifen, der immer länger wird. Zurückrudern geht nicht mehr.

7

»Siehst du ihn?«, flüstere ich. »Ich glaube, er ist nicht mehr da!«

Noch immer ist Fleur stinkig wegen der Sache mit dem Lipgloss, aber ich habe sie trotzdem überreden können, mit mir zum Chemieraum zurückzugehen.

»Nein.«

»Aber ist das nicht komisch? Ob er schon nach Hause gegangen ist?«

»Ich habe keinen blassen Schimmer.« Es klingt, als wäre es ihr völlig egal.

»Und jetzt?«

»Nichts. Ich gehe.« Ohne Tschüss zu sagen, läuft sie weg.

Wir müssen irgendwas Schönes unternehmen, denke ich. Um mal kurz aus diesem ganzen Mist hier rauszukommen. »Kann ich es mit einem Karamell-Cappuccino wiedergutmachen? Bitte!«, rufe ich ihr hinterher.

Eine Viertelstunde später sitzen wir in unserem Lieblingscafé.

Im Minutentakt checke ich mein Handy, aber eine Reaktion bleibt aus. Vielleicht wird ja auch wieder ein Briefumschlag zu Hause abgegeben?

Einen Tisch weiter sitzt ein Typ, den ich von irgendwoher zu kennen glaube. Schule? Milans Fußballverein? Sieht gar nicht so schlecht aus, denke ich. Er hat eine etwas mysteriöse Ausstrahlung, trägt einen schwarzen Rolli und eine dunkle

Jeans. Nur die Lederhandschuhe mit Nieten auf den Knöcheln finde ich seltsam.

Er lächelt mich an, als hätte er gemerkt, dass ich ihn anstarre. Verlegen wende ich mich ab und rühre den Karamell durch den Milchschaum. »Siehst du den Blonden da hinten?«, frage ich Fleur. »Ganz okay, oder?«

Fleur schaut über ihre Schulter. »Ganz okay?«, fragt sie laut. »Bist du blind, oder was? Neben so einem Freak möchte ich nicht mal tot gefunden werden. Hast du mal genauer hingeguckt?«

»Psst, nicht so laut.«

»Na und?«, sagt sie schulterzuckend. »Ist doch wahr.«

»Kennst du ihn?«

»Nein, und das willst du auch nicht. Wir können locker was Besseres kriegen, oder nicht?«

Ich seufze. »Lass gut sein, Fleur. Ich glaube, du bist immer noch sauer wegen vorhin.«

»Ich? Sauer? Wie kommst du denn darauf?«

Durch das Fenster beobachte ich die Passanten. Ich konzentriere mich auf den Lärm der Kaffeemaschine. Alles ist besser als Streit, Dares oder geheimnisvolle Trauerkarten. Denk nicht daran, Juul. Schlag es dir aus dem Kopf, wenigstens kurz.

Aber das geht nicht so einfach, und erst recht nicht, als ich Jamal reinkommen sehe! Ich stupse Fleur an. »Schau nicht hin, aber Aishas Bruder ist auch da. Rechts von dir.«

Fleurs Kopf dreht sich sofort zur Seite. »Jamal?«

Ich nicke. »Psst, und untersteh dich, noch mal so laut zu reden.«

»Was ist mit ihm?«

»Er kommt.«

»Ja, und?«

Noch bevor ich antworten kann, begrüßt sie ihn, als würde sie ihn supergut kennen: »Hey Jamal, wie geht's?«

Macht sie das jetzt absichtlich? Um mir eins auszuwischen?

Ich tue so, als wäre mir etwas heruntergefallen, damit ich ihn nicht sofort anschauen muss.

Er sieht einfach lächerlich aus mit seiner skinny Jeans und dem langen T-Shirt mit Reißverschlüssen an den Seiten. Seine schwarzen Haare glänzen vor lauter Gel, und er hat übertrieben viel Aftershave aufgelegt. Die Bauchtasche von Armani ist die Krönung! Fleur ist das offenbar egal.

Jamal weiß nichts von Milan und Aisha. Und das muss unbedingt so bleiben!

An unserem Tisch bleibt er stehen. »Ausgezeichnet«, antwortet er übertrieben. »Könnte nicht besser sein. Und euch?«

Es ist, als würde er mich mit seinem Blick durchbohren. Ich schaue zur Seite und sage: »Och, geht so. Außer, dass sich mein Bruder totgefahren hat, weißt du noch?« Ich könnte mir die Zunge abbeißen. Warum sage ich das bloß?

Jamal betrachtet mich eingehend. »Ja, blöd für dich.« Er setzt sich neben den Blonden.

Fleur beugt sich zu mir. »War das echt nötig?«

Ich zucke mit den Schultern. »Das sagt die Richtige.«

Fleur stößt einen ärgerlichen Seufzer aus.

»Wollen die Damen vielleicht noch etwas trinken?«, höre ich Jamal zuckersüß fragen.

Ich reagiere nicht, aber Fleur sagt. »Gern, ich nehme einen Tee.«

Unterm Tisch trete ich ihr grimmig gegen das Schienbein, aber sie tut so, als würde sie es nicht merken.

»Willst du auch etwas, äh, Julia, so heißt du doch, oder?«,

fragt der Blonde jetzt. Seine Stimme klingt leise und heiser. Ganz anders als Jamals.

»Juul«, korrigiere ich ihn, während ich mich ihm langsam zuwende.

»Stimmt, Milans Schwester.«

Verblüfft schaue ich ihn an. Woher kenne ich ihn bloß?

Kurz darauf nehme ich das Glas von ihm entgegen, froh, dass ich etwas in der Hand habe. Jamals Anwesenheit geht mir auf die Nerven.

Fleur hingegen plappert drauflos. »Hat es noch geklappt mit der Rockakademie?«, fragt sie den Blonden.

Also kennt sie ihn doch!

Er zuckt die Achseln.

»Und?«

»Und was?«

»Wie ist es dort? Schön?«

»Warum interessiert dich das?«

Stille tritt ein. Sogar Fleur hält die Klappe.

Um Jamals stechendem Blick zu entgehen, rühre ich in meinem Tee. Warum starrt er mich so an? Warum bleibe ich eigentlich hier sitzen? Ich könnte doch auch einfach aufstehen und gehen.

Jamal räuspert sich. »Und?«, sagt er und reibt sich die Hände. »Was gibt es Neues vom Waalberg? Das würde dich doch auch interessieren, was, Levi? Oder ist es dort immer noch mega langweilig?«

Levi, denke ich. Jetzt, da ich seinen Namen höre, fällt es mir wieder ein. Er war wie Jamal in Milans Klasse und ist ein paarmal mit der Schulband aufgetreten. Jetzt weiß ich es wieder. Seine coole Art gefällt mir.

»Na«, sagt Fleur geheimnisvoll. »Heute war es jedenfalls ziemlich spektakulär.«

»Ach ja?« Jamal rutscht näher. »Erzähl!«

In allen Einzelheiten erzählt Fleur von Versteden. Ich kann nur hoffen, dass sie in ihrer impulsiven Art nichts über unseren Anteil an der ganzen Sache verrät.

»Echt, Leute, ihr hättet ihn sehen müssen!«, sagt sie und gestikuliert wild. »Er ist einfach so, *bäng*, vornüber aufs Pult geknallt!« Sie macht vor, wie es passiert ist.

Alle drei lachen.

Ich verkrampfe mich.

»Gibt es Fotos davon?«, fragt Jamal. »Zeigt mal.«

»Nein!«, antworte ich laut. »Natürlich nicht.«

»Schade.«

»War er letztes Jahr auch euer Vertrauenslehrer?«, frage ich plötzlich.

»Klar, der hat's echt drauf. Levi, du hattest ihn doch auch, oder?«

Verwirrt schaut Levi von seinem Handy auf.

Jamal wiederholt seine Frage.

»Äh, ja«, antwortet Levi.

»Milan auch«, rutscht mir raus.

»Natürlich. Dein Brüderlein wusste genau, wen er sich aussuchen muss.« Jamal grinst, aber ich schlucke den Köder nicht. »Denn wenn jemand wusste, wie man seinen Kram gut regelt, dann er.«

»Wie meinst du das?«

»Als ob du das nicht wüsstest«, antwortet er.

»Äh, nein. Erklär es mir«, sage ich.

»Okay«, sagt er langsam. »Milan konnte Versteden zu allem bringen. Und damit meine ich wirklich zu allem.«

»Und was zum Beispiel?«

Jamal wechselt einen Blick mit Levi. »Hm, lass mich kurz überlegen«, antwortet er. »Zum Beispiel dazu, dass Milan in Barcelona ganze Tage am Strand abhängen durfte, während wir zu irgendeinem ätzenden Museum mussten.«

»Ach nee«, sage ich spöttisch. »Ist das alles? Mann, ich dachte, du würdest jetzt mit irgendwas ganz Schlimmen ankommen.«

»Ich bin noch nicht fertig. Mit dem dämlichen Museum war noch eine Aufgabe verbunden. Rate mal, welche Note Milan dafür bekommen hat.«

»Äh, keine Ahnung.«

»Denk dir einfach was aus. Vor allem, weil der Auftrag auch noch dreifach zählte für die Endnote.«

Ich glaube ihm kein Wort. Jamal fantasiert sich da was zusammen. Eine zu erledigende Aufgabe in einem Museum hat außerdem nichts mit Chemie zu tun. Was für ein Quatsch. Trotzdem frage ich: »Was musste mein Bruder denn dafür machen?«

»Tja, das fragen wir uns auch immer noch, nicht wahr, Levi?«

»Na ja, so schlimm ist es auch wieder nicht«, antwortet der. »Ich war nicht dabei, ich hatte mich für Berlin entschieden.«

»Das macht mich schon etwas neugierig«, sagt Fleur plötzlich. »Dich nicht, Juul? Hat Milan nie was darüber erzählt?«

Plötzlich habe ich genug von diesem geheimnisvollen und blöden Gerede über Milan. Verärgert stehe ich auf. »Ich muss los.«

Fleur macht keine Anstalten, mich zu begleiten. Dann eben nicht, denke ich. Offenbar findet sie Levi doch nicht so freakig.

Als ich zu meinem Rad gehe, kommt Levi mir hinterher: »Nimm ihn nicht allzu ernst. Jamal übertreibt einfach gern.«

Ich tue so, als bekäme ich mein Fahrradschloss nicht auf, aber eigentlich kämpfe ich gegen meine Tränen. Er darf sie nicht sehen. Niemand darf sie sehen.

»Hey, ich habe noch ein paar Fotos von unserem Abschlussjahr, auf denen auch dein Bruder ist. Vielleicht willst du sie …«

»Nein, danke dir«, schniefe ich.

Zum Glück drängt Levi mich nicht weiter.

Bevor ich losfahre, werfe ich noch einen Blick auf mein Handy. Nichts. Noch immer keine Reaktion auf das Video. Warum dauert das so lange?

Zu Hause schaue ich wieder nach. Keine Nachrichten, aber drei verpasste Anrufe von meinem Vater. Ich bin eine halbe Stunde zu spät. Mist, dann kriege ich gleich auch noch eine Predigt oder Vorwürfe zu hören. Aber das ist jetzt auch egal.

Schon beim Reinkommen merke ich, dass mein Vater sich entschieden hat, mich zu ignorieren. Kein *Hallo.* Kein *Verdammt, warum bist du so spät?* Es passiert nichts. Meinen Teller mit dem Essen finde ich in der Mikrowelle.

Auch mit der Post ist nichts gekommen. Ich mache mir Sorgen. Wir haben doch genau das getan, was er wollte.

Den vertrauten Duft von Rosmarinöl rieche ich schon, als ich die Treppe hinaufgehe. Mama liegt also in der Badewanne. Ich sehe, dass die Tür abgeschlossen ist. Das macht sie sonst nie. Ich will klopfen und fragen, wie es ihr geht. Aber ich überlege es mir anders und gehe mit meinem Teller in mein Zimmer. Das ist der einzige Ort im Haus, an dem ich noch ein bisschen ich selbst sein kann. Wann hört das auf? Wann verzieht sich diese erstickende Stimmung endlich? Erst wenn ich die Antworten habe? Oder wird es dann nur noch schlimmer?

Ich starre auf den Teller mit Bami auf meinem Schoß. Wieder kriege ich keinen Bissen runter.

Den Rest des Abends verbringe ich grübelnd. Meine Hausaufgaben lasse ich links liegen, denn konzentrieren kann ich mich sowieso nicht. Die ganze Zeit denke ich an das Gespräch mit Jamal. Mal abgesehen davon, dass er ein echter Kotzbrocken ist, habe ich kein gutes Gefühl dabei. Auch wenn ich nichts von alldem glaube, was er über Milan erzählt hat – in einem Punkt muss ich ihm recht geben: Milan hat seinen Kram tatsächlich immer gut organisiert. Was, wenn er bei jemandem völlig danebengegriffen hatte? Und was, wenn der- oder diejenige auf Rache aus war? Oder noch immer ist? Ist Aisha auch mit in Barcelona gewesen? Ich grabe tief in meinem Gedächtnis, aber mir geht zu viel im Kopf rum. Jamal, die Dare mit Versteden, mein Vater, der mich zur Strafe ignoriert … Ich lege mich aufs Bett. Zusammengerollt wie eine Kugel, die Arme um die Knie geschlungen, starre ich an die Wand. Hätte ich die Fotos von Levi doch annehmen sollen? Vielleicht kann ich ihn nachträglich darum bitten. Sofort wird mir klar, dass ich außer seinem Namen nichts weiter über ihn weiß.

Mein Handy piepst.

Fleur.

Alles ok?

Ich zögere – soll ich reagieren? Gerade noch fand ich es so rücksichtslos von ihr, dass sie einfach sitzen geblieben ist …

Hallo???????????

Sie sieht natürlich, dass ich online bin, also tippe ich doch etwas.

Ja, und bei dir?

Bin kurz nach dir gegangen.

Oh.

Ist was?

Weil ich keine Lust habe, mit ihr zu diskutieren, schreibe ich:

Nope.

Schon Reaktion von P?

Nein

????

Ja, seltsam. Hey, ich muss wieder. HA machen ...

Ich beuge mich über die Seite mit den Französischvokabeln.

»Dépendre, la permission, pour que, embouteillé«, fange ich an. Aber schon nach wenigen Minuten gebe ich auf. Was hat das für einen Sinn? Ich kriege sie sowieso nicht auch noch in mein Hirn.

Wieder schaue ich auf mein Handy, scrolle durch die Nachrichten, um zu prüfen, ob ich auch wirklich nichts verpasst habe. Ich weiß nicht, was ich unheimlicher finde: diese Stille oder die Trauerkarten … Ich würde am liebsten schreien vor lauter Frust. Stattdessen balle ich die Hände zu Fäusten, so fest, dass meine Knöchel weiß werden und meine Finger weh tun. Ich will Antworten! Bislang habe ich nur diese vage Zahl 1603, Jamals blödes Geschwätz und meine eigene Grübelei. Wieder starre ich auf Milans Foto auf meinem Handy. »Was übersehe ich? Sag es mir bitte oder gib mir ein Zeichen. Mach was!«

Plötzlich denke ich an die Kisten auf dem Speicher. Darin sind Milans Sachen, weil alles, was mit Milan zu tun hatte, von einem Tag auf den anderen verschwinden sollte. Es hat sich wie ein Schlag ins Gesicht angefühlt, als Papa sogar Fotorahmen und Alben in die Kiste gesteckt hat. »Zu schmerzhaft für deine Mutter«, hatte er gesagt. »Wir heben es so lange auf, bis sie es wieder ertragen kann.«

Obwohl ich ganz genau weiß, dass ich es unbedingt lassen sollte, schleiche ich mich auf nackten Füßen auf den Speicher. Vielleicht helfen mir seine Fotos auf die Sprünge. Oder andere Sachen.

8

Zwölf Kisten zähle ich. Zugeklebt und aufeinandergestapelt stehen sie neben dem großen Schrank. Es gibt keine Etiketten, also weiß ich nicht, in welcher Kiste die Fotos sind.

Meine Nase kribbelt, als ich den Staub wegwische. Oh nein, jetzt bitte keinen Niesanfall! Jedes Geräusch, das ich mache, klingt superlaut. Ich höre mich sogar atmen, obwohl der Regen aufs Dach prasselt.

Mit dem Fingernagel ritze ich das Klebeband ein und klappe den Karton behutsam auf. Als erstes sehe ich seine graue Wollmütze. Ich streiche sie mir über meine Wange, schnuppere eine Ewigkeit Milans Duft auf. Für einen Moment ist es, als wäre er bei mir. Da sind die Tränen wieder. Ich ziehe die Mütze über meine Haare und betrachte mich im spiegelnden Dachfenster. So sehe ich ihm noch ähnlicher. Dieselben dunklen Augen, die dichten Augenbrauen und derselbe Blick. Nur meine Nase ist kleiner. Ich starre zu Boden und beiße mir auf die Lippe. Ob Papa und Mama es mir je erlauben würden, dass ich seine Mütze trage?

Plötzlich schießt etwas Schwarzes an meinen Füßen vorbei. Ich springe zur Seite und unterdrücke einen Schrei. Natürlich muss mir das ausgerechnet passieren – ich habe eine Spinnenphobie. Schon eine ganz winzige Spinne bringt mich zum Zittern. Hektisch wühle ich im Karton mit seiner Kleidung. Schuhe, Pantoffel, Slippers, egal, irgendwas … ich brauche dringend was für die Füße! Tief unten in der Kiste finde ich seine Fußballschuhe in einer Plastiktüte. Gottseidank! Ungeschickt schlüpfe ich hinein und spähe die Umgebung ab. Wo ist die Spinne geblieben? Wo? Schließlich gebe ich es auf. Milans Schuhe sind mir viel zu groß, und ich schlurfe zu den Kisten zurück. Die Nocken schaben dabei übers Holz. Mist, ich darf keinen Lärm machen!

Kiste zwei ist an der Reihe. Wieder Kleidung, diesmal seine Babyklamotten. Und sein Kuscheltier, das er zur Geburt bekommen hatte, ein völlig verschlissener Tiger mit nur noch einem Ohr. Weil ich den Anblick nicht ertrage, klappe ich die Kiste wieder zu. Das ist jetzt nicht der richtige Zeitpunkt zum Weinen. Ich habe immer noch Angst, es könnte jemand auf den Speicher kommen. Erst in der fünften Kiste finde ich seine Fotoalben. Ich lächele, als ich an seine empörte Reaktion denke, als ich gesagt habe, dass nur alte Leute noch Abzüge von Fotos zum Einkleben machen lassen. Jetzt bin ich froh, dass er es trotzdem gemacht hat.

Jedes Knacken bringt mich zum Erstarren. Ich hasse diese Heimlichtuerei. Ich hasse Lügen. Und trotzdem mache ich fast nichts anderes mehr. Was will ich finden? Worauf hoffe ich? Außer auf Fotos auch auf Briefe? Oder vielleicht ein Tagebuch? Aber sofort schüttele ich den Kopf. Milan war keiner, der viel geschrieben hat. Er redete lieber, oder besser gesagt: Er war geradezu die Geselligkeit in Person.

Letzteres wird gleich bestätigt, als ich eine Mappe voller Fotos von ihm und seinen Freunden finde. *Evidence 6 V Top Secret* steht darauf. Fotos von fast der Hälfte seiner Mitschülerinnen und Mitschüler. Aber weder Jamal noch Aisha oder Levi. Dafür Wouter, dessen Hände in einem Behälter voller Maden stecken. Wie eklig!

Dann gibt es noch ein Foto, auf dem er und Milan durch

den Gang in der Schule rennen, jeder mit einem Mädchen auf dem Rücken. Nicht wirklich eine schwierige Dare, wie mir scheint! Ich muss lachen, und gleichzeitig wurmt es mich, dass ich nichts von der Existenz dieser Geheimmappe wusste. Die Videos auf YouTube kannte ich. Sie wurden wahnsinnig oft angeschaut und haben jede Menge Likes bekommen.

Nach einer Weile werde ich mir darüber bewusst, dass ich auch so einiges für mich behalten habe. Beispielsweise habe ich Milan nie etwas von meinen Gefühlen für Wouter erzählt. Ich schaue noch einmal das Foto von Wouter an. Ich will mit ihm sprechen, nein ... ich *muss* mit ihm sprechen! Er kannte Milan auch in- und auswendig. Er kann mir bestimmt mehr erzählen.

In der letzten Kiste stoße ich auf eine Mappe des Beerdigungsinstituts und blättere sie gedankenlos durch. Als ich die Rechnung sehe, erschrecke ich. Fast fünfzehnhundert Euro für seinen Sarg. Sechshundert Euro für den Leichenwagen, die Gebühren für die Trauerhalle und so weiter. Insgesamt rund zehntausend Euro. Nicht, dass Milan es nicht wert gewesen wäre, aber ich frage mich, wie meine Eltern das bezahlen konnten. Eine Sterbeversicherung gäbe es nicht, habe ich Mama schluchzen hören, als der Mann vom Beerdigungsinstitut sich danach erkundigt hatte.

Hinten in der Mappe finde ich ein schwarzes Notizbuch voller Kritzeleien und durchgestrichener Wörter. Daten, Zeitpunkte, Zeitungsberichte, ausgedruckte Artikel. Alle über Milans Tod. Der Handschrift nach von Mama. Auf fast jeder Seite sind Linien, die zwischen Namen gezogen und später wieder durchgestrichen wurden. Mein Name. Wouter, Papa, Schule, Mitschüler, der Fußballverein, sogar meine Tante steht darin. Es scheint fast, als hätte sie notiert, wer damals was gesagt hat.

Niemand hört mir zu. Auch das hat sie bestimmt dreißig Mal hintereinander aufgeschrieben.

Niemand hört mir zu. Das hatte sie geschrien, als der Hausarzt ihr versucht hat schonend zu erklären, dass sie anderswo zur Ruhe kommen müsse. Die Verzweiflung in ihrer Stimme hat mich wie ein Messer durchbohrt.

Auf den beiden letzten Seiten steht eine ganze Zeitleiste von diesem schrecklichen Tag. Sie ist durchgestrichen, aber trotzdem erkenne ich deutlich, dass Mama genau nachvollzogen hat, wo Milan war, was er gemacht hat und mit wem. Es ist, als würde jemand einen Eimer voll Eiswasser über mir ausschütten, als ich die drei Fragezeichen hinter Papas Namen sehe. Ich suche Halt am Holzbalken über meinem Kopf. Staub rieselt auf mich nieder. Was meint sie denn damit …?

Es knarzt auf der Treppe. Schritte. Schnell husche ich hinter die Kisten und ducke mich. Ich umklammere Mamas Notizbuch und halte den Atem an. Ein Blick auf die Kisten würde vollkommen reichen, denn sie stehen kreuz und quer und sind aufgeklappt.

Meine Panik erweist sich als überflüssig. Das Licht wird ausgeknipst und danach fällt die Tür zu.

Erleichtert atme ich aus. Es dauert eine Weile, bis sich meine Augen an die Dunkelheit gewöhnen. Das war knapp, seufze ich in mich hinein. Denn eine Konfrontation mit Papa oder Mama will ich nicht. Vor allem nicht mit diesem Buch in den Händen!

Ein paar Sekunden später krieche ich möglichst lautlos hinter den Kisten hervor. Meine Knie knacken beim Aufstehen. Eigentlich will ich in mein Zimmer zurück, um in dem Buch weiterzublättern, aber ich traue mich noch nicht. Erst muss die Luft unten rein sein. Ich klappe die ersten Kisten zu und stelle sie an genau denselben Platz zurück. Plötzlich beschleicht mich das Gefühl, nicht allein zu sein. Fast spüre ich den stechenden Blick in meinem Rücken.

Dann geht das Licht an. Ganz langsam drehe ich mich um und schaue geradewegs in Papas Gesicht. Er sieht mich so bedrückt an, dass ich die Augen niederschlage. Gespannt warte ich ab. Er muss die ganze Zeit dort gestanden haben. Warum? Um mich auf frischer Tat zu ertappen? Warum sagt er nichts? Mir wäre eine Tirade lieber als sein unangenehmes Schweigen.

»Papa«, setze ich an, um das Eis zu brechen. »Was ist los?«

»Sollte ich das nicht lieber dich fragen?«

»Vielleicht«, antworte ich. Nervös überlege ich, was ich am besten sage. »Weißt du, Papa, ich habe einfach etwas von Milan gesucht. Und ja, ich hätte danach fragen können, aber ich dachte, ihr würdet schon schlafen und … und …« Ich stolpere über meine eigenen Worte. Was ich eigentlich erzählen will, schallt wie eine Sirene durch meinen Kopf, aber ich schaffe es nicht, es laut auszusprechen.

»Und das konnte nicht bis morgen warten?« Er macht einen Schritt auf mich zu.

»Nein.«

»Hast du gefunden, wonach du gesucht hast?« Er zeigt auf das schwarze Buch und danach zur Mütze auf meinem Kopf.

»Äh, ja«, antworte ich und schlüpfe an ihm vorbei nach unten.

»Solltest du die Dinge nicht wieder dorthin zurücklegen, wo sie hingehören?«, ruft er mir nach.

Ich tue so, als hätte ich ihn nicht gehört, und flüchte in mein Zimmer.

Mit klopfendem Herzen warte ich ab. Angenommen, er

kommt jetzt rein, dann frage ich ihn. Ich will wissen, was die Fragezeichen hinter seinem Namen zu bedeuten haben.

Aber er kommt nicht.

Am nächsten Morgen gibt es immer noch keine Reaktion auf unser Video.

9

Wir warten schon zwanzig Minuten im Klassenraum auf Versteden. Er hat sich nicht krankgemeldet. Doch auch im Sekretariat weiß keiner, warum er nicht da ist.

Auf seinem Pult ist alles noch wie gestern: der Kaffeebecher, ein Papierstapel, sogar seine Tasche steht noch neben dem Stuhl.

»Hey, tschüs zusammen, ich gehe jetzt.« Bas schwingt seine Tasche auf den Rücken und verlässt den Raum.

Einige Mitschüler folgen seinem Beispiel. Manche maulen, weil sie hätten ausschlafen können. Andere freuen sich über die Freistunde.

Fleur und ich bleiben sitzen. Nicht, weil wir Versteden noch erwarten, aber der Schreck ist uns beiden gehörig in die Glieder gefahren. Wir waren sowieso schon ziemlich nervös, wie er reagieren würde.

»Vielleicht ist er ja todkrank geworden«, flüstert Fleur. »Oder wütend, weil er herausgefunden hat, was im Cupcake war.«

»Ich fürchte, es ist Ersteres.« Ich reibe über meine feuchte Jeans und starre aus dem Fenster. Klatschnass bin ich in der Schule angekommen. Sogar meine Socken sind nass.

»Sollen wir bei ihm vorbeischauen?« Sie steht auf und zieht ihre Jacke an.

»Meinst du, bei ihm zu Hause? Jetzt? Siehst du, wie heftig es regnet?«

Sie nickt.

»Oder wir rufen an. Unter dem Vorwand, dass wir wissen wollen, ob er noch kommt.«

»Wir haben seine Nummer doch gar nicht!«

»Die können wir vielleicht im Internet suchen?« Fleur schaut mich entmutigt an. »Ich weiß ja auch nicht. Nachher sitzt er einfach beim Direktor, um seine Geschichte zu erzählen, und ist deswegen nicht zum Unterricht gekommen. Ich sagte doch schon, dass er ein Feigling ist. Er braucht nur von unseren Cupcakes anzufangen, und wir sind am Arsch. Einen Lehrer mit betäubenden Tabletten vollzustopfen – damit werden sie nicht gerade nachsichtig umgehen, meinst du nicht auch?« Nervös und fluchend tigert sie im Gang auf und ab. »Die werfen uns bestimmt von der Schule! Oder es wird Anzeige erstattet.«

»Fleur!« Gröber, als ich will, ziehe ich an ihrem Arm. »Hör auf! Bitte beruhig dich jetzt erst mal. Wenn du weiter so herumschreist, weiß innerhalb von zwei Minuten die ganze Schule, was wir getan haben.« Ich halte kurz inne und fahre dann ruhig fort: »Wir können jetzt drei Dinge machen: anrufen, an seinem Haus vorbeifahren oder wir durchkämmen das Schulgebäude und schauen, ob er irgendwo ist. Sag du – was willst du?«

Fleur überlegt. »Dann geh du. Ich bleibe hier. Wenn wir beide vor Schulschluss gehen, gibt es bestimmt Ärger.«

Die Frau im Sekretariat hat mir meine Ausrede, dass ich Kopfschmerzen habe, abgenommen. »Ich erwarte allerdings nachher einen Anruf von deinem Vater oder deiner Mutter«, meinte sie.

Versteden ist nicht ans Telefon gegangen. Ich habe ihn

dreimal angerufen. Also bleibt mir nichts anderes übrig, als bei ihm zu Hause vorbeizufahren. Doch zuerst fahre ich zu mir nach Hause, um was Trockenes anzuziehen. Hoffentlich finde ich irgendwo ein Regencape – zur Not muss ich mit einem Regenschirm Fahrrad fahren.

Zum Glück haben meine Eltern einen Termin beim Psychiater, wie ich eben auf dem Kalender gesehen habe. Sonst hätte ich wieder lügen müssen.

Gerade als ich wieder aus der Tür will, wird ein Umschlag durch den Briefkastenschlitz geschoben. Mit denselben schwarzen Blockbuchstaben wie auf den beiden vorigen Umschlägen. Die Tinte ist verlaufen, aber mein Name ist deutlich zu lesen. Ich stecke ihn in die Jackentasche, reiße die Tür auf und renne auf die Straße.

Tropfen spritzen mir ins Gesicht. Der böige Wind scheint mich wieder ins Haus drängen zu wollen. »Hey!«, rufe ich. »Zeig dich, Feigling!« Meine Stimme verhallt in der Ferne. Links, rechts, ich sehe kaum etwas durch den Regenvorhang. Ich schirme meine Augen mit der Hand ab. Dort! Am Ende der Straße biegt jemand in einer grünen Jacke eilig um die Ecke. Los! Der Drang zu wissen, wer das ist, ist enorm. Ich wusste gar nicht, dass ich so schnell rennen kann. Ich laufe durch Pfützen, mir ist alles egal, Hauptsache, ich hole ihn ein. Ich muss einfach! Dieses Elend muss ein Ende haben. Keine Dares mehr! Wenn ich ihn zu fassen kriege, will ich die Wahrheit wissen! Das schaffe ich, sage ich mir. Haarsträhnen kleben in meinem Gesicht, ich mache mir nicht die Mühe, sie wegzuwischen. Scheinwerfer blenden mich. Es wird gehupt. Schlitternd weicht ein Auto vor mir aus. Jetzt erst wird mir bewusst, dass ich mitten auf der Straße renne. Ganz knapp vor einem weiteren Auto springe ich auf den Bürgersteig. Wo ist er? Ich bin fast um die Ecke. Meine Schuhsohlen machen klatschende Geräusche auf dem Bürgersteig. Dann sehe ich ihn wieder. Sein Gesicht ist in der Kapuze seiner grünen Jacke verborgen. An der vielbefahrenen Kreuzung bleibt er stehen.

Ich renne weiter. Der Abstand zwischen uns wird kleiner.

Zwanzig Meter. Zehn Meter.

Er überquert die Straße, gemeinsam mit einigen anderen Fußgängern unter Schirmen.

Meine Nase tropft, meine Füße schmatzen in den Turnschuhen. Ich bin nass bis auf die Unterwäsche. Aber in diesem Moment interessiert mich nur eines: ihm so schnell wie möglich klarmachen, dass er mit diesem Unsinn aufhören muss.

Beim Bäcker taucht er unter das Vordach. Neben ihm steht noch jemand. Sie reden miteinander. Oder nicht? Noch fünf Meter. Er steht mit dem Rücken zu mir. Dann schiebt er die Kapuze seiner Jacke zurück und betritt den Laden. Dunkelblonde Haare. Ich sehe ihn von der Seite. Ist das …? Nein. Ich muss näherkommen, um es sicher zu wissen.

An der Ampel bleibe ich stehen. Eine ganze Kolonne von Autos fährt an und behindert meine Sicht. Trotzdem sehe ich genug, um zu erkennen, wer es ist. Hä, Bas?

Mein fester Entschluss ihn zu fassen, verschwindet augenblicklich. Wie soll ich vorgehen? Einfach so in den Bäckerladen zu stürmen, wäre nicht klug.

Ob er mich bemerkt hat? Ist er deswegen in den erstbesten Laden gegangen, um mich abzuschütteln?

Plötzlich wird mir klar, warum ausgerechnet er sich gestern so darum bemüht hat, Versteden zu stützen. *Keep your enemies close*, heißt es doch …

Soll ich reingehen? Ihm geradewegs in die Augen schauen und ihn wissen lassen, dass ich ihn durchschaut habe? Mein

Herz hämmert warnend gegen meine Rippen. Bevor ich ihm gegenüberstehe, muss ich einen Plan haben. Denn wenn ich mich wie ein kopfloses Huhn verhalte, erreiche ich gar nichts.

Ein Bus hält direkt vor meiner Nase. »Fahr weiter«, murmele ich. Doch die Ampel ist rot. Ich versuche, auf Zehenspitzen durch die Fensterscheibe zu schauen. Sehen kann ich noch nichts. Schnell gehe ich ein Stück weiter.

Er ist weg.

Er ist einfach weg.

Panisch schaue ich mich um. So schnell kann er doch nicht verschwunden sein!

Ich warte nicht, bis die Ampel Grün zeigt, und schlängele mich durch die Autos auf die andere Seite. Beim Bäcker ist keiner mehr. Kälte durchzieht meinen Körper. Ich suche die Kreuzung ab. Welche Richtung hat er eingeschlagen? Zitternd schlinge ich die Arme um mich. Ich möchte warme Sachen anziehen und noch viel lieber mich im Bett verkriechen. Schlafen. Nein, nachdenken. Vielleicht Fleur Bescheid geben.

Auf dem Heimweg überschlagen sich die Fragen. Warum tut Bas mir das an? Welche Verbindung hat er zu Milan? Sie waren mal in derselben Klasse, aber sie sind nicht miteinander befreundet gewesen. Muss ich nach anderen Gründen suchen? Hat es etwas mit mir zu tun? Habe ich mal etwas getan, was ihm nicht gefallen hat? Oder ist er einfach verrückt? Aber so sehr ich auch in meinen Erinnerungen grabe – ich finde keine Erklärung. Von Bas weiß ich eigentlich nur, dass die Schule ihm nicht leichtfällt. Er ist zweimal sitzengeblieben und hat dann die Schule gewechselt. Er pfeift auf Regeln und Vereinbarungen. Sogar wenn Lehrkräfte über etwas hinwegsehen, muss er immer seinen Senf dazu abgeben. Deswegen hat es mich auch so überrascht, dass er gestern Versteden geholfen hat.

Ein Hupen erschreckt mich. Aus den Augenwinkeln sehe ich ein Auto, das langsam neben mir herfährt. Ich drehe den Kopf und erkenne den Transporter von Papas Arbeit. Die Scheibe vom Beifahrerfenster fährt runter. Papa ruft etwas. Sein Mund bewegt sich, aber seine Worte gehen im Verkehrslärm und dem prasselnden Regen unter. Mama sitzt neben ihm.

Ich gebe ihm Handzeichen, dass er weiterfahren soll. Mama denkt offenbar, dass ich winke, denn sie winkt zurück.

»Musst du nicht in die Schule?«, fragt sie kurz darauf, als ich triefend vor der Tür stehe.

»Ja, schon, aber ich habe mich nicht gut gefühlt und mich krankgemeldet. Könntest du bitte gleich mal dort anrufen und es bestätigen?«

»Oh Juul, hättest du doch angerufen, dann hätten wir dich abholen können.« Ihr besorgter Blick und ihre Stimme bringen mich fast zum Weinen. »Hast du Fieber?« Sie fühlt an meiner Stirn und hilft mir, meine nasse, schwere Jacke auszuziehen. »Halsschmerzen? Die scheinen umzugehen …«

Ich nicke. »Wo ist Papa eigentlich?«

»Der musste weiter zu seiner Arbeit.«

Ich beobachte ihre Bewegungen. Sie klingt anders. Sie guckt anders. Ob es ein gutes Gespräch beim Psychiater war? »Mama?«

Sie dreht sich um und lächelt.

»Wie war es beim Arzt?«

»Ging so. Ich mache leichte Fortschritte. Zumindest meint das der Arzt. Sag mal, wie wäre es, wenn du jetzt mal die nassen Klamotten ausziehen würdest und dich unter die warme Dusche stellst, dann trinken wir gleich eine Tasse Tee.«

Die Art, wie sie das sagt … Fast fühlt es sich so an, als wäre sie wieder wie früher. Ich will mich an sie kuscheln, wie ich es manchmal vor dem Unfall getan habe. Aber ich will vermeiden, dass sie in Tränen ausbricht. Eine Dusche wird mir tatsächlich guttun, denke ich. Hoffentlich hilft sie auch gegen den hämmernden Schmerz in meinem Kopf.

Erst oben an der Treppe fällt es mir wieder ein. Mit glühenden Wangen stürme ich hinunter. Bitte, mach, dass es nicht so ist. Mach, dass es nicht so schlimm ist.

Aber es ist schlimm. In der Waschküche will Mama gerade die Trauerkarte aufklappen. Ihre Lippen sind zusammengepresst.

»Nicht!«, rufe ich. »Die ist für mich!« Mir fällt nichts anderes ein, als ihr die Karte aus der Hand zu reißen. Der Umschlag liegt auf der Waschmaschine, und den schnappe ich mir auch sofort. Etwas Schwarzes fällt auf die Fliesen. Ein USB-Stick. Während ich mich bücke, um ihn aufzuheben, plappere ich drauf los. »Das ist nur eine reichlich verspätete Reaktion von jemandem aus meiner Klasse, Mama. Vielleicht besser für dich, wenn du das nicht liest.«

Verblüfft sieht sie mich an. »Wie meinst du das?«

Oh, wie komme ich aus der Nummer bloß wieder raus? Sie darf den Inhalt unter keinen Umständen zu Gesicht bekommen. Ich weiß ja selbst noch nicht, was Psycho jetzt wieder von mir will. Oder Bas. »Ja, also, weil du … Fortschritte machst, meine ich.« Ich sammele ein paar Wörter zusammen. »Und das erinnert dich … zu viel an, äh …«

»Milan«, ergänzt sie heiser. Ein hohes Schluchzen folgt.

Ich nicke, schaue sie aber nicht an. Ohne ein weiteres Wort gehe ich weg. Sonst mache ich es nur noch schlimmer.

Sein Name wurde wieder genannt.

10

Bas ist verrückt. Absolut verrückt!

Zum zigsten Mal betrachte ich verblüfft unser Video von der Dare mit Versteden.

Er hat einen Trailer daraus gemacht. Komplett mit unheimlicher Musik und Abspann. Mein Name ist bestimmt zehnmal zu sehen. Unglaublich. *Made by Dare Productions.* Ja, ja, made by Bas, meint er eigentlich. Nur weiß er nicht, dass ich das schon weiß.

Noch ist es nur auf einem USB-Stick.
Du hast die Wahl.
Mach, was ich will, sonst geht es viral.

Ich könnte mir die Haare ausreißen. Wie konnte ich nur so blöd sein? Das hätte mir absolut klar sein müssen! Warum habe ich nicht darüber nachgedacht, als ich das Video von Versteden verschickt habe? Warum?

Jetzt kann ich gar nicht mehr anders. Wegen meiner eigenen völlig idiotischen Aktion sitze ich total in der Klemme! Ohnmacht, Frustration, Schrecken – alles Mögliche rauscht durch mich hindurch.

In jeder Karte sagt er es: *Keine Polizei!!! Ich sehe, höre, weiß alles.* Trotzdem glaube ich, dass die Polizei jetzt meine einzige Möglichkeit ist, ihm zu entkommen.

Denn die Dare auf dieser Karte ist einfach widerwärtig! Wie

kann sich jemand so etwas Grässliches ausdenken? Und dann auch noch mit Milans bestem Freund Wouter! Warum um Himmels willen?

Belohnung vorige Dare: 2200
Betäube Wouter. Stecke ihn in einen Leichensack (mindestens eine Viertelstunde lang).
Wo und wie kannst du dir selbst aussuchen.
Videobeweis!
Deadline: Morgen 17:00 Uhr.
P.S.: Keine Polizei! Ich sehe, höre, weiß alles.

»Blablabla, Arschloch!«, rufe ich wütend. Ich massiere meine Schläfen. Ruhig bleiben, denke ich. Meinen Verstand sprechen zu lassen ist das Einzige, was mir jetzt helfen kann. Hilfe suchen bei professionellen Menschen. Bei der Polizei. Ja, das ist wirklich das Beste. Allmählich lässt das machtlose Gefühl nach.

Im Internet suche ich heraus, wohin ich muss. Danach stecke ich die Trauerkarte, das Foto und den USB-Stick in die Tasche. Bei Mamas schwarzem Notizbuch zögere ich, nehme es dann aber doch nicht mit. Das kann ich der Polizei später immer noch zeigen.

Draußen schüttet es weiterhin wie aus Kübeln. Die Tropfen piksen in meinen Augen, und ich sehe alles verschwommen. Die dunklen Wolken sagen vorher, dass es so schnell noch nicht aufhören wird.

Ich lehne mein Rad an den hohen Eisenzaun und betrete das Gebäude durch die Drehtür. Hätte ich nur gleich auf Fleur gehört! Wäre ich bloß direkt zur Polizei gegangen! Dann hätte dieser Idiot jetzt kein krankes Video, mit dem er mir drohen kann. Ich wälze mich fast in Selbstvorwürfen. Wenn, dann …, hätte ich nur … Schluss damit, weise ich mich zurecht. Ich muss stark sein. Durchhalten. Manches kann noch richtiggestellt oder erklärt werden. Vielleicht. Aber die Konsequenzen für das, was ich mit Versteden gemacht habe, muss ich selbst tragen. Das ist dann eben so.

Am Empfangstresen sitzt ein älterer uniformierter Mann mit grauem Bart und Glatze. Er sieht streng aus, klingt aber freundlich, als er fragt: »Kann ich dir helfen?«

»Ja, äh, es ist etwas passiert, und ich will Anzeige erstatten.«

Er nickt. »Worum geht es? Heutzutage geht das meistens online und …«

»Ich werde bedroht«, unterbreche ich ihn. »Und erpresst.«

Sofort habe ich seine volle Aufmerksamkeit. »Das ist ja furchtbar. Wissen deine Eltern schon davon?«

Ich beiße mir auf die Lippe und schüttele den Kopf. »Nein, das geht nicht.«

»Okay«, sagt er und denkt sichtlich nach. »Dann warte mal kurz, ich rufe einen Kollegen dazu.« Er zeigt auf einen Tisch mit Stühlen.

Als der Polizist weg ist, nehme ich mein Handy. Fleur muss wissen, was los ist. Ich will auch, dass sie weiß, dass ich ihren Anteil an der Geschichte verschweigen werde. Sie hat schon so viel für mich getan. Hierfür muss sie nicht den Kopf hinhalten.

Während ich ihr schreibe, kommt eine Nachricht rein.

Bist du sicher, dass du die Polizei hinzuziehen willst?

Für einen Moment erstarren all meine Muskeln. Dann renne ich mit dem Handy zur großen Glasscheibe neben der Drehtür. Ich habe es so satt. Wütend presse ich die Nase an die

Scheibe. Wenn er auch nur ein bisschen Mumm hat, lässt er sich auf die Konfrontation mit mir ein und zeigt sich. Aber ich sehe niemanden. Bis auf ein Polizeiauto ist der Platz leer.

Wieder eine Nachricht. Ein Foto. Ich sehe mich, wie ich meiner Mutter die Karte aus der Hand reiße. Scharf und aus der Nähe aufgenommen.

Was meinst du? Sollen wir sie so richtig ausflippen lassen?

Mein Mund ist staubtrocken, weil mir klar wird, dass Bas hinten im Garten gestanden haben muss. Blitzschnell verwandelt sich meine Wut in beklemmende Angst. Als würde ein Band um meine Brust enger geschnallt werden.

Eine Hand auf meiner Schulter. Ich schreie und drehe mich um. Ein jüngerer Polizist macht eine beschwichtigende Geste. Die Streifen auf seiner Uniform scheinen sich zu bewegen. Ich weiß nicht mehr, was ich tun soll, ich bin total verunsichert. Mein Blick verschwimmt.

»Ich bin Job Gijsbers. Kommst du mit? Dann kannst du mir erzählen, was los ist«, sagt er.

Ich hole tief Luft. Blinzele.

»Kommst du?«, höre ich wieder.

Ganz allmählich sehe ich wieder schärfer. Der Polizist macht einen besorgten, aber geduldigen Eindruck. Er strahlt Zuverlässigkeit aus. Am liebsten würde ich ihm jetzt sofort mein Herz ausschütten, ihm die Karten zeigen und beichten, was mit Versteden passiert ist. Aber Mama … Das darf ich ihr nicht antun. Gerade jetzt, wo es ihr ein bisschen besser geht. Der Polizist wird sie garantiert anrufen und sie bitten, auf die Wache zu kommen.

»Hat sich erledigt. Ich habe mich geirrt«, sage ich leise.

Seine Augenbrauen schnellen in die Höhe. »Wieso das? Warum überlegst du es dir plötzlich? Wie heißt du eigentlich?« Er versucht, mir in die Augen zu schauen, und ich kann nicht mehr weggucken.

»Juul«, antworte ich.

»Und weiter? Dein Nachname?«

»Den Ouden«, murmele ich.

»Was hast du gesagt? Wouters?«

Ich nicke, froh über seinen Irrtum.

»Okay. Was ist los? Versuch es zu erzählen, hier bist du sicher.«

Ich schüttele den Kopf. »Nichts. Es ist nichts. Tut mir leid, ich … äh … Ich dachte, ich würde bedroht, aber es ist offenbar nur ein Scherz.« Hoffentlich hört er die Spannung in meiner Stimme nicht.

»Was für ein Scherz und von wem?«, fragt er, jetzt strenger.

Ich seufze und ziehe die Mundwinkel hinunter.

»Etwas mit einem Foto auf Instagram, äh, von einem Mitschüler, aber vielleicht habe ich das alles ein bisschen übertrieben.«

Er kneift die Augen zusammen und sagt: »Nun, wenn es etwas ist, das du nicht willst und wobei du dich nicht gut fühlst, dann musst du schon etwas dagegen unternehmen.«

»Nein, nein, es geht schon wieder. Entschuldigung, es war etwas impulsiv, hierher zu kommen.«

»Du weißt, dass du dich bei solchen Angelegenheiten auch an die Vertrauenspersonen an deiner Schule wenden kannst, oder? Hier bei uns eventuell auch, aber …«

»Natürlich«, sage ich schnell. »Nächstes Mal mache ich das, aber ich glaube, es wird nicht nötig sein.« Ich schwenke mein

Handy und mache ein möglichst beschämtes Gesicht. »Ich habe nämlich gerade ein paar Entschuldigungen reinbekommen.«

Der Polizist ringt sich ein Lächeln ab, aber sein Blick ist verärgert.

Auf dem Fahrrad schaue ich mich ständig um. Folgt Bas mir jetzt wieder? Mit dem Auto? Fährt er mit dem Rad hinter mir her? Habe ich eine versteckte Kamera in der Tasche oder so einen Chip, der all meine Schritte verfolgt? Denn so misstrauisch bin ich mittlerweile. Ich habe keine Ahnung, wohin ich fahren soll. Nach Hause will ich nicht. Schule ist auch keine Option. Fleur hat bestimmt noch ein paar Stunden Unterricht. Meine Tante ist auf ihrer Arbeit. Plötzlich fällt mir Aisha ein. Ob ich sie besuchen soll, unter dem Vorwand, mal wieder mit ihr quatschen zu wollen? Doch schnell schüttele ich den Kopf. Schlechter Plan. Ich kann sie ja nicht aus dem Hörsaal holen. Außerdem haben wir uns schon seit ein paar Monaten weder gesehen noch miteinander gesprochen.

Doch ziellos im Regen herumzufahren bringt mich auch nicht voran. Beim Friedhof beschließe ich anzuhalten. Milan ist der Einzige, dem ich meine Geschichte erzählen kann.

»Hey, da bin ich wieder«, sage ich kurz darauf zu seinem Grabstein. Der Regen hat die Veilchen geplättet. Ich könnte sie genauso gut auch rausholen und einfach ein paar künstliche Blumen hinstellen.

»Kriegst du eigentlich mit, was hier so alles los ist?«, frage ich. »Was Bas uns antut?«

Ich höre mir selbst beim Erzählen zu. Regentropfen zerplatzen auf seinem Stein und springen nach allen Seiten, ein kleines Rinnsal läuft über den ersten Buchstaben seines Namens.

»Aber ich kriege ihn.« Ich hocke mich hin, zupfe alle Veilchen aus dem Boden und lege sie neben mich. Mein Zeigefinger zeichnet langsam ein großes Herz in die nasse Erde. Da stoße ich auf etwas Hartes. Vielleicht ein Steinchen oder Reste einer Pflanze? Ich grabe drumherum. Es ist etwas Schwarzes. Karton? Ich ziehe es aus dem Schlamm. Mein Gehirn kapiert nicht, was meine Augen sehen. »Wie kann das denn jetzt sein? Milan, nein!« Mamas schwarzes Notizbuch. Durchtränkt von Schlamm und Regen. »Wie kann das denn sein?«, wiederhole ich jammernd. Ich reibe mit schmutzigen Händen über mein Gesicht. Erde knirscht zwischen meinen Zähnen, und ich spucke sie aus. Die Seiten kleben aneinander. Mamas Handschrift ist unlesbar geworden. Aber warum bei Milan? Um ein Geheimnis zu bewahren? Ob Papa mehr darüber weiß? Will er nicht, dass sonst noch jemand das Notizbuch jemals zu Gesicht bekommt? Warum hat er es dann nicht einfach in den Müll geworfen oder im Kamin verbrannt? Warum die Mühe, es bei Milan zu begraben?

Mein Handy piepst. Ich wische mir die Hände an meiner klatschnassen Jeans ab. Dieses Mal ist es kein Foto, sondern ein Video. Von mir. In der Hocke, über Milans Grab gebeugt. Jemand atmet schwer. Der Wind heult. Das Video zoomt auf meinen ausgestreckten Arm heran. Mein Zeigefinger zeichnet ein großes Herz. Dann hält der Film an, und mir stockt der Atem. Ich muss seine Nummer blockieren! Meine Finger zittern so stark, dass ich fast nicht mehr scrollen kann. Ich muss das löschen! Das Foto, das Video, alles, was mit ihm zu tun hat, muss weg. Als ich alles gelöscht habe, seufze ich tief. Aber ich habe mein Handy noch nicht zurück in die Tasche gesteckt, als schon wieder eine Nachricht reinkommt.

Stell dich nicht so an!

Eine merkwürdige Ruhe überkommt mich, obwohl ich weiß, dass er irgendwo steht und mich beobachtet. Hinter einem Grabstein, dem eisernen Grüncontainer oder um die Ecke bei der Kirche. Vielleicht ist Milan für diese Ruhe verantwortlich, vielleicht strahlt er sie aus. Eins ist sicher: Bas wird nie zu sehen oder hören bekommen, wie viel Angst er mir einjagt. Diese Kontrolle wird er nicht über mich haben.

Ruhig stehe ich auf. Ruhig gehe ich zu meinem Fahrrad zurück. Wenn er mir jetzt etwas antun will, soll er nur. Irgendwie ist Milan bei mir. Das ist das Einzige, was jetzt für mich zählt.

»Entspann dich, entspann dich.« Wie ein Mantra wiederhole ich diese Worte vor dem Spiegel. Die feurige Narbe an meinem Hals glänzt anklagend. Ich reibe darüber, beruhige sie. »Ich muss mich wirklich besser beherrschen.«
Es kostet mich mehr Mühe, als ich dachte, sie im Griff zu behalten. Es kostet mich auch viel mehr Zeit. Unpraktisch, vor allem, da ich nicht an zwei Orten gleichzeitig sein kann. Ich muss wach bleiben. Sie darf nichts Verräterisches in die Hände bekommen. Die Fotos und das Video waren grenzwertig. Vielleicht schon ein bisschen darüber hinaus. Damit muss ich sorgfältiger umgehen. Ihr hin und wieder auf die Pelle rücken ist gut. Aber heute war es zu viel. Fast hätte sie mich gesehen.
Ich massiere die Muskeln in meinem Arm. Der Schmerz ist nicht auszuhalten. Schwere Sachen zu schleppen ist fatal. Rennen erschöpft mich. Mein Nervensystem schafft das nicht mehr. Als würden scharfe Messer in Haut und Gelenke stechen. Fies. Unerwartet. Der Schmerz zieht bis in den Scheitel. Aber es hat geklappt. Genau wie es mir vorschwebte. Mit meinem technischen Erfindungsreichtum kann ich alles schaffen oder zerstören. Sogar unter diesen Umständen. In der Zimmerecke liegt meine Matratze. Ruhe wird mir guttun. Ich setze meinen Kopfhörer auf und lasse die Musik in meinen Kopf fließen. Die beste Methode, mich wieder aufzuladen.
Ab morgen habe ich noch mehr zu tun. Dann muss ich an drei Orten gleichzeitig sein. Vielleicht

zwei, denn wenn Juul kuscht und exakt macht, was ich will, kann ich ihre Zügel hoffentlich ein wenig schleifen lassen.
Oh, wie ich mich auf die nächste Dare freue!
Es ist spannend, mühselig, aber wenn es gelingt, ist es großartig.
Bevor ich mich hinlege, ziehe ich erst einmal den weißen Kittel an. Er passt perfekt. Wirkt professionell. Ich klemme ein neues Schild an. Morgen heiße ich anders.
Ich lege den Kopfhörer ab und hänge das Stethoskop um den Hals. Das Bruststück schiebe ich unter mein T-Shirt.
Bumm-bumm, Bumm-bumm, Bumm-bumm - ich höre, wie sich mein Herzschlag vor Erregung beschleunigt.

11

Die Klamotten kleben an meinem Körper, und die Kälte steckt mir in den Knochen. Ich sehne mich nach einem warmen Bad. Papas Auto steht noch nicht in der Einfahrt, obwohl es schon fast sechs Uhr ist. Ich hoffe, dass er Essen mitbringt oder dass meine Tante wieder mit etwas vorbeikommt.

An der Hintertür ziehe ich meine nassen Turnschuhe und die Socken aus. Ich will keinen Dreck mit reinbringen. Aber zu meinem Erstaunen zieht sich bereits eine Spur aus Schlamm und Gras durch die Küche, das Wohnzimmer und über die Treppe. Im Erdgeschoss ist Mama nirgends zu sehen.

Zitternd betrete ich das Badezimmer und mache Licht. Ich will schon meine Kleider ausziehen, doch ich schrecke zurück, als ich Mama auf dem Wannenrand entdecke. Zusammengesunken, genauso durchweicht wie ich. Dunkle Streifen im Gesicht. Hände und Schuhe voller Schmutz.

»Mama«, piepse ich. »Alles in Ordnung?«

Mit stumpfem Blick sieht sie mich an.

»Mama?«, versuche ich es erneut. Es ist nur ein halber Meter, aber die Distanz zwischen uns fühlt sich größer an denn je. Sie starrt mich an, als wäre ich ihr vollkommen fremd.

Ich befeuchte einen Waschlappen und behalte sie über den Spiegel im Auge. Sie ist wieder zurück auf Los, denke ich.

Sie hält etwas fest. Etwas Gelbes. Ein Blümchen. Der Waschlappen rutscht mir aus der Hand.

Oh Hilfe, *sie* war es! Das Veilchen verrät sie. Mama hat das schwarze Notizbuch bei Milan begraben.

»Wo ist Papa?«, frage ich.

Keine Antwort.

»Mama, bitte …« Meine Stimme bricht. Ich halte das nicht mehr aus. Das Badezimmer dreht sich. Mein Magen dreht sich. Ich muss weg aus diesem verfluchten Haus, sonst werde ich auch noch verrückt. »Es liegt nicht an mir«, flüstere ich. »Das alles ist nicht meine Schuld.« Wie betäubt bewege ich mich in mein Zimmer, sammele ein paar Sachen zusammen und verlasse das Haus. Ich finde schon was, wohin ich gehen kann. Wenn ich nur keine Sekunde länger mehr hierbleiben muss.

»Meine Eltern sind einverstanden«, sagt Fleur. »Du darfst so lange hierbleiben, wie es nötig ist. Mein Vater telefoniert gleich mit deinem und bespricht das.«

Ich nicke. Trotz der warmen Dusche zittere ich noch immer. »Danke, das ist wirklich lieb von ihnen. Und von dir.«

Sie legt einen Arm um mich. »Hey, das würdest du umgekehrt doch auch machen. War es so schlimm mit deiner Mutter? Ist es wieder so schlimm wie damals?«

»Ja.«

»Wenn du nicht darüber reden willst – auch okay. Vielleicht ist es besser, wenn wir uns einfach einen schönen Film anschauen.«

Wieder nicke ich. Ich will ihr gern von Bas erzählen, von der neuen Dare und von Mama, aber ich weiß nicht, wo ich anfangen soll. Es ist, als wären nicht nur meine Tränen aufgebraucht, sondern auch meine Worte.

»Übrigens meinten meine Eltern, dass wir morgen nicht zur

Schule gehen müssen. Sie finden, du solltest dich ein bisschen erholen. Mein Vater hat das schon geklärt.«

Das erschreckt mich ein bisschen. »Was hat er denn gesagt?«

»Keine Sorge, nichts über deine Mutter. Er hat eine kurze Mail an die Schule geschickt. Nur um uns abzumelden.«

»Zum Glück«, sage ich zittrig.

»Kommst du mit nach unten? Dann wärme ich dir was zu essen auf, und wir nehmen uns eine Tüte Tortilla-Chips. Meine Eltern haben versprochen, keine nervigen Fragen zu stellen, also mach dir keine Sorgen wegen ihnen.« Fleur geht mit ihrer Bettdecke unterm Arm vor mir her.

Das kann sie richtig gut, denke ich. Trösten, sich kümmern, Sachen organisieren: Sie wäre eine perfekte Krankenschwester.

»Geht's denn einigermaßen?«, fragt sie nach der Hälfte des Films. Sie schiebt mir ein Kissen in den Rücken.

Nein, es geht überhaupt nicht. Zweifel jagen durch mein Hirn. Bin ich ein Schwächling, weil ich von zu Hause weggerannt bin? Lasse ich Mama nicht unglaublich im Stich? Ist sie wirklich wieder zurück auf Los? Ist das schwarze Notizbuch der Auslöser? Trotzdem lächele ich schwach und antworte: »Ja, klar, ich bin immer noch durcheinander, aber es geht schon ein bisschen besser.«

Fleur nickt verständnisvoll. »Versteden ist übrigens den ganzen Tag nicht in der Schule gewesen. Alle reden darüber. Hast du ihn noch erreicht?«

»Ich hatte nur die Mailbox dran.«

»Oh. Na ja, wir können froh sein, dass er nicht beim Direktor war. Oder?« Sie schweigt kurz und fragt dann: »Sollen wir den Film zu Ende gucken?«

Als Fleur die Fernbedienung in die Hand nimmt, rufe ich

plötzlich: »Warte kurz.« Plötzlich sprudelt alles raus. Ich höre selbst, wie unzusammenhängend ich von Bas, der Polizei und der neuen Dare erzähle.

Fleur strengt sich sehr an, meiner Geschichte zu folgen. Zum Glück lässt sie mich ausreden, doch sie schüttelt immer wieder ungläubig den Kopf. »Heilige Scheiße«, sagt sie, als ich fertig bin. »Dass du durcheinander bist, ist ja noch harmlos ausgedrückt. Es ist echt kaum zu fassen, wie irre das ist. Als würde man in einer unendlichen Achterbahn sitzen oder so. Aber Bas? Das verstehe ich irgendwie noch nicht. Er und Milan waren doch keine dicken Freunde.«

»Zumindest nicht, dass ich wüsste. Ich zerbreche mir auch schon den Kopf darüber. Sie waren scheinbar nur in derselben Klasse. Aber ich bin mir sicher, dass er den Umschlag in unseren Briefkasten geschoben hat.«

»Woher weißt du das?«

»Glaubst du mir etwa nicht?«

»Doch, natürlich. Ich versuche nur, alles auf die Reihe zu bekommen. Vielleicht vergessen oder übersehen wir etwas ganz Wichtiges.«

»Als ich rausgerannt bin, habe ich Bas weglaufen sehen. Da bin ich mir zu tausend Prozent sicher.«

»Okay. Aber hast du wirklich gesehen, wie er den Umschlag in euren Briefkasten gesteckt hat, oder war er in eurer Einfahrt, als du rausgestürmt bist?«

Entmutigt schüttele ich den Kopf. »Nicht ganz, aber er war auf jeden Fall in unserer Straße.«

»Hm«, murmelt sie. »Und jetzt will er also, dass du dir Wouter vornimmst?«

»Ja, wieder mit diesen Tabletten. Versteden war einfach ein Versuch, eine Art Generalprobe.«

»Stand das so in der Karte?«

»Guck selbst.« Ich stehe auf, ziehe die mittlerweile durchweichte Trauerkarte aus meiner Jackentasche und reiche sie Fleur.

»Nein«, sagt sie, während sie die Dare liest. »Das ist nicht dein Ernst. Wir sollen ihn in einen Leichensack stecken? Wo denn?« Sie pfeift zwischen den Zähnen hindurch. »Mir wird schon schlecht, wenn ich nur daran denke. Meine Güte, der ist doch wirklich vollkommen durchgeknallt!«

Sekundenlang starren wir uns an. Durch Fleurs Fragen zweifle ich plötzlich, ob es wirklich Bas ist. Irgendwie hat sie ja recht. Ich habe ihn gesehen, doch nicht direkt vor unserer Haustür. Aber trotzdem … Es bleibt ein sehr großer Zufall, dass er gerade …

»Das können wir nicht machen, Juul«, flüstert Fleur.

Ich sage nichts und zucke mit den Schultern.

»Meinst du etwa, doch?«, fährt sie fort.

»Wir haben doch gar keine Wahl! Obwohl doch, die haben wir schon, aber wenn wir diese Dare verweigern, geht unser Video sofort online.«

Fleur krümmt sich zusammen. »Wo ist der USB-Stick, von dem er redet?«

»Oben, in meiner Tasche.«

»Scheiße«, flüstert sie, während sie kopfschüttelnd den Trailer anschaut. »Wenn das … online geht, dann …«

Ich führe ihren Satz zu Ende. »Bin ich dran, ja.«

»Nein, wir beide!«, sagt sie entschlossen. »Auch wenn man mich nicht sieht, das waren wir gemeinsam.« Sie legt ihre Hände an meine Wangen. »Echt jetzt: würde ich dich je im Stich lassen?«

»Nein.«

Fleur zieht den Stick aus ihrem Laptop und steckt ihn in meine Tasche zurück. »Wir lassen uns viel zu verrückt und zu viel Angst machen. Als hätte er alle Kontrolle über uns. Macht.«

»Aber die hat er doch auch!«

»Weil wir es zulassen. Bei jedem Schritt, den er macht, gerätst du oder geraten wir beide sofort in Panik. Wir müssen den Spieß umdrehen oder jedenfalls dafür sorgen, dass wir *ihn* verrückt machen.«

»Oder in die Irre führen«, sage ich, weil mir plötzlich eine Idee kommt.

»Das geht auch …«

»Nein, im Ernst. Ich glaube, ich weiß, wie wir bei der Dare mit Wouter vorgehen müssten. Wenn wir zum Beispiel …«

Wir erschrecken beide, als es an der Tür klingelt. Fleur seufzt und steht auf, um zu öffnen. Während ich warte, durchströmt mich das Adrenalin. Diese Idee könnte aufgehen.

Es ist Papa. Ich erschrecke, als ich den Blick in seinen Augen sehe. Hätte ich seine Anrufe wohl doch besser angenommen.

»Ich lasse euch mal kurz allein«, sagt Fleur.

»Weißt du, wo Mama ist?«, fragt er sofort. »Hat sie dir erzählt, wo sie hinwollte?«

»Nein.«

»Hattet ihr Streit? Oder ist etwas passiert, weswegen sie jetzt weg ist?« Die Art, wie er mit mir redet … Als wäre es meine Schuld. Schon wieder.

»Nein, Papa, wir hatten keinen Streit oder sonst was. Ich ertrage es zu Hause einfach nicht mehr.«

»Was erträgst du nicht mehr?«

»Wie ihr euch benehmt.«

Papa sieht mich an, als würde ich eine andere Sprache sprechen. Ich weiß nicht, wie ich es sonst in Worte fassen soll. Und über das, was Mama bei Milans Grab getan hat, wie ich sie im Bad vorgefunden habe – ich traue mich nicht, es ihm zu erzählen.

»Warum glaubst du, dass sie weg ist?«, frage ich. »Hat sie keinen Zettel hinterlassen?«

Er sinkt neben mir aufs Sofa und reibt sich fest über die Stirn. Ungeschickt lege ich ihm eine Hand auf den Rücken. Hoffentlich fängt er jetzt nicht an zu weinen, denke ich.

»Sie hat ein paar Kleidungsstücke und ihren Kulturbeutel mitgenommen. Und ihr kleiner Koffer fehlt«, sagt er, und seine Stimme kippt. »Ich verstehe es nicht. Was habe ich bloß falsch gemacht?«

»Nichts, Papa«, sage ich leise, obwohl mir ein Stich durch den Magen fährt. »Es ist zu Hause nur so …«

»Und du bleibst also erst einmal hier, habe ich das richtig verstanden?«

Ich zögere. »Wenn ich darf.«

Unruhig steht er auf. »Du musst tun, was gut für dich ist.«

»Geht Mama nicht ans Telefon?«, frage ich. »Hast du sie schon angerufen?« Blöde Frage, denke ich. Natürlich hat er das längst getan.

Aber Papa sagt: »Sie hat ihr Handy zu Hause gelassen.«

»Und Tante Wendy?«

»Zu ihr gehe ich jetzt.«

Bevor er das Zimmer verlässt, dreht er sich um. »Juul?«

Durch einen Tränenschleier schaue ich ihn an.

Er kommt zu mir und legt mir die Hände auf die Schultern:

»Passt du gut auf dich auf? Tut mir leid, wenn ich es falsch angepackt habe. Ich wollte nur das Beste für alle, aber …«

Er hört auf zu reden, als ich meinen Kopf an seine Brust lehne. »Mama weiß einfach nur nicht mehr weiter«, schluchze ich. »Sie ist bestimmt zu Tante Wendy gegangen.« Aber noch während ich es sage, beschleicht mich ein ungutes Gefühl. Was, wenn sie gar nicht dort ist?

12

Wir laden unsere Chipkarten für den Nahverkehr auf und schauen nach, auf welches Gleis wir müssen. Was für ein Betrieb! Es wimmelt nur so vor Leuten. Die Eincheckschranke piepst unablässig, und alle scheinen es furchtbar eilig zu haben.

Beim Bahnhofscafé auf Gleis 1 bestellt Fleur zwei Kaffee. Sie unterdrückt ein Gähnen. Ihre langen Haare sind zu einem zerzausten Dutt gebunden, und genau wie ich hat sie Ringe unter den Augen. Heute Nacht haben wir kaum geschlafen.

Mit hochgezogenen Knien haben wir gestern Abend auf ihrem Bett gesessen und einen Plan ausgebrütet.

Die Belohnung für die Dare mit Versteden ergab keinen Sinn. Vier Ziffern: 2200. Wie bei den letzten Malen konnten wir wieder nichts damit anfangen.

Wouter hatte nicht auf meine Nachricht reagiert. Erst heute Morgen schrieb er zum Glück, dass er Zeit für ein Treffen hat. Vielleicht weiß er ja, was die Zahlen zu bedeuten haben.

Ständig schaue ich mich um. Ob Bas oder wer auch immer uns wieder folgt? Ich entdecke nichts Verdächtiges. Gerade glaube ich, ihn in der Ferne erspäht zu haben, doch als die Person näherkommt, merke ich, dass ich mich geirrt habe.

»Vom Rotterdamer Hauptbahnhof müssen wir mit der Buslinie 44 nach Dijkzigt, um zum Erasmus-Gesundheitszentrum zu kommen«, sagt Fleur. »Man kann auch laufen, aber das dauert viel zu lange. Hier, ein Schuss Koffein wird uns guttun.« Sie drückt mir einen Pappbecher mit Plastikdeckel in die Hand.

Ich trinke sofort einen Schluck. Der Kaffee brennt in meiner Speiseröhre.

»Noch was von deinem Vater gehört? Oder von deiner Tante?«

Ich lecke mir über den Gaumen. Das tut ganz schön weh. »Nein, sie wollen sich heute gemeinsam auf die Suche machen.«

Fleur streicht mir über die Haare. »Alles wird gut – ich spüre es.«

Auch wenn ich Fleur gern glauben würde – meine Unruhe geht nicht weg. Nicht, solange Mama spurlos verschwunden ist. »Ich hoffe es«, sage ich. Auch die Frage, warum Mama das schwarze Notizbuch bei Milan begraben hat, lässt mich einfach nicht los. Stand da etwas drin, was niemand wissen durfte? Hat es zu viele Erinnerungen wachgerufen, als sie es in meinem Zimmer gefunden hat? Könnte ich doch nur wie Fleur offen mit meinen Eltern reden.

»Woran denkst du gerade?«, fragt Fleur. »Bist du unsicher wegen der Dare mit Wouter?«

»Nein, ich bin einfach nur schrecklich müde.«

Auf dem Bahnhof in Rotterdam kommen wir uns vor wie zwei typische Mädchen vom Land. Wir nehmen den falschen Ausgang, stoßen mit uns und anderen Reisenden zusammen, vergessen auszuchecken, aber schließlich landen wir im richtigen Bus.

Kaum sehe ich das riesige Gebäude, fängt es in meinem Inneren noch unangenehmer an zu kribbeln. Was denken wir uns eigentlich? Dass wir hier einfach unser Ding machen und unbemerkt die Pathologie betreten können? Ich stupse Fleur an. Scheinbar stellt sie sich genau die gleiche Frage.

Wir folgen den Wegweisern und nehmen die breite Betontreppe nach oben. In einer großen, hohen Halle mit Glasdecke bleiben wir stehen. Rechts von uns sehe ich ein Café und kleine Geschäfte, weiter hinten den Zugang zur Tiefgarage. Die Halle verbindet zwei Krankenhäuser miteinander: das Sophia-Kinderkrankenhaus und das Erasmus-Gesundheitszentrum.

»Wo müssen wir hin?«, fragt Fleur. »Hat Wouter das gesagt?«

Ich scrolle durch seine Nachrichten. »Moment, ja, hier habe ich es. Um eins im Bistro vom Erasmus, Erdgeschoss.«

»Da hinten ist eine Rezeption.« Fleur zeigt zum Eingang beim Kinderkrankenhaus.

Mein Blick folgt ihrem Finger. Ein Junge mit einem dünnen Schlauch in der Nase kommt an der Hand seiner Mutter heraus. »Nein, ich glaube, er meint das andere Gebäude.«

Die dunkle, vollgeparkte Tiefgarage, durch die der Weg ins Erasmus-Gesundheitszentrum führt, wirkt sehr beklemmend mit ihrer niedrigen Decke. Wir folgen den weißen Streifen auf dem Boden, landen bei den Schlagbäumen und gehen wieder zurück. »Ganz schön unübersichtlich hier«, mault Fleur.

»Dort ist es!«, rufe ich, als ich den Eingang entdecke. »Komm, wir müssen uns beeilen, es ist schon fünf nach.«

»Geh schon mal vor«, sagt Fleur. »Meine Blase platzt gleich.«

Während sie zu den Toiletten rennt, biege ich links ab. Suchend schaue ich in das Bistro. Patienten, Besucher, Personal: Fast alle Tische sind besetzt, aber Wouter ist noch nicht da. In der Vitrine sehe ich Gebäck. Obwohl ich auf nichts Appetit habe, bestelle ich drei Schokobrötchen und drei Kaffee.

Ich hantiere so ungeschickt mit dem Tablett, dass ich an Wouter vorbeilaufe.

»Juul, hier!«, ruft er.

Verlegen setze ich mich ihm gegenüber und werde ein bisschen rot.

»Hey«, sagt er. »Konntest du es gut finden?«

»Geht so.«

Wie erwartet, halten wir erst mal etwas Smalltalk. Er erzählt von seinem Praktikum in der Allgemeinmedizin, ich erzähle was von der Schule. Die Dare mit Versteden lasse ich aus. Dazu kommen wir noch, wenn Fleur dabeisitzt. Wo bleibt sie eigentlich?

Nach einem kurzen Schweigen sagt Wouter plötzlich: »Weißt du, dass ich manchmal vergesse, dass Milan tot ist? Dann will ich ihn zum Beispiel anrufen oder ihm bei WhatsApp schreiben … Verrückt, oder?« Sein ganzes Gesicht ist beteiligt, wenn er lächelt. Seine blauen Augen leuchten auf, seine Augenbrauen heben sich und neben den Mundwinkeln bilden sich Grübchen.

»Ja«, antworte ich heiser. »Geht mir auch oft so.«

Seine Haare sind länger geworden, denke ich. Er ist auch blonder als früher.

»Aber gut …« Er wirft einen Blick auf seine Uhr. »Es ist irgendwas los, oder?«

»Ja.« Ich schaue über die Schulter, ob ich Fleur schon sehe. Immer noch nicht. »Ja, also, es wird dir lächerlich vorkommen, aber es ist so.« Bevor ich fortfahre, hole ich tief Luft. Ich gehe ein Risiko ein, wenn ich ihn einbeziehe. Vielleicht ist das zu riskant.

Während ich erzähle, beobachte ich seine Reaktion ganz genau. Wer weiß, vielleicht hält er mich jetzt für genauso verrückt wie meine Mutter. Oder er ist so geschockt, dass er wegläuft. Oder noch schlimmer: Er ruft sofort die Polizei an. Aber er hört zu. Allerdings mit Bestürzung – ich sehe es an seinen Augen und seinem Stirnrunzeln.

Als meine Stimme stockt, nimmt er meine Hand. »Und damit schlägst du dich jetzt die ganze Zeit allein herum?«

Nicht zum ersten Mal blinzle ich die aufsteigenden Tränen weg.

»Aber warum bist du denn nicht sofort zur Polizei gegangen? Oder machst du das noch?«

Ich schüttele den Kopf und zeige ihm das Foto von meiner Mutter und mir. »Du weißt, dass Mama der Polizei nach Milans Tod ziemlich auf die Nerven gegangen ist, oder?«

»Ein bisschen, ja. Aber es geht ihr jetzt doch besser, oder? Jedenfalls meinte meine Mutter das.«

Ich kann meine Tränen nicht mehr zurückhalten. Hastig wische ich sie weg. »Du weißt noch nicht alles«, schniefe ich. »Er erpresst mich auch mit einem Video und …«

»Hey, Doktorchen, steht dir gut, so ein weißer Kittel.« Fleur gibt ihm einen Stups.

Wouter lässt meine Hand los und begrüßt sie kühl.

»Ich habe Wouter schon ein bisschen was erzählt«, sage ich schnell.

Fleur setzt sich. »Und was ist ein bisschen?«

Ich schaue von Fleur zu Wouter. Warum ist er plötzlich so distanziert? Oder bilde ich mir das nur ein? »Über das Video von Versteden habe ich noch nichts berichtet«, antworte ich. »Und auch nicht, was die dritte Dare beinhaltet.«

»Okay«, sagt Fleur. »Soll ich das dann machen?«

Während ich Fleur zuhöre, steigen die Zweifel wieder auf. Denn jetzt, da ich Wouter gegenübersitze, wird mir klar, wie idiotisch es ist, was wir von ihm wollen. Ich kann mir nicht vorstellen, dass er bei einem solchen Horrorszenario mitmacht.

Die ganze Zeit starrt Wouter auf seine Hände. Hin und wieder massiert er seinen Nacken. Dabei macht er ein Gesicht, als täte der weh. Aber er hört aufmerksam zu. Erst als Fleur von Bas erzählt, schaut er uns an.

»Bas?«, wiederholt er verblüfft. »Meinst du den, der sitzen geblieben ist? Der bei Milan, äh, bei dir um die Ecke wohnt? Ist das euer ›Psycho‹?« Beim letzten Wort malt er Anführungszeichen in die Luft.

»Äh, ja, oder, Juul?«

»Vielleicht.«

Wouter denkt nach. Danach schüttelt er entschieden den Kopf. »Das glaube ich nicht. Ist er nicht vielleicht einfach nur durch eure Straße gegangen? Ich kenne ihn zwar nicht sehr gut, aber er ist wirklich der letzte Mensch, von dem ich so etwas erwarten würde.«

»Warum?«, frage ich, obwohl ich selbst auch immer mehr zweifele.

»Weil er damals, als er bei Milan und mir in der Klasse war, in Bio nicht einmal eine Kellerassel durchschneiden konnte. Er ist ein netter Typ, aber ich kann mir nicht vorstellen, dass er das Zeug dazu hätte, so was zu tun. Weißt du, was ich meine?«

Eine Weile sagen wir nichts. Die Vorstellung von Bas als potenziellem Psycho ist vom Tisch. Wouter wirkt so überzeugt. Und es kann tatsächlich sein, dass er zufällig durch unsere Straße gelaufen ist. Noch bevor ich reagieren kann, redet Wouter weiter. »Aber was Versteden angeht … Da ist letztes Jahr tatsächlich etwas passiert …«

Neugierig schaue ich ihn an. Versteden? Sofort denke ich an das, was Jamal an dem Nachmittag gesagt hat, als ich mit Fleur Karamell-Cappuccino getrunken habe. »Was denn?«, frage ich.

»Das ist eine lange Geschichte. Ich möchte sie euch gern

erzählen, aber dafür ist jetzt keine Zeit. Vielleicht heute Abend, wenn ich hier fertig bin.«

Fleur und ich schauen uns fragend an. »Okay«, sagt sie.

»Hast du eigentlich nie an Milans Unfall gezweifelt?« Meine Frage kommt ein wenig aus heiterem Himmel.

»Meinst du an der Unfallursache?«

Ich nicke.

Wouter zuckt mit den Schultern. »Manchmal. Aber das liegt auch daran, dass es so ein seltsamer Abend war. Nicht wahr, Fleur?«

Fleur antwortet nicht und konzentriert sich plötzlich auf ihren kalt gewordenen Kaffee.

»Wie bitte?!«, rufe ich. »Wieso seltsamer Abend? Und was hast du damit zu tun, Fleur?«

Die Leute um uns herum schauen in unsere Richtung.

»Ich habe wirklich nicht die geringste Ahnung«, sagt sie, den Blick starr auf ihren Kaffee gerichtet.

Und ob, denke ich. Du willst nur nichts darüber erzählen.

»Also«, sagt Wouter schnell. »Vielleicht irre ich mich auch, das kann gut sein. Hört zu, wenn ihr die Dare noch machen wollt, dann müssen wir uns beeilen. Jetzt ist es noch ruhig unten wegen der Pause, und ich habe selbst nur noch weniger als eine halbe Stunde Zeit.«

»Du machst es also?«, frage ich.

»Klar, warum nicht?«

Verwirrt steige ich mit Wouter und Fleur in den Fahrstuhl. Was läuft da zwischen den beiden? Warum wechseln sie andauernd Blicke über den Spiegel?

Wouter tut so locker. Als würde ihm die Dare nichts ausmachen. Vielleicht liegt es daran, dass er Medizin studiert und sich von so etwas Schauerlichem abgrenzen kann, denke ich.

»Okay«, sagt er, als wir im Keller des Krankenhauses stehen. »Hier halb den Gang hinunter ist der Obduktionssaal. Und dahinter liegt die Leichenhalle. Es ginge in beiden Räumen. Wenn alles klappt, ist alles abgedeckt, man sieht nichts und es ist schnell erledigt. Wer filmt?«

Ich zupfe ihn am Ärmel. »Bist du sicher, dass du das machen willst?«

»Ja«, sagt er ohne jedes Zögern. »Ich habe damit kein Problem, solange ich nicht zu einer echten Leiche werde.«

Er meint es vermutlich witzig, aber mir laufen Schauder über den Rücken. Die stickige Luft macht es nicht besser. Über meinem Kopf flackert eine Neonleuchte, als wollte sie mich warnen. Das monotone Brummen des Lüftungssystems klingt unangenehm in meinen Ohren und scheint mit jedem meiner Schritte lauter zu werden.

»Passt du darauf auf, dass du dich nicht zu viel bewegst?«, flüstere ich Fleur zu. »Oder soll ich mein Handy irgendwo abstellen?«

»Wird schon klappen. Liegt es an mir oder stinkt es hier wirklich so?« Sie presst sich den Kragen ihrer Jacke vor die Nase.

Ich versuche, an nichts zu denken, und folge Wouter. Aber mein Gehirn führt ein Eigenleben. Ein Gedanke nach dem anderen drängt sich auf. Warum ist er so entspannt?

Hinter mir höre ich Schritte. Über meine Schulter sehe ich einen jungen Arzt. Dunkelblonde Haare, eine schwarze Nickelbrille. Er geht ein paar Meter hinter uns, und seine Schritte sind fest und laut.

Offenbar hat Wouter ihn auch bemerkt, denn er schiebt die

erstbeste Tür auf und bedeutet uns, dort zu warten. »Ich rede kurz mit ihm«, sagt er. »Ab jetzt seid ihr für ein Schulprojekt hier, okay?«

Fleur und ich nicken gleichzeitig. Auch Fleur atmet schneller. Auf ihrer Stirn sind Schweißperlen. »Zu warm?«, frage ich. »Oder zu aufregend?«

»Beides«, flüstert sie. »Ich habe noch nie eine Leiche gesehen. Ob es hier deswegen so riecht?«

»Ach was, das ist nur Desinfektionsmittel«, sage ich, doch ich höre den Zweifel in meiner Stimme.

Ich könnte mir vorstellen, in diesem Krankenhaus zu arbeiten, denke ich, als ich durch die Gänge laufe. Leider habe ich andere Pläne. Der weiße Kittel fühlt sich an wie eine zweite Haut, aber es sind vor allem die Blicke der Patienten und Besuchern, die mir ein Gefühl der Erhabenheit geben. Als würde ich sie überragen. Könnte über ihr Schicksal entscheiden. Ich strecke meine Finger ein paar Mal. Die Gelenke knacken. Tagein, tagaus, fast jede Sekunde machen mir die schmerzhaften Stromstöße, die durch meinen Arm rasen, deutlich, dass ich durchhalten muss.
Ich bestimme.
Ich führe Regie.
Ich entscheide über ihr Schicksal.
Denn wenn ich das nicht tue, dann wird es für mich bestimmt.
Unten im Keller lächele ich wegen der Rachegefühle, die in meinem Inneren kribbeln. Ich bin so nah dran! Ich höre sie sogar tuscheln.
Am Anfang hat es mich wütend gemacht, dass diese blöde Trulla dabei ist. Bis ich mir überlegt habe, dass es in dieser Phase eigentlich ganz gut passt. Ich brauche sie schließlich beide für meine Show.
Soll ich jetzt …?
Nein, nur die Ruhe. Nicht zu schnell. Eine Hyäne lässt auch andere die Drecksarbeit machen. Man hält sie für ein feiges, schwaches und faules

Vieh. Aber ich sehe das anders. Dieses magische Tier ist stark und mutig.
Also lass mich eine Hyäne sein.
Mit Vergnügen sogar. Ich lauere. Ich schleiche.
Und dann … ist der köstlichste Teil für mich.

13

Wouter kommt mit zwei blauen OP-Anzügen zurück. »Alles geregelt. Zieht die bitte an, und Haube ist Pflicht.« Er wirft uns noch etwas zu. »Ich habe auch einen Mundschutz für euch, wenn ihr wollt.«

Fleur drückt ihn sofort gegen ihren Mund.

»Dem Sicherheitspersonal habe ich gesagt, dass ihr für ein Schulprojekt hier seid, was kein Problem ist.« Er grinst. »Fotografieren oder Filmen ist verboten, aber da nur auf dem Gang Kameras hängen und wir die Leichenhalle gerade für uns ganz allein haben, wird niemand merken, dass dein Handy aus Versehen auf Aufnahme steht. Es sei denn natürlich, jemand steht plötzlich von den Toten auf.«

Ein Angstschauder kriecht über meine Schultern. Als würde es mir erst jetzt wirklich bewusst, dass wir gleich von lauter toten Menschen umgeben sein werden.

»Keine Witze, bitte«, sagt Fleur zittrig. »Ich traue mich ja jetzt schon kaum rein, und dann machst du dich auch noch lustig.«

Wouters Gesicht verfinstert sich. »Na, besser als herumzujammern, oder? Du kannst froh sein, dass wir den Raum für uns haben. Es hätte gut sein können, dass wir hier nicht reingehen können oder dürfen, und dann müsstet ihr mit leeren Händen nach Hause fahren. Ich glaube nicht, dass euer Psycho das witzig fände, oder?«

»Wir sind auch total froh, dass du uns hilfst.« Weil ich

nicht will, dass er uns jetzt im Stich lässt, flüstere ich ihm ins Ohr: »Aber Fleur ist nicht gerade eine Heldin.«

Er sieht mich lange an. Unsere Nasen berühren sich fast. Sein süßer, warmer Atem streift meinen Hals, als er flüstert: »Und deswegen musst du gut auf sie aufpassen.« Dann küsst er mich flüchtig auf die Wange.

Ich erschrecke und mache einen Schritt rückwärts. Wie meint er das?

»Sollen wir dann mal?« Er dreht sich um, zieht an einer Schnur und die Schwingtür öffnet sich. Kalte Zugluft streicht über meinen ganzen Körper.

Mit jedem Schritt werden meine Beine schwerer. Mein Herz wummert, als hätte ich hundert Stufen erklommen. Und dabei sind wir noch nicht mal in der Leichenhalle!

Fleur geht still neben mir. Ihr Gesicht ist blass. Ich glaube, sie hat wirklich enorm Schiss.

Ich nehme ihre Hand und drücke sie. »Es ist gleich vorbei«, flüstere ich. »Wenn du nicht willst, dann mache ich es allein mit Wouter.«

Sie schaut mich unschlüssig an, beißt sich auf die Lippe und schüttelt dann den Kopf. »Nein, mitgefangen, mitgehangen.« Ihre Worte klingen tapferer als ihre Stimme.

Schräg über mir hängen tatsächlich auf beiden Seiten des Gangs Kameras. Aus Reflex senke ich den Kopf, in der Hoffnung, dass ich auf dem Bild nicht erkennbar bin.

»Hier ist es.« Wouter drückt auf einen Knopf. Die Tür öffnet sich mit einem Klicken.

Mit angehaltenem Atem folge ich ihm hinein. Noch kältere Luft schlägt mir ins Gesicht, und ich nehme einen durchdringenden medizinischen Geruch wahr. Der Raum ist groß und weiß, fühlt sich aber doch finster an. Boden und Wände sind vollständig gefliest. In der Mitte stehen drei wie Bahren aussehende Metalltische nebeneinander. Ich zittere, und nicht nur, weil es hier eiskalt ist. Mein Atem kommt in Wölkchen unter dem Mundschutz hervor.

Fleur steht immer noch in der Tür. Reglos, wie eine Schaufensterpuppe. Die automatische Türverriegelung über ihr gibt ein klickendes, zögerndes Geräusch von sich.

Schnell gehe ich zu ihr. »Kommst du?«

Sie macht einen Schritt nach vorn. Die Tür fällt zu, und das Klicken hört auf.

Wouter zieht die Schublade von einem Schrank auf. »Wenn ich mich richtig erinnere, liegen die Leichensäcke irgendwo hier drin«, sagt er.

Ich helfe ihm beim Suchen. Im Regalfach über der Schublade sehe ich Verbandszeug, Watte, Tuben mit Sekundenkleber, Pflaster und Fläschchen mit durchsichtigen Flüssigkeiten.

»Zum Abdichten aller Öffnungen und Schlitze«, sagt Wouter. »Nasen, Münder und …«

»Ja, ja, hör bloß auf«, sage ich kratzbürstiger, als ich es meine.

Im Fach ganz oben liegt genauso ein Stapel mit blauer OP-Kleidung, wie Fleur und ich sie nun tragen, samt Mundschutz und Chirurgenhaube. Und weiße Laken.

»Die meine ich.« Wouter hält einen schwarzen Sack hoch. »Niedlich, oder?«

Ich lache nicht.

Und Fleur schon gar nicht.

Der Sack sieht aus wie eine Schutzhülle für Anzüge oder Kostüme, aber aus dickerem Material. Gummiartig. Wouter legt ihn auf einen der Tische und streicht die Enden glatt. »Na, da werde ich wohl reinpassen«, sagt er.

Sehe ich richtig? Blitzt da doch ein Funken Angst in seinen Augen auf? Oder ist es nur eine Spiegelung des grellen Neonlichts?

Neben mir höre ich Fleur stammeln: »L-liegen darin … die Verstorbenen?« Sie zeigt nicht auf den Sack, sondern auf eine Wand voller weißer Stahltüren mit Griffen.

Ich merke, wie mir übel wird bei der Vorstellung, dass hinter diesen Türen Tote liegen.

»Tja, wenn du tot bist, verwandelst du dich nun einmal vorübergehend in ein Tiefkühlhuhn«, antwortet Wouter trocken.

Ich gebe ihm einen Klaps auf den Rücken. »Hey, Schluss jetzt mit diesen Scherzen.«

»Okay, weil du es bist.« Er grinst, als würde er mich nicht ernst nehmen. Macht ihm dieser Raum wirklich nichts aus? Oder verbirgt sich etwas anderes hinter seinen Scherzen?

»Ich will anfangen«, sage ich wie eine Lehrerin. »Du weißt, dass du jetzt so tun musst, als hättest du ein Kilo Schlaftabletten intus, okay?«

Er verdreht übertrieben die Augen und schwankt. »So ungefähr?«

»Prima. Und dann fasse ich dich unter den Achseln, schleife dich zum Tisch und stecke dich in dieses Ding. Aber du musst dich schon ein bisschen unauffällig mitbewegen, denn mit deinen, äh, 75 Kilo kann ich dich im Leben nicht hochheben.«

Wouter stolpert. Er tut so, als würde er stürzen und hält sich am Griff einer Kühlzelle fest. »Oder du übst erst mal mit einem echten …« Er drückt den Griff hinunter. »Vielleicht ist der noch nicht steif.«

»Nein!«, rufe ich.

Wouter schiebt den Griff wieder hoch.

Hinter mir geht die Tür auf und wieder zu.

Fleur ist weg. Mist. Und was jetzt?

»Sorry«, sagt er. »Das war wirklich der allerletzte Scherz.«

»Siehst du mich lachen?«

»Äh, nein.«

»Blöder Witz also.« Ich gehe mit meinem Handy zum Schrank, prüfe, ob der Metalltisch gut im Bild ist, und stütze es mit einem Verbandspäckchen. »Bereit?«

Wouter nickt.

»Du lehnst dösig an der Tür. Sobald ich Ja sage, hat es angefangen. Du musst eine Viertelstunde in diesem Sack liegen bleiben. In Ordnung?«

Er hebt einen Daumen.

»Und bitte, jetzt ausnahmsweise mal keinen Quatsch, okay?«

Ich bin verblüfft, wie schnell ich schalte. Wie resolut ich auftrete. Als wäre ich von einem Schutzschild umgeben, der weder Nervosität noch Angst durchlässt.

Die Kamera läuft. Dann gehe ich zu Wouter, der seine Rolle perfekt spielt. Während ich ihn zum Tisch schleife, die Arme unter seinen Achseln, lässt er sich benommen und schlaff hängen. Er blubbert ein wenig, aber nicht zu viel. Haucht mir sanft in den Nacken. Macht er das jetzt absichtlich? Ignorieren, denke ich. Einfach ignorieren. Es ist schon schwierig genug, ihn die paar Meter zu schleppen.

Ängstlich behalte ich die Tür im Auge. Wie lange haben wir noch? Meine Armbanduhr ist unter seinen Achseln verborgen. Wo hängt die Wanduhr? Ich muss es wissen! Fünf nach halb zwei. Noch fünfundzwanzig Minuten. Ich muss mich beeilen! Die Mittagspause endet um zwei.

Mit viel Gezerre kriege ich ihn auf den Tisch. Erst den Rumpf, dann die Beine. Der Arztkittel hat sich um seine Hüften gewickelt. Die obersten Knöpfe seines hellblauen Hemds springen auf.

Ich versuche zu schlucken, aber mein Speichel bleibt mir im Hals stecken. Oh nein, jetzt bitte keinen Hustenanfall! Während ich krampfhaft schlucke, fällt mein Blick auf den Reißverschluss. Wie dumm, der muss natürlich zuerst auf! Seufzend richte ich Wouter wieder auf. Jetzt mach doch ein bisschen mit!, flehe ich innerlich. Ich ziehe am Reißverschluss. Der Sack verrutscht. Noch ein Ruck. Ich sehe nicht, was ich mache, aber als ich das Ratschen höre, lasse ich Wouter vorsichtig zurückkippen.

Seine schlaffen Arme stecke ich zuerst in den Sack, dann die Schultern und den Kopf. Fast rutscht mir ein »Sorry« raus, als ich aus Versehen mit dem Fingernagel über seine Wange kratze. Gerade noch rechtzeitig kann ich mich zurückhalten. Ich schiebe meine Arme unter seine Waden und hebe sie ein Stück an. Dann erst wird mir klar, dass ich besser bei seinen Füßen angefangen hätte. Mist! Oder warte … ich lege eine Hand auf sein Schienbein und die andere unter seinen Schuh. Hoffentlich versteht er, was ich will, wenn ich gegen die Sohle drücke. Ja! Anderes Bein. Ich schließe den Reißverschluss bis zum Kinn und betrachte Wouter einen Moment, doch er hält die Augen geschlossen. Plötzlich fallen mir die Sommersprossen um seine Nase auf. Ich seufze und ziehe den Reißverschluss weiter hoch. Bis auf einen kleinen Spalt. Er braucht Sauerstoff.

»Bis gleich«, sage ich und prüfe, ob die Kamera noch läuft.

Keine Antwort.

»Okay?«

»Hoffentlich bin ich gleich nicht tot.«

»Haha.«

Mit einem bleischweren Gefühl im Bauch suche ich nach dem kleinen Raum, in dem Fleur und ich vorhin warten sollten. Zum Glück ist der Gang leer bis auf einen Metallkarren voller Laken und Decken. Ob ich diesen Anzug anbehalten und erst ausziehen soll, nachdem ich Wouter gleich aus dem Leichensack befreit habe? Wo ist Fleur denn bloß?

In dem kleinen Raum liegt nur ihr OP-Anzug auf dem Boden. Gerade als ich die Tür schließen will, höre ich das helle *Bing* des Fahrstuhls. Ich drücke die Tür einen Spaltbreit weiter auf. Ein Arzt. Sicherheitshalber warte ich, bis er das Ende des Gangs erreicht hat. »Nicht dorthin«, flüstere ich, als könnte ich ihn damit beeinflussen. »Bieg links ab oder geh in einen anderen Raum.«

Beim Karren mit den Laken bleibt er stehen. Dann zieht er an der Schnur für die Schwingtür und schiebt den Karren Richtung Leichenhalle.

»Nein, nein, nicht dorthin. Dreh um!«

Aber er dreht sich nicht um. Er betritt einen Raum, und ich weiß nicht, welchen. Bitte, bitte, lass es nicht die Leichenhalle sein, flehe ich innerlich. Ich warte kurz, in der Hoffnung, dass der Arzt wieder auftaucht. Wie lange habe ich noch, um Fleur zu finden? Ich schaue auf meine Uhr. Zehn Minuten …

Daumen drücken, dass Wouter nicht entdeckt wird. Anzug aus, Haube runter und nichts wie weg hier!

Meine Narben jucken vor Aufregung. Mein Herz schlägt zufrieden in meiner Brust. In einem »Gut so, gut so, gut so-Rhythmus«.
Fast empfinde ich so etwas wie Respekt vor Juul. Feigheit kann ich ihr wirklich nicht vorwerfen. Im Gegensatz zu ihrer Freundin. Blöder Papagei. Wirklich perfekt habe ich mich zurückgehalten! Meinen Auftritt kann man als geradezu phänomenal bezeichnen. Ich habe genau in dem Augenblick zugeschlagen, den eine Hyäne auch wählen würden.
Mir bleiben noch acht Minuten, um rauszukommen. Sieben mittlerweile. Der Transporter steht schon bereit.
Igitt, was für eine eklige Luft. Tod vermischt mit Parfüm und Gummi.
Welches Türchen soll ich gleich auswählen?
Es ist wie bei einem Rubbellos. Man weiß nicht, was darunter zum Vorschein kommt. Ich hoffe auf einen Mann.
Langsam öffne ich den Reißverschluss. Jetzt kommt es darauf an. Beherrsch dich noch einen ganz kleinen Moment, sagt mein Verstand. Und nutze dann alle Kraft, die du in dir hast. Schmerzen hin oder her.
Das hier ist ein Fall von *Do or Die.*

14

Wo ist sie denn nur? Ich bin schon dreimal durch das ganze Bistro gelaufen, habe alle Tische abgesucht. Sogar in den Toilettenräumen habe ich nachgesehen. Keine Fleur. Sie hätte doch wenigstens auf mich warten können.

Ich muss wieder zurück nach unten. Während ich auf den Fahrstuhl warte, schicke ich ihr eine kurze Nachricht:

Wo bist du?

Unglaublich! Was ist denn nur los mit diesem Aufzug? »Jetzt reagier endlich!«, schnauze ich mein Handy an. Auf dem Display sehe ich, dass mir nur noch vier Minuten bleiben, um Wouter aus diesem Sack zu holen. Mein Blick schießt zu den Wegweisern. Die Treppe! Hinter mir sehe ich immer mehr weiße Kittel und Anzüge. Die Mittagspause geht eindeutig ihrem Ende zu.

Ich fliege fast über die Stufen nach unten und stürme durch die Tür. Vor dem kleinen Raum bleibe ich ein paar Sekunden keuchend stehen. Zeit, um das blaue Ding anzuziehen, habe ich nicht. Noch ist der Gang leer. Los! Meine Turnschuhe quietschen auf dem Linoleum. Meine Schulter prallt gegen die Schwingtür. Ach ja, die Schnur! Plötzlich scheint alles viel langsamer zu gehen. Die Schnur rutscht mir aus den Händen und pendelt hin und her. Danach stockt der Mechanismus. Im Schneckentempo öffnet sich die Tür. »Oh, mach doch voran!«

Noch drei Minuten und die Pause ist vorbei. Die Kälte durchdringt mich sofort. Obwohl Wouter in der Nähe ist, fühle ich mich entsetzlich allein. »Hey, ich schalte schnell die Kamera aus«, sage ich.

Keine Reaktion.

»Superwitzig, haha.«

Er rührt sich nicht. Ich glaube, er hält sogar den Atem an. »Jetzt aber echt, Wouter«, sage ich. »Du wärst die perfekte Leiche für einen Thriller.«

Ratsch! In einer fließenden Bewegung ziehe ich den Reißverschluss nach unten und schiebe den Sack auseinander. Die Zipfel seines weißen Kittels lugen heraus. Schreiend weiche ich zurück. Ich pralle so hart gegen den anderen Tisch, dass ich vornüber klappe. Fassungslos, die Hand vor dem Mund, starre ich auf das fleckige, graue und tote Gesicht. Watte in den Nasenlöchern. Ein Auge halb geöffnet. Glasig und stumpf. Blaue Lippen.

»Wouter?«, bringe ich piepsend raus. »D-das ist nicht lustig.« Ich wende den Blick ab. Mein Magen verkrampft sich. Eine Tür der Kühlzellen steht offen. Ich traue mich nicht, schaue aber doch hin. Ein leerer Sack. Mein ganzer Körper fängt an zu zittern. Raus, ich muss augenblicklich hier raus. Wenn sich herausstellt, dass das einer von Wouters Scherzen ist, dann … dann … Da kommt jemand. Mehrere Personen. Schnelle Schritte.

Ich schlüpfe durch die Tür, weiche den erstaunten Blicken der Pflegerinnen aus und gehe mit festem Schritt Richtung Fahrstuhl. »Hallo?«, fragt eine der Frauen, aber ich tue so, als würde ich sie nicht hören. Nicht rennen, denke ich. Rennen ist noch verdächtiger. Oh, Mann, ich werde Wouter so was von fertigmachen! Ich schwöre es! Er weiß ganz genau, wie unheimlich und schrecklich ich es fand, Milan tot zu sehen. Beim ersten Mal ist er selbst dabei gewesen. Und dann tut er mir so etwas an? Ich weiß, was für ein Ekel er sein kann. Fand ich insgeheim sogar toll an ihm. Bis jetzt.

Im Fahrstuhlspiegel starre ich auf meine wässrigen Augen. Mein Gesicht ist genauso fleckig wie das von diesem toten Mann. Sogar an meinem Hals zeigen sich rote Flecken. »Verdammt!«, schreie ich mein Spiegelbild an. Gefolgt von einer Art Urschrei. Steigere ich mich jetzt in was hinein? Oder habe ich recht? Haben Wouter und Fleur deswegen diese seltsamen Blicke ausgetauscht, vorhin, hier im Fahrstuhl …?

Noch bevor sich die Türen ganz geöffnet haben, stehe ich schon draußen. Unruhig schaue ich mich um. Das Handy am Ohr suche ich weiter. Mailbox. »Wouter, ruf mich zurück. Jetzt!«, schnauze ich. Dann rufe ich Fleur an. Auch sie geht nicht dran.

Wenn das noch länger so weitergeht, platze ich. Das ist doch echt erbärmlich! Wie alt sind die denn? Fünf?

Ich stampfe durch die Tiefgarage und unterdrücke den Drang, gegen ein Auto zu treten. Man darf mich nicht wütend machen, denke ich. In der Hinsicht bin ich wie Milan. Und wie mein Vater. Ich fühle mich zum Narren gehalten. Erst recht, weil sie beide wissen, was für widerwärtige Dinge in den letzten Tagen abgelaufen sind.

Da sitzt sie. Einfach so, als wäre nichts passiert, isst sie seelenruhig ein Brötchen. Ach nee – ihr war doch angeblich so schlecht? Meine Wangen glühen, als hätte ich hohes Fieber. Trotzdem warte ich kurz. Bevor ich ihr gegenübertrete, muss ich mich beruhigen. Sie in einem Bistro anzumachen wäre unklug. Soll ich ihr erst schreiben? Schauen, wie sie reagiert?

Wo steckst du?

tippe ich. Die Häkchen an meiner letzten Nachricht sind nicht blau. Sie hat sich also nicht einmal die Mühe gemacht, sie zu lesen, und erst recht nicht, sie zu beantworten. Auch jetzt schaut sie nicht auf oder checkt ihr Handy. Warum nur? Sieh nach oben, sage ich mir. Das ist die beste Methode, Tränen zurückzuhalten. Durch das imposante Dach verfolge ich eine Wolke. Es funktioniert. Ich hole tief Luft und betrete das Bistro.

»Hallo«, sage ich.

Fleur steht auf. »Zum Glück! Ich hatte so furchtbar Schiss, Mensch.«

»Ach, echt?«

Sie nickt. »Ja, mein Akku ist leer, und du warst ganz auf dich allein gestellt da unten! Sorry, dass ich plötzlich abgehauen bin, aber ich bin echt verrückt geworden zwischen all den unheimlichen Leichen.«

»Und jetzt geht es wieder?«

»Äh, an sich schon. Du bist doch nicht sauer, oder? Du bist so rot im Gesicht.«

»Wo ist Wouter?«, frage ich und schaue sie unverwandt an.

»Keine Ahnung. Du hast ihn als Letzte gesehen.«

»Ach ja?«, sage ich abschätzig.

»Hey, Juul. Jetzt mach aber mal halblang! Du hast ihn doch aus dem Sack geholt, oder willst du mir etwa sagen, der liegt immer noch dort?« Sie schaut auf ihre Uhr.

»Hör zu«, sage ich. »Entweder erzählst du mir jetzt, dass ihr euch einen wirklich lächerlichen und üblen Scherz mit mir erlaubt habt, oder ich nehme jetzt allein, also ohne dich, den Zug nach Hause. Obwohl, weißt du was, ich will es eigentlich nicht mal wissen!«

Fleur guckt mich verblüfft an. Ich warte ihre Reaktion gar nicht erst ab und renne aus dem Bistro. Und wenn sie mich anfleht und sich tausend Mal entschuldigt – das kann sie nicht einfach so wiedergutmachen! Und Wouter kann mich auch mal!

Zum zigsten Mal heule ich, obwohl ich es gar nicht will. Aus reinem Frust. Und weil ich mich schon dreimal verlaufen habe. Der Bahnhof scheint unauffindbar. Was für eine Zeitverschwendung. Da ist schon wieder dieses Edelkaufhaus, der Bijenkorf. Die Leute shoppen und schlendern mit lachenden oder ernsten, aber zufriedenen Gesichtern vorbei. Sie haben ja auch nicht gerade einer Leiche gegenübergestanden. Sie wurden nicht von ihrer besten Freundin und dem besten Freund ihres Bruders betrogen. Komm schon, sage ich mir. Steh drüber! Lass dir niemals deine Würde nehmen. Es ist, als würde ich Mamas Stimme hören. Wie oft hat sie uns das nicht vorgehalten? Unzählige Male. Ob Papa sie wohl schon gefunden hat? Oder ist sie inzwischen von sich aus zurückgekommen? Ich möchte so gern nach Hause.

Spontan beschließe ich, schnell ein kleines Geschenk für Mama zu kaufen. Ich weiß, welche Körperlotion sie besonders gern mag, es ist eine mit einem sehr dezenten Zitrusduft. Aber sie gönnt sie sich selbst nie. Zu teuer. Ich stürme in den Bijenkorf und suche die richtige Theke. Als ich bezahle, frage ich mich, ob ich mich jetzt von meinen Schuldgefühlen freikaufe. Weil ich gestern fluchtartig das Haus verlassen habe.

Plötzlich denke ich an Milans Worte: *Wie kann ich es wiedergutmachen?* Wüsste ich doch nur, was das zu bedeuten hatte.

Für wen diese Worte gedacht waren. Ich schüttele den Kopf, nehme die Papiertragetasche von der Verkäuferin entgegen und verlasse das Kaufhaus.

Eigentlich hatte ich wenigstens einen Anruf von Wouter erwartet. Feigling, denke ich. Fleur hat ihm bestimmt schon erzählt, wie sauer ich bin. Sollen sie es doch unter sich ausmachen. Mein Magen knurrt, als ich an einer Waffelbude vorbeikomme. Ich hole mir keine, weil ich viel zu viel Angst habe, dass sie mir gleich wieder hochkommt. Ständig sehe ich das Gesicht des toten Mannes vor mir. Dieses unheimliche, halb geöffnete Auge. Wie Milan auf diesem abscheulichen Foto. Glasig. Stumpf. Tot.

Plötzlich erstarre ich. Angenommen, das war gar kein Scherz? Was, wenn ich übereilte Schlüsse gezogen habe? Denn in meiner Panik habe ich nicht nachgesehen, ob Wouter sich irgendwo versteckt hat. Vielleicht hat jemand anderes … Nein, das kann nicht sein. Ich schüttele den Kopf. Das kann wirklich nicht sein. Schnell gehe ich weiter. Vor mir taucht der große Bahnhofsvorplatz auf. Endlich! Einchecken, ab in den Zug und nichts wie weg. Ich will Rotterdam so schnell wie möglich hinter mir lassen. Trotzdem schwirrt der Gedanke an Wouter wie eine nervige Mücke in meinem Kopf herum. Soll ich ihn noch mal anrufen? Oder eine Nachricht schicken? Seufzend schaue ich auf mein Handy.

Ruf mich an.

Ich zögere. Noch ein wütender Smiley dazu? Oder nicht?

An den Eincheckschranken sehe ich Fleur. Sie sitzt auf einer Bank und wippt nervös mit den Beinen, doch sie bemerkt mich nicht. Aber sie hält eindeutig nach mir Ausschau.

Für einen Moment beschleunige ich mein Tempo. Ich bin zu müde für eine Diskussion. Aber etwas in mir sorgt dafür, dass ich doch in ihre Richtung laufe, bereit zum Angriff.

Fleur springt sofort auf. Rote, geschwollene Augen. Sie klammert sich an mich. Regungslos höre ich ihr zu. »Ich sitze schon über eine Stunde hier. Mein Akku ist leer, und du hast noch meine Chipkarte! Ich hatte so eine Angst, du hättest vielleicht schon den Zug genommen, aber ich war mir nicht sicher und …« Sie stolpert über ihre Worte. »Wouter ist weg«, sagt sie dann.

Ich erschrecke ein bisschen.

»Einfach so, verschwunden«, fährt sie fort.

»Aber das war doch eure Absicht!«

Sie guckt mich wie ahnungslos an.

»Du brauchst dich gar nicht so dumm zu stellen. Ihr habt doch diese Leiche in den Sack gesteckt.«

»Was? Ich verstehe nicht … In welchen Sack?« Sie kneift die Augen zusammen.

Ich seufze, aber plötzlich werde ich auch unruhig. »Den Sack, den Wouter bereitgelegt hatte. Weißt du noch? Wegen der Dare. Und in dem dann jemand anderes lag, als ich zurückkam.« Meinen zynischen Ton kann ich mir nicht verkneifen.

Fleur schlägt eine Hand vor den Mund. »Davon weiß ich nichts!«

»Wer denn dann? Hat Wouter vielleicht ganz alleine …« Ich bringe meinen Satz nicht zu Ende. Eine halbe Ewigkeit starren wir uns an, als würden wir Geister sehen. »Oh Hilfe«, flüstere ich. »Wenn ihr das nicht wart, dann … Hast du Wouter schon angerufen?«

»Kann ich nicht, mein Akku ist doch leer!«, sagt Fleur und schüttelt den Kopf. »Aber ich habe ihn sofort im Krankenhaus gesucht. Sogar in diesem Spukkeller war ich. Ich hatte nicht verstanden, weshalb du so sauer warst, und dachte, Wouter hätte irgendwas Blödes gemacht.«

Ich zerre mein Handy aus der Jackentasche. Keine Reaktion. Er hat meine Nachricht nicht einmal gelesen. Dann rufe ich ihn eben an. Aber nach vier Mal Klingeln springt seine Mailbox an. »Oh Fleur, das fühlt sich irgendwie nicht gut an. Was, wenn es genauso ist wie bei Versteden?«

»Wie meinst du das?« Fleur ist kreidebleich. »Der ist doch einfach krank.«

Auch ich spüre, wie ich blass werde. »Das glauben wir, ja. Oder zumindest glaubten wir das.«

Schwindelig setze ich mich neben Fleur auf die Bank. Nachdenken. Ich muss logisch nachdenken. Vielleicht ist Wouter auf seine Station zurückgegangen. Und was genau mit Versteden los ist, wissen wir nicht. Hastig scrolle ich durch die Schul-Info-App, suche nach Stundenplanänderungen. »Für heute steht da, dass Versteden wegen Krankheit fehlt. Das wird dann schon stimmen. Sonst stünde da doch so was wie ›aus privaten Gründen‹, oder nicht?«

Fleur nickt.

»Okay. Sollen wir zum Krankenhaus zurückgehen, um Wouter zu suchen?«

In diesem Moment fährt uns der Bus direkt vor der Nase davon.

15

Wie zwei Zombies gehen wir den Westersingel hinunter. Bei jedem Schritt scheuert mein Schuh über eine Blase an meiner Ferse.

Ich tue so, als würde ich mir die Umgebung aufmerksam anschauen, aber eigentlich weiß ich nicht mehr ein noch aus. In einer Viertelstunde muss das Video verschickt sein. »Vor 17 Uhr«, stand in der Karte. Mir wird schon schlecht, wenn ich nur daran denke! Denn so überzeugt, wie ich vorhin war, dass Fleur und Wouter mir einen üblen Streich gespielt haben, so verunsichert bin ich jetzt wegen Wouter. Er kann unmöglich allein so schnell aus dem Sack gekrochen sein und die Leiche aus der Kühlzelle gezogen haben. Oder?

An einer verkehrsreichen Kreuzung bleiben wir stehen. »Ich habe nur noch ein paar Minuten«, sage ich, »um das Video rechtzeitig zu verschicken.«

»Und was wäre, wenn wir uns weigern?«, fragt Fleur. »Oder aufschieben, bis wir Wouter gefunden haben?«

»Ja«, sage ich. »Lass es uns aufschieben.« Bevor mein ängstliches Ich es sich anders überlegt, stecke ich mein Handy ein.

Aber keine zehn Minuten später klingelt es.

Wird das noch was?

Ich halte Fleur mein Handy unter die Nase. »Und jetzt?«

Während sie nachdenkt, schaue ich mich um. Ist er in der

Nähe? Beobachtet er uns? Im Augenblick halte ich alles für möglich. Was natürlich Quatsch ist …

Ping!

Na?

Ich starre auf das Display. *Ping!*

Wo bleibt es?

»Schreib nichts zurück!«, ruft Fleur in schrillem Ton.

Ping!

Kuckuck!

Ping!

Keine Wahrheit also?

Ping!

Über deinen Bruder?

Ping!

Ich warte.

Ping!

»Ich halte das nicht aus«, sage ich und schnappe nach Luft.

»Nicht darauf reagieren, Juul!«

Und warte

Ping!

Ich sehe …

Ping!

Höre …

Ping!

Weiß …

Ping!

Alles!

In einem Reflex werfe ich mein Handy weg. Klirrend fällt es auf die Betontreppe vor dem Krankenhaus. Das Display sieht aus wie die zertrümmerte Frontscheibe von Milans Clio. *Ping! Ping! Ping!*

Fleur kniet sich hin und hebt mein Handy auf. Sie hat Tränen in den Augen. »Dann gib dem Scheißspammer halt, was er will«, sagt sie schluchzend.

Mit zitternden Fingern suche ich nach dem Video. Durch die Risse im Display sehe ich kaum, was ich mache. »Bitte schön«, schnauze ich. Als mein Handy den vertrauten Versendeton von sich gibt, hole ich wieder Atem. »Komm.« Ich ziehe Fleur hoch. »Wir müssen Wouter suchen.«

Ping!

Na also. Was war daran so schwierig?

Seufzend schalte ich mein Handy aus.

»Nein«, sagt der Pfleger hinter dem Tresen. »Ich glaube, Wouter ist nach Hause gegangen.«

»Haben Sie ihn denn nach der Mittagspause noch mal gesehen?«, frage ich.

Der Mann reibt sich über seinen Bart. »Bestimmt, aber ehrlich gesagt beschäftige ich mich mehr mit Patienten als mit Praktikanten.«

»Wir wüssten es einfach gern ganz sicher«, sagt Fleur höflich. »Wir haben nämlich eine Überraschung für ihn und sind deswegen den ganzen Weg aus Tilburg hergefahren.«

»Oh je«, sagt der Mann. »Ich könnte höchstens in seinem Arbeitsplan nachsehen. Wie war noch mal sein Nachname?«

»Van den Brand«, antworte ich.

»Richtig … Mal schauen.« Der Mann tippt nur mit den Zeigefingern, während er einen Buchstaben nach dem anderen laut buchstabiert.

Mit möglichst geduldigem Gesicht wechsele ich von einem Fuß auf den anderen.

»Äh, Mittwoch … Da ist er von acht bis fünf hier. Meistens dauert es ein wenig länger, aber heute Nachmittag war es ziemlich ruhig, also … Tut mir leid, Mädels, ich fürchte, ich kann euch nicht mehr sagen als das.«

Mist, denke ich. Was jetzt?

»Oh bitte, ich hoffe, ich nerve Sie nicht, aber hätten Sie vielleicht seine Adresse für uns?« Fleur faltet sogar die Hände.

Leider erfolglos. Entschieden schüttelt er den Kopf. »Da kann ich gar nichts tun.«

Enttäuscht ziehen wir ab.

»Wir rufen seine Mutter an und fragen nach der Adresse!«, ruft Fleur plötzlich. »Ihre Nummer finden wir bestimmt im Internet.«

Tatsächlich gibt es Dutzende van den Brands in Tilburg, aber nur einen Eintrag in der Professor-Donderstraat.

»Du rufst an«, sagt Fleur. »Ich meine, es wäre schon komisch, wenn ich das machen würde. Mich kennt sie nicht mal, glaube ich. Dich schon.«

Ich tippe die Nummer ein. Oh nein! Mein Telefon hat gerade mal noch sieben Prozent Akku!

»Ich habe ihn noch nicht gesehen«, sagt Wouters Mitbewohner, als er uns reinlässt. »Aber ihr könnt gern auf ihn warten.« Er führt uns über eine schmale, steile Treppe in die Küche. »Setzt euch. Ich denke, er taucht gleich auf. Wir hatten uns auf ein Bier verabredet.«

Es riecht säuerlich. »Danke«, sage ich, während ich mich umschaue. Ganz schön schmuddelig hier. Leere Bierflaschen, stapelweise schmutzige Teller, eine Pfanne mit verschimmelten Kartoffeln auf der Anrichte. Überall Spinnweben. Der Tisch klebt und ist voller Krümel. Oha, denke ich.

»Macht euch ruhig einen Kaffee oder nehmt euch was aus dem Kühlschrank.« Der Mitbewohner zeigt zur Küchendecke, die voller gelber Flecken ist. »Ich bin oben.«

Verdutzt schauen Fleur und ich uns an. Nicht, weil es hier so dreckig ist, sondern weil wir beide so sehr gehofft hatten, dass Wouter ganz normal zu Hause wäre.

»Wir könnten uns auch in sein Zimmer setzen«, sagt Fleur. »Ob es da auch so aussieht wie hier?«

Ich lache. Es ist ein nervöses Lachen. Mit jeder Sekunde wächst meine Unruhe.

Anderthalb Stunden später flippe ich fast aus. Immer noch kein Wouter. Sein Mitbewohner ist mittlerweile allein in die Kneipe gegangen. Auch er konnte Wouter nicht erreichen. Mittlerweile habe ich zig Szenarien im Kopf durchgespielt. Wouter wurde von einem Mitarbeitenden der Leichenhalle erwischt und hat so einen Stress bekommen, dass er sich in der Chefetage melden musste. Oder er wurde gerufen, weil einem Patienten schlecht geworden ist. Aber egal, was ich mir für beruhigende Dinge ausdenke – ich spüre, dass da was Schlimmes in der Luft liegt. Ich traue mich nicht, es laut auszusprechen, aus Angst, es könnte wahr werden.

Fleur beschäftigt sich währenddessen mit alten Zeitungen und Zeitschriften. Ohne richtig zu lesen, blättert sie Seite für Seite um. Der Stapel neben ihr wird immer höher.

Mein Handy macht das bekannte *Ping*.

Ein paar Sekunden lang schauen wir uns ängstlich an. Bitte, lass es Wouter sein!

Aber ein Blick auf mein Handy reicht.

Fahrt nach Hause. Suchen ist zwecklos.

»Wusste ich es doch«, sage ich. »Er beobachtet uns.«

»Vielleicht steht dieser Irre hier vorm Haus«, piepst Fleur. Sie schiebt die staubige Gardine zur Seite. »Ich werde ganz bestimmt nicht das ganze Stück zum Bahnhof laufen mit so einem Fanatiker im Nacken.«

»Siehst du jemanden?«, frage ich.

»Nein.«

Ich stelle mich neben sie und gucke mit. Dann wird mir auf einmal klar, dass er uns viel besser sehen kann als wir ihn: Draußen ist es dunkel!

»Sollen wir ein Taxi rufen?«, fragt Fleur, obwohl es sich nicht wie eine Frage anhört. Ich halte es für eine gute Idee.

Bis mir einfällt, dass ich im Bijenkorf mein ganzes Geld ausgegeben habe. Auf meinem Konto sind höchstens noch drei Euro. Und bei Fleur herrscht häufiger Ebbe, als dass sie flüssig ist.

»Wovon sollen wir das bezahlen? Hast du noch was?«, frage ich sicherheitshalber.

Aber als sie sich auf die Lippe beißt, ist alles klar. Dass mein Akku jeden Moment leer sein kann, macht es auch nicht besser.

»Bereit zum Abflug?«, frage ich.

Die Haustür fällt mit einem Knall hinter uns zu. Na, wenn er uns bislang noch nicht bemerkt hat, dann aber sicherlich jetzt, denke ich.

Wir haben uns fest untergehakt und huschen wie zwei verängstigte Mäuse über den Bürgersteig. Geduckt schauen wir uns beim Laufen immer wieder um.

»Hast du eine Ahnung, wo die Bushaltestelle ist?«, flüstert Fleur. »Du hast doch meine Chipkarte noch, oder?«

»Ja«, antworte ich kurz angebunden, denn ich will jedes Geräusch vor, neben und hinter mir filtern. Meine Sinnesorgane waren noch nie so geschärft.

Wie köstlich, ihre Angst fast riechen zu können!
Alles in meinem Körper schreit nach mehr. Aber fürs Erste reicht es. Ich gönne ihnen Ruhe. Jedenfalls ein wenig. Außerdem muss ich mich beeilen, denn ich muss noch nach Den Haag. Der Gerber wartet natürlich nicht den ganzen Abend auf mich. Hoffentlich hat er das richtige Zeug vorrätig. Und die richtige Menge.
Die Karte will ich heute Abend noch einwerfen. Zum Glück bin ich rechtzeitig dahintergekommen, dass sie bei diesem Papagei übernachtet. Das ist ein kleiner Haken an der Sache. Mein Drehbuch muss wieder geändert werden. Zu schade, dass so viel an den Rand gekritzelt werden muss. Ob Juul schon eine Ahnung hat, was die Zahlen zu bedeuten haben? Ehrlich gesagt, ich denke nicht.
Dabei ist es doch so einfach. Im Gegensatz zum Skript meiner Show.
Ich werde alle Register ziehen. Mein Talent wird endlich wahrgenommen werden. Bewundert und bejubelt.
Juul überrascht mich.
Positiv wie negativ.
Auf der Treppe vorm Erasmus wirkte sie wie ein hysterisches Huhn. Wer ist schon so blöd, sein Handy auf den Boden zu schmettern?
Aber als ich das Video angesehen habe … Wow, in einem solchen Moment wird mir klar, dass sie einfach die perfekte Besetzung ist für die Hauptrolle in meiner Show.

A rising and shining star.

Schade, dass ich ihr das im Krankenhaus nicht persönlich sagen konnte.

16

Ich bin so erleichtert, als Fleur den Schlüssel im Schloss umdreht. Endlich zu Hause. Was für eine Horrorreise. Vergessen einzuchecken, dreimal den Platz gewechselt, fast eine Geldbuße vom Schaffner kassiert und als Krönung hatte ich die ganze Zeit über das Gefühl, beobachtet zu werden – als würde eine unsichtbare Kamera über uns hängen.

»Sagt mal, hättet ihr nicht wenigstens kurz anrufen können?«, fragt Fleurs Mutter. Sie klingt wütend, aber sie wirkt eher besorgt.

»Ja, sorry, Mama. Die Akkus unserer Handys sind beide leer. Die Geschäfte hatten länger auf, und dabei haben wir völlig die Zeit vergessen.«

»Länger auf? An einem Mittwoch?«

»In Rotterdam schon«, sagt Fleur. »Da waren etliche Geschäfte noch offen, zum Beispiel der Bijenkorf.« Fleur zeigt auf die Tragetasche in meiner Hand.

»Okay«, sagt Fleurs Mutter bedächtig. »Und, was Schönes gekauft?«

Ich nicke. »Ja, für Mama.«

Sie lächelt. »Lieb von dir. Na, dann los. Euer Essen steht im Kühlschrank. Wärmt es euch selbst auf.«

»Äh«, sage ich, »ich glaube, ich gehe doch besser mal wieder nach Hause. Dann kann ich Mama gleich mein Geschenk geben. Aber superlieben Dank, dass ich hier übernachten durfte.«

Fleurs Mutter sieht mich einen Moment nachdenklich an.

Ob sie wohl mit Papa Kontakt hatte? Weiß sie, dass Mama gestern verschwunden ist?

»Gern geschehen. Wenn es nötig ist, komm einfach wieder her. Das ist immer in Ordnung. Oh, da wurde übrigens noch etwas für euch abgegeben.« Sie geht in die Diele.

Fleur stupst mich an und flüstert. »Hat sie gerade ›euch‹ gesagt?«

Ich nicke.

»Hier«, sagt Fleurs Mutter. Sie dreht einen großen Umschlag um. »›Juul und Fleur‹ steht darauf.«

Die schwarzen Blockbuchstaben sind unordentlicher, als wären sie in Eile geschrieben worden. Und warum steht Fleurs Name auch darauf? »Wurde der abgegeben?«, frage ich.

»Ja, vor einer halben Stunde.«

»Persönlich?«

Fleurs Mutter lacht. »Meinst du, ob jemand geklingelt hat? Nein, ich habe ihn auf der Türmatte gefunden. Wieso? Hättest du darauf gehofft? Vielleicht von einem netten jungen Mann?«

»Ja!«, rufe ich zu schnell und zu laut, um weitere Fragen zu vermeiden. »Mehr als nett für Fleur, was?« Ich lache übertrieben.

Fleur guckt mich verständnislos an. Dann sagt sie: »Ja, klar. Morgen sehe ich ihn in der Schule wieder.« Sie nimmt den Umschlag entgegen. »Wir gehen noch kurz nach oben, Mama.«

Sobald wir allein sind, nestelt Fleur den Umschlag auf. »Ist dir wirklich nichts anderes eingefallen als ein netter Typ?«

»Nicht wirklich.«

Sie sitzt an ihrem Schreibtisch, und ich schaue ihr zu. Eine Karte im DIN A4-Format kommt zum Vorschein. Mit leuchtend bunten Blumen auf der Vorderseite. *Viel Kraft für diesen schweren Verlust.* Es überläuft mich kalt, aber ich bin zu müde, um wirklich etwas zu empfinden.

»Soll ich oder willst du?«, fragt Fleur, obwohl sie die Karte schon aufgeklappt hat.

Beweis ist in Ordnung. Siehe Endergebnis auf Stick.
Belohnung: 5000KD
Neue Dare: Schnür diesem Papagei den Schnabel zu. Wortwörtlich.
Fahrt zum Papageienpark in Veldhoven.
Beim Kakadu gibt es weitere Infos.
Frist: 24 Stunden
P.S.: Keine Polizei!! Ich sehe, höre, weiß alles.

Ich pruste los. Echt, ich kann es nicht kontrollieren. Vielleicht ist das ein Anzeichen für einen Nervenzusammenbruch, aber die Tränen rollen mir einfach über die Wangen. »Der Kakadu? Von der Leichenhalle zum Kakadu? Noch verrückter kann es jetzt nicht mehr werden.«

Fleur lacht nicht. Im Gegenteil. Sie starrt auf die Karte, als wäre sie eine Bombe.

»Alles gut?«, frage ich. »Du guckst so komisch.«

»Du verstehst es nicht«, flüstert sie.

»Was?«

»Er will mich!«

»Wieso? Wir sollen nach Veldhoven. Wo liegt das noch mal?«

»Bei Eindhoven«, schnauzt sie. »Und hör auf mit diesem nervigen Gekicher.«

»Oh, okay. Tut mir leid, Es ist einfach so … so anders dieses Mal.«

»Ja, und deswegen tausend Mal schlimmer.«

»Warum glaubst du eigentlich, dass es um dich geht? Welchen Beweis gibt es dafür?«

Fleur zögert, überlegt, schüttelt dann aber den Kopf. »Nein, keinen. Es war mehr so ein Gefühl.«

Warum schaut sie in die andere Richtung? Warum kämpft sie mit den Tränen?

»Fleur, tut mir leid, dass ich so gelacht habe. Wenn irgendwas ist oder wenn du etwas loswerden willst, dann sag es bitte! Wir müssen uns alles sagen können.«

Sie nickt, wechselt dann aber das Thema. »5000KD, wieder Zahlen«, sagt sie und tippt mit den Fingern drauf. »Was sollen wir damit anfangen?«

»Und die Buchstaben KD. Stehen bestimmt für Kack-Dare«, spotte ich.

»Das ist eine Postleitzahl!«, ruft sie dann. »Kann das nicht einfach eine Postleitzahl sein? 5000 ist doch die von uns, von Tilburg!« Sie klappt den Laptop auf und gibt die Ziffern in die Suchleiste bei Google ein. »Ja, es könnte eine Postleitzahl sein. 5000KD ist das Tivoli-Viertel. Wohnt dort jemand, den wir kennen?«

»Ja, klar, die halbe Schule wohnt dort«, antworte ich. »Wouter zum Beispiel. Aisha und Jamal, Versteden und wer weiß wie viele Leute aus unserer Klasse.«

»Dein Ernst?«

»Ja.«

»Das macht uns jetzt auch nicht viel schlauer, fürchte ich.« Fleur seufzt. »Es sei denn, es ist jemand von unserer Schule.«

»Ja, aber wo sollen wir da anfangen? Unsere Schule hat über 1200 Schülerinnen und Schüler. Wir werden nie rauskriegen, wer alles in dem Viertel wohnt. Und die Adressenlisten sind privat.«

Papa ist nicht zu Hause, und er geht auch nicht ans Telefon. Mann! Ich hätte zwar nicht erwartet, mit Girlanden und Kuchen empfangen zu werden, aber es fühlt sich komisch an, in ein leeres Haus zurückzukommen. Um nicht nachdenken zu müssen, schaue ich mir eine Serie auf Netflix an. Aber die Zahlen lassen mich nicht los.

Fleur und ich haben alles Mögliche ausprobiert. Die Ziffern auf die Buchstaben des Alphabets umgeschrieben. A ist eins, B ist zwei. Das führte zu nichts. Im Internet haben wir sogar eine Art Scheibe gefunden, mit der man Codes lösen kann. Wir haben sie ausgedruckt, ausgeschnitten und ausprobiert – wieder nichts. Mich beschleicht immer mehr das Gefühl, dass die Zahlen keinerlei Bedeutung haben. Dass sie nur eine Beschwichtigung sein sollen. Eine »Belohnung« für meine Anstrengung.

Ich hatte so sehr gehofft, dass Mama wieder zu Hause wäre. Die Tasche vom Bijenkorf steht neben mir. Ob Papa wohl immer noch nach ihr sucht? Oder hat er die Polizei eingeschaltet? Warum hat er mich nicht mal kurz angerufen? Es ist schon fast elf Uhr. Ich sollte lieber hochgehen. Seufzend stehe ich vom Sofa auf, um die Vorhänge zuzuziehen.

Gedankenlos spähe ich durchs Fenster. Meine Augen müssen sich erst an die Dunkelheit gewöhnen. Es ist still auf der Straße. Vor unserem Haus parkt ein Transporter. Ist Papa etwa doch zu Hause? Hat er den Arbeitsbus mitgenommen? Vielleicht liegt er schon im Bett. Oder er ist in der Wanne. Ich bin noch nicht oben gewesen.

Im Transporter sitzt jemand. Eine dunkle Gestalt bewegt sich. Ist er es jetzt oder nicht?

Als er nach einer Weile immer noch nicht ausgestiegen ist, gehe ich vor die Tür. Durch das Blech hindurch höre ich einen dröhnenden Beat. Ich verstehe nicht, weshalb Papa im Bus sitzen bleibt. Um Musik zu hören? Und gerade House nennt er normalerweise immer »geschmacklosen Lärm«.

Plötzlich bleibe ich stehen. Das ist nicht Papa! Am Rückspiegel von Papas Arbeitsbus hängt nichts, aber hier schon. Papa trägt nie eine Mütze. Der Mensch hier drin hat eine auf. Ein seltsamer Geschmack breitet sich in meinem Mund aus. Noch bevor ich einen Schritt mache, erschrecke ich vom Geräusch des startenden Motors. Den Bruchteil einer Sekunde sieht er mich an. »Hallo!«, rufe ich. Einen Moment scheinen wir beide nicht zu wissen, was wir tun sollen. Aber dann braust er davon. Ich bin zu verblüfft, um zu reagieren. Zu spät wird mir klar, dass ich mir das Kennzeichen hätte merken sollen.

Als Papa endlich nach Hause kommt, laufe ich sofort zu ihm. Ich bin so froh, nicht mehr allein zu sein. Über den Transporter sage ich nichts.

»Sie ist wieder in der Klinik«, sagt er, sobald ich nach Mama frage. »Freiwillig. Zu Hause war es ihr zu unruhig.«

»Aber warum hat sie das nicht einfach gesagt?«, frage ich.

Papa zuckt mit den Schultern. »Dem Pflegepersonal hat sie gesagt, wir seien informiert. Aber gut, jetzt wissen wir wenigstens, wo sie ist.«

»Wie lange dieses Mal?«

»Weiß ich nicht. Morgen haben wir wieder ein Gespräch mit dem Psychiater, um zu hören, wie der Behandlungsplan aussehen soll. Aber ich fürchte, zu Hause ist es wirklich noch zu viel für sie.«

»Ja, weil du dich so verkrampft benimmst«, rutscht es mir raus.

»Was ist das denn jetzt für eine Bemerkung, Juul?«

»Einfach so, weil es stimmt. Ich verstehe ja, dass wir für Ruhe sorgen müssen, aber du gehst ganz schön angespannt damit um, finde ich.«

»Ach, ja? Wann das denn?«

»Vorgestern zum Beispiel. Als ich ein paar Minuten zu spät zum Abendessen gekommen bin, hast du dich so eisig verhalten und den ganzen Abend über nichts mehr zu mir gesagt. Diese Spannung spürt Mama dann ja wohl auch, oder? Und was ich mich auch frage – wer hat sich eigentlich ausgedacht, dass nie mehr über Milan gesprochen werden darf? War das deine Idee? Oder bestimmt das dieser Psychiater? Ich finde es einfach nur schrecklich.« Ich spucke alles aus. Endlich, denke ich. Endlich sage ich, was ich davon halte.

Papa schaut mich entgeistert an. Das ist er von mir nicht gewohnt.

»Und noch etwas«, fahre ich fort. »Warum steht dein Name in Mamas Notizbuch?«

»Mamas Notizbuch?«, wiederholt er verblüfft. »Meinst du dieses schwarze?«

»Das ich in einem Karton oben auf dem Speicher gefunden habe, ja. Auch so etwas Merkwürdiges. Wieso darf kein einziger Gegenstand von Milan mehr im Haus herumliegen?«

»Juul, ich weiß nicht, was du alles in diesem Notizbuch hast stehen sehen. Aber genau das alles, was sie dort notiert hat, hat dazu geführt, dass sie durchgedreht ist. Und wegen Milans Sachen … Ich mache auch nur, was mir gut erscheint oder was man mir rät.«

Es erstaunt mich, wie ruhig Papa bleibt. Im Gegensatz zu mir: Ich rede immer schneller. »Na, das funktioniert jedenfalls nicht. Vielleicht solltest du das morgen mal dem Psychiater erzählen. Und vergiss nicht, dieses Notizbuch zu erwähnen.«

Papa schlägt die Augen nieder und seufzt. »Da stehen so viele Namen drin. Mama hatte ganze Verschwörungstheorien. Aber es ist nun einmal so, dass Milans Tod ein Unfall war. Und das muss sie irgendwann einfach akzeptieren. Wir alle, im Übrigen.«

»Ich habe aber auch meine Zweifel«, sage ich.

»Worüber?«

»Ob es wirklich ein Unglück war. Denn ...«

»Juul, jetzt fang nicht so an. Bitte. Nachher siehst du auch noch Dinge, die es nicht gibt, und dann entfernen wir uns noch weiter voneinander.«

»Aber ...«

»Nein, ich will es nicht hören.«

»Ich aber!«, rufe ich. »Denn gerade, weil mir nichts erzählt wird, fange ich an, Dinge zu sehen! Also, Papa, warum steht dein Name in diesem Notizbuch? Und wenn du mir keine Antwort gibst, frage ich Mama danach.«

Er kneift die Augen zusammen. »Jetzt gehst du zu weit, Juul. Wirklich«, sagt er. »Mama wird nichts gefragt. Oder muss ich noch deutlicher werden: Wenn du dich nicht normal verhalten kannst, lässt du sie vorläufig lieber in Ruhe. Die Frage nach meinem Namen in diesem verfluchten Notizbuch ist längst gelöst. Die Fragezeichen hinter meinem Namen standen dort, weil Mama wissen wollte, wo ich an diesem Abend nach dem Streit mit Milan hingegangen war.«

»Was ...?«

»Du versprichst mir erst, dass du mit Mama hierüber nicht reden wirst.«

Ich nicke.

»Milan und ich hatten kurz vor seinem Unfall Streit und ...«

»Worüber?«

»Lass mich ausreden. Nach dem Essen haben wir über Geld gestritten. Ich war der Meinung, Milan sollte sein Geld lieber in sein Studium investieren als in dieses verdammte schrottreife Auto. Aber er war anderer Meinung, und das führte zu einer Auseinandersetzung. Normalerweise hätte Mama Milans Partei ergriffen, aber ausnahmsweise hat sie mir zugestimmt, und deswegen ist Milan stinksauer weggefahren. Da bin ich ihm hinterher, aber ich konnte ihn nicht finden und so …«

»… dachte Mama, du hättest vielleicht etwas mit dem Unfall zu tun?«, frage ich.

»Nein, das dachte sie nicht. Sie fragte es sich nur.«

»Aber es ist nicht so.«

»Nein, natürlich nicht! Er war schon nicht mehr in unserer Straße, bevor ich selbst einsteigen konnte. Ich habe ein paar Runden gedreht und bin dann zu meiner Arbeit gefahren. Eine Stunde später rief Mama an mit der Nachricht, dass …« Er bringt den Satz nicht zu Ende.

»Papa?«

»Ja?«

»Ich kann mich überhaupt nicht an einen Streit an diesem Abend erinnern.«

»Du warst oben. Ich weiß noch, wie die laute Musik aus deinem Zimmer mich noch wütender gemacht hat.«

17

Steife Muskeln, Kopfschmerzen und ein rauer Hals … Ich fühle mich alles andere als gut. Ich konnte nicht schlafen, weil ich die ganze Zeit an Papa denken musste. Das letzte Mal, als er Milan lebend gesehen hat, hatten sie Streit. Das muss unerträglich sein für ihn.

Das Paracetamol wirkt nicht. Ich stelle mein Rad unter und trotte zum Haupteingang der Schule. Wie lange halte ich das hier durch? Unterricht, danach gleich mit dem Bus nach Veldhoven zum Papageienpark, und eigentlich muss ich heute Nachmittag zur Nachhilfe. Wie um Himmels willen komme ich aus der Sache raus? Kann ich Versteden um Aufschub bitten? Ob er heute da ist? Noch nie hätte ich so gern einen Lehrer gesund und munter gesehen wie jetzt. Ob ich es schaffe, ihn normal anzuschauen, ohne rot zu werden oder zu stottern? Voller Fragen setze ich mich im Matheraum neben Fleur.

»Wie lief es zu Hause?«, fragt sie.

Fleur sieht aus, als hätte sie eine allergische Reaktion. Ihre Augen sind geschwollen, die Haut fleckig und ihre Stimme klingt nasal.

»War ganz okay«, sage ich, weil ich nicht darüber reden will. Nachher im Bus erzähle ich es ihr. Jetzt will ich einfach nur dem Unterricht folgen, auch wenn ich Mathe hasse.

»Versteden ist immer noch krank«, sagt sie. »Stand am Schwarzen Brett und in der Schul-Info-App.«

Ich verkrampfe mich. »Oh nein …«

Frau Schepens klatscht in die Hände. »Guten Morgen zusammen. Bitte nehmt die Aufgaben raus, die ihr machen solltet. Ich werde jetzt rumgehen und sie kontrollieren, also überlegt euch schon mal eine gute Ausrede für den Fall der Fälle.« Ihre hohen Absätze klappern auf dem blauen Linoleum. Schepens zum Narren zu halten ist unmöglich.

»Ich höre«, sagt sie, als sie bei unserem Tisch auf die leeren Seiten zeigt.

»Mein Vater hat uns gestern abgemeldet«, sagt Fleur.

»Gestern ist nicht heute.«

»Ja, aber es war aus persönlichen Gründen, wir sind also nicht dazu gekommen, Frau Schepens.« Fleur spricht und klingt so formell wie ihr Vater.

Schepens seufzt verärgert.

Gerade als ich denke, dass sie uns einen Berg zusätzlicher Hausaufgaben aufhalsen will, kommt der Direktor rein. Er winkt Schepens nach draußen, und sie reden auf dem Flur weiter.

Ein paar Reihen vor uns sitzt Bas. Er dreht sich um, als würde er spüren, dass ich ihn anschaue. Schnell wende ich den Blick ab. Idiot, will ich sagen, aber ich schlucke es runter. Noch immer frage ich mich, was er in unserer Straße gemacht hat. Viel Zeit, darüber nachzudenken, bekomme ich nicht. Die Tür öffnet sich wieder, und der Direktor räuspert sich gewichtig. »Darf ich kurz um eure Aufmerksamkeit bitten?« Er wartet, bis alle still sind. »Wie ihr gemerkt habt, ist Herr Versteden bereits seit zwei Tagen abwesend. Und …«

»Er ist doch krank, oder?«, fällt ihm einer unserer Mitschüler ins Wort.

Mein Herz schlägt alarmierend bis zum Hals. Da ist was passiert, denke ich. Etwas ganz Schlimmes.

»Lasst mich kurz ausreden, okay? Ja, wir dachten, er sei krank, aber vermutlich ist etwas anderes passiert. Was, wissen wir noch nicht. Darum will die Polizei ein paar Fragen stellen.« Sein Blick schweift über jeden einzelnen von uns.

Die Polizei! Ich erschrecke noch mehr. Fleur schaue ich nicht an, aus lauter Angst, unsere Blicke könnten uns verraten.

»Eure Eltern wurden bereits informiert. Telefonisch und per E-Mail. Sie wurden eingeladen, bei diesem Gespräch dabei zu sein.«

Jemand meldet sich. »Warum werden wir denn rausgepickt? Wird einer von uns verdächtigt, oder so?«

Weswegen verdächtigt?!, will ich rufen. Ist er tot? Was ist los? Aber ich traue mich nicht, etwas zu fragen.

Der Direktor gestikuliert. »Hoho, so dürft ihr das nicht sehen. Es ist keine Rede davon, jemanden herauszupicken oder zu verdächtigen. Versteden ging es am Dienstag im Unterricht bei euch nicht gut. Aber danach haben wir ihn nicht mehr gesehen. Seine Frau auch nicht.«

»Ist er tot?«, fragt Bas.

»Bas!«, rufen der Direktor und Frau Schepens gleichzeitig. Aber eine Antwort auf seine Frage bekommt er nicht.

Meine Brust tut schon richtig weh, so sehr wummert es in mir. Ich will das nicht, Versteden darf nicht tot sein. Oder was auch immer.

»Bas, mit dir fangen wir an, komm bitte mit. Die Polizei sitzt in meinem Büro.«

»Warum ich?!«, ruft er empört.

»Weil dein Name an erster Stelle der Klassenliste steht. Nicht mehr und nicht weniger. Wir arbeiten die Liste alphabetisch durch. Punkt. Hat jemand noch sinnvolle Fragen?«

Niemand meldet sich. Es ist mucksmäuschenstill im Klassenraum. Kein Gescharre mit den Stühlen, kein Seufzen, kein Flüstern. Ich höre nur meinen eigenen Atem.

»Gut, wer an der Reihe gewesen ist, wartet in der Aula auf die anderen. Frau Schepens sammelt euch dort ein.«

»Was machen wir jetzt?«, flüstert Fleur.

Ich zucke mit den Schultern. Im Augenblick habe ich wirklich keine Ahnung. Die Polizei anlügen? Was, wenn sie es mir sofort ansehen? Oder Fleur? Vielleicht ist das ja doch die Gelegenheit, reinen Tisch zu machen? *Aber dann kommst du nie hinter die Wahrheit*, sagt eine Stimme in meinem Kopf. *Willst du das wirklich? Und was ist mit deiner Mutter? Soll sie den Rest ihres Lebens in der Klinik verbringen und zweifeln?*

Fleur stupst mich an. »Ich bin jetzt dran, aber ich sage nichts, okay?«

Ich wische meine feuchten Hände an meinem T-Shirt ab und nicke.

Als eine der Letzten bin ich dran. Aber erst gehe ich zur Toilette. Abkühlen, Wasser über die Handgelenke laufen lassen. Beim langen Warten ist mir glühend heiß geworden. Der Schulgong ging schon zweimal, ich habe also gut zwei Unterrichtsstunden in diesem stickigen Raum verbracht. Mit einer Hand halte ich meine Haare zur Seite, mit der anderen drehe ich den Hahn auf. Ich will eiskaltes Wasser in meinem Bauch spüren. Meine Stirn abtupfen. Deo aufsprühen. Hoffentlich hilft es gegen den Schweiß. Ich schwitze sonst nie! Als würde mir mein Körper etwas sagen wollen – und mit der Stimme der Vernunft in meinem Kopf zusammenarbeiten. *Spuck es aus! Du kannst es nicht mehr für dich behalten. Siehst du, das Elend rinnt schon aus allen Poren.*

In meiner Tasche vibriert mein Handy. Ich werde fast wahnsinnig, als ich die Nachricht lese.

Pass auf, was du mitteilst!
Denn ich habe auch etwas zum Teilen. Fantastische Videos.
Weißt du noch?

Den Trailer mit der Dare von Wouter klicke ich nicht an. Eine Träne tropft auf mein Display. Und noch eine.

»Habe ich dich nicht letzten Dienstag auf der Wache gesehen?«, fragt der Polizist. Er hat auf dem Stuhl des Direktors Platz genommen, vor sich einen Laptop. Neben ihm sitzt ein älterer Polizist, der sich als Herr Kuipers vorgestellt hat. Beide tragen Uniform. Auch der Direktor ist dabei, weil meine Eltern nicht auf die Einladung reagiert haben.

»Ja, das stimmt«, antworte ich schüchtern. »Aber das war wegen einer anderen Geschichte.«

»Hm«, sagt er und tippt etwas.

»Darf ich fragen, worum es ging?«, fragt Kuipers.

»Unangenehme Nachrichten in den Sozialen Medien«, antwortet der junge Polizist, ohne den Blick von der Tastatur zu heben.

»Ja, das hat sich inzwischen erledigt«, füge ich hinzu.

Jetzt schaut er doch noch auf. »Tatsächlich? Aber gut, wir wollen dir auch nur ein paar Fragen im Zusammenhang mit deinem Chemielehrer stellen. Dieses Gespräch wird übrigens aufgezeichnet, damit wir die Dinge wieder aufrufen können, falls es notwendig sein sollte. Okay? Hast du noch Fragen an uns, bevor wir anfangen?«

»Könnte vielleicht ein Fenster geöffnet werden? Es ist so drückend hier drin.«

Er runzelt die Stirn. »Tatsächlich?«

Der Direktor steht auf und tut, worum ich gebeten habe.

»Die Stunde letzten Dienstag«, sagt der junge Polizist. »Ist da etwas vorgefallen, was dir seltsam vorkam?«

Ich rutsche auf dem Stuhl hin und her. »Nun, äh, Herr Versteden fühlte sich nicht so gut.«

»Kam das plötzlich?«

»Ja, ich glaube schon. Ich weiß es nicht genau, denn ich war mit einem Versuch beschäftigt und …«

»Aber er stand doch neben deinem Tisch, als es passierte, richtig?«

Woher weiß er das? Hat sich Fleur doch verplappert? Aber dann wird mir klar, dass ich eine der Letzten bin, die er befragt, also haben sie schon ziemlich viele Informationen gesammelt. »Ja, ich habe aus Versehen ein paar Tropfen Säure verspritzt, und Versteden schubste Fleur zur Seite, um sie zu schützen. Dabei ist es passiert.«

»Beschreibe das bitte näher.«

»Er ist zusammengebrochen.«

»Ja, aber ging das schnell? Fiel er zum Beispiel hin oder wurde er blass?«

»Beides, glaube ich. Bas hat ihn aufgefangen.«

Der Polizist nickt zustimmend. »Das hat er erzählt. Stimmt es, dass du und deine Freundin etwas zu essen mitgebracht haben?«

»Ja, Cupcakes.«

»Warum?«

»Einfach so, wir hatten Lust dazu.«

»Was war in den Cupcakes?«

»Wie meinen Sie das?«

»Ich möchte wissen, welche Zutaten ihr verwendet habt.«

»Ach so«, sage ich so locker wie möglich. Ich nutze meine

Finger zur Unterstützung. »Mehl, Butter, Eier, Zucker und ein wenig Salz.«

»Okay. Sonst nichts?«

»Nein.« Nicht rot werden, flehe ich innerlich.

»Etliche aus deiner Klasse gaben nämlich an, ihnen sei danach schlecht gewesen.«

»Wirklich?«, sage ich aufrichtig erstaunt. »Das wusste ich nicht.«

»Hast du eine Abneigung gegen deinen Lehrer?«

Standardfrage, Juul. Das fragt er jeden. Bleib ruhig. »Nein, überhaupt nicht«, antworte ich mit fester Stimme.

»Aber er gibt dir nicht gerade die besten Noten.« Der Polizist nimmt einen Kugelschreiber und drückt mit dem Daumen auf das Ende. *Klick, klick, klick.*

Das Geräusch macht mich noch nervöser. »Äh, ich habe ziemliche Probleme mit Chemie.«

»Und mit etlichen anderen Fächern auch, sehe ich.« Er legt den Stift zur Seite.

»Ja.«

»Hat Versteden dich damit konfrontiert?«

»Er hat mir Hilfe angeboten.«

»Wann?«

»Montag nach dem Unterricht wollte er mich sprechen.«

Die Polizisten wechseln einen Blick, als wollten sie sagen: Ha, wir haben sie!

»War das ein freundliches Gespräch? Oder hast du es als unangenehm empfunden? Ich will dir erklären, warum ich das frage: In deiner Akte steht nämlich ein kurzer Bericht zu diesem Gespräch. Darin schreibt dein Lehrer, dass du einen abwesenden, trägen Eindruck auf ihn gemacht hast. Und er hatte so seine Zweifel, ob du ihm die Wahrheit über deine Situation zu Hause sagst. Stimmt das? Hat er es richtig zusammengefasst?«

Ich schüttele den Kopf. Mein Hals wird trocken und ist wie zugeschnürt.

»Aber warum ziehst du dann jetzt die Schultern so hoch und wirst rot?«

»Weiß ich nicht. Vielleicht, weil das privat ist?«

»Ach so.«

»Ja.«

»Warum haben deine Freundin und du gestern gefehlt?«

Scheißfrage. Fieberhaft suche ich nach der Antwort, die am logischsten klingt. Was hat Fleur darauf geantwortet? Offenbar dauert es ihm zu lange, denn er hakt nach: »Nun?«

»Also – im Zusammenhang mit meiner Situation zu Hause bin ich abends zu Fleur gegangen, und ihre Eltern fanden, wir sollten uns einen Tag erholen.«

»Gibt es denn Probleme zu Hause? Und wenn ja, welcher Art?« Seine Stimme klingt drängend und ärgerlich.

Halt die Klappe, denke ich. Meine Augen werden wässrig. Ich will hierauf keine Antwort geben.

»Das fällt Juul vielleicht ein wenig schwer zu beantworten. Soll ich …?« Der Direktor legt seine Hand auf meinen Arm und sieht mich prüfend an.

Dankbar schaue ich ihn durch meine Tränen hindurch an.

»Juuls Bruder ist vor einigen Monaten verunglückt. Er war ein ehemaliger Schüler von uns. Hatte gerade sein Examen gemacht. Vielleicht können Sie sich an den Unfall noch erinnern? Auf der Bundesstraße zwischen Oisterwijk und Haaren. Auf dieser kurvigen Strecke.«

Die Polizisten nicken gleichzeitig.

»Juuls Mutter hatte es damit schrecklich schwer, und das ist immer noch so. Ich glaube daher, dass Juul das meint mit den Problemen zu Hause. Oder nicht?«

»Ja«, flüstere ich.

»Und ich wäre wirklich sehr dankbar, wenn dieses Gespräch etwas rücksichtsvoller verlaufen würde. Ihre Umstände sind schon heftig genug, finden Sie nicht?«

Ich spüre ein Drücken an meinem Arm. Danach zieht er seine Hand zurück.

»Selbstverständlich«, antwortet der Polizist. »Verzeihung. Ich wollte dich nicht verletzen. Aber ich muss nun einmal Fragen stellen. Jedem, und somit auch dir. Verstehst du das?«

»Ja.« Aus den Augenwinkeln sehe ich, dass der Direktor ebenfalls nickt.

»Ihr wart also nicht in der Schule wegen der Situation bei dir zu Hause. Hast du dir Sorgen gemacht um den Zustand deines Lehrers? Ich meine, es ist ja keine Kleinigkeit, wenn so etwas in der Klasse passiert, oder?«

»Ja, oder nein, eigentlich habe ich mich gestern nicht so sehr damit beschäftigt. Heute Morgen fand ich es schon seltsam, dass er am Schwarzen Brett stand, aber sonst nicht.«

»Warum fandest du das seltsam?«

»Einfach so.«

»Hast du ihn angerufen?«

»Was?«

»Ob du deinen Lehrer angerufen hast?«

Ich beiße mir auf die Innenseite meiner Wange. »Nein.«

Seine Augenbrauen heben sich. Er schaut kurz auf den Computer, klickt mit der Maus, scrollt nach unten und sieht mich an. »Bist du dir da ganz sicher?«

18

»Mich hat er auch gefragt, ob ich Versteden angerufen habe. Wahrscheinlich hat er diese Frage der ganzen Klasse gestellt.« Fleur und ich sind unterwegs zur Bushaltestelle am Bahnhof.

Nachdem jeder im Büro gewesen war und wir noch eine Weile in der Aula zusammengesessen haben, wurden wir nach Hause geschickt. »Damit ihr wieder zu Atem kommt«, hatte Frau Schepens gesagt.

»Aber ich habe ihn ja angerufen«, sage ich. »Dienstagnachmittag, weißt du noch? Mehrmals sogar.«

»Na und? Du hast es doch geleugnet, oder?« Fleur tritt schneller in die Pedale.

»Ja, aber … Hey, fahr doch mal ein bisschen langsamer, ich komme kaum hinterher!«

Sie bremst.

»Ich meine, die Polizei kann das doch in einer Minute herausfinden – wenn das nicht schon passiert ist.«

»Dann hätte er dir das doch gesagt, als du Nein gesagt hast.«

»Hat er dir erzählt, was mit Versteden los ist?«

»Nein, aber die anderen glauben, man hätte ihn entführt.«

»Wer glaubt das?«

»Zum Beispiel Bas. Aber ein paar meinten, er wäre bestimmt irgendwo in Italien bei einer Geliebten.« Sie wechselt das Thema: »Jetzt konzentrieren wir uns erst mal auf diese Kakadu-Sache. Ich werde schon kirre, wenn ich nur an einen Vogel denke, erst recht, wenn ich einen aus der Nähe sehen soll.«

»Hast du denn nicht wahnsinnig Schiss, sie könnten dahinterkommen?«, bohre ich nach.

»Na klar.« Sie seufzt. »Natürlich habe ich die. Gott weiß, was mit Versteden ist. Vielleicht liegt er irgendwo tot im Graben! Aber wir können doch nichts machen! Wenn wir gebeichtet hätten, dass die Tabletten deiner Mutter in diesen Cupcakes gesteckt haben, glaube ich nicht, dass wir hier noch rumfahren würden, oder?« Ihre Unterlippe zittert. »Juul, mich macht das alles auch verrückt. Und es geht immer weiter. Jetzt ist auch noch Wouter verschwunden … Ich glaube, dahinter steckt auch der Psycho. Er hält sie irgendwo versteckt. Oder er hat sie umgebracht. Dreimal darfst du raten, wer als Nächste dran ist …«

»Dann fahren wir nicht«, sage ich entschlossen. »Ich will nicht, dass dir etwas passiert. Wenn du wirklich glaubst, dass er dich kriegen will, gehen wir einfach nicht hin. Punkt, aus.«

»Und dann?«

»Keine Ahnung.«

»Du vergisst die Videos«, piepst sie. »Mit denen er uns erpresst.«

Eine Stunde später steigen wir in der Nähe des Eingangs zum Papageienpark aus dem Bus. Bestimmt zwanzig Mal sage ich zu Fleur, dass nur ich auf den Videos zu sehen bin und alle Schuld auf mich nehmen werde. Trotzdem will sie nicht aufgeben. Was für ein Unterschied zu vor ein paar Tagen! Da war ich noch diejenige, die auf keinen Fall zur Polizei wollte. Hätte ich doch vorhin nur alles gestanden!

Fleur stellt sich vor mich. »Okay, mal angenommen, nur

mal angenommen, er kriegt mich – dann rufst du sofort die Polizei, okay?« Sie grinst. »Und wer weiß, vielleicht werde ich auf die Art auch endlich meine Vogelphobie los?!«

Aber schon bei einem großen Schild mit einer Papageien-Karikatur verzieht sie das Gesicht. »Komm«, sage ich, »halt dich an meinem Arm fest. Die Tiere sitzen alle in Käfigen, und sie haben viel mehr Angst vor dir als du vor ihnen.« Aber ich weiß nur zu gut, dass solche Sprüche nichts nutzen. Bei mir und meiner Angst vor Spinnen jedenfalls nicht.

Ich zucke zusammen, als ich die Eintrittspreise sehe. Mit zehn Euro pro Person hatte ich nicht gerechnet. Wo soll ich denn jetzt zwanzig Euro herzaubern?

»Hast du Geld mit?«, frage ich, obwohl ich längst weiß, dass sie keins haben wird. Doch zu meinem Erstaunen sagt sie: »Nein, aber meine Eltern haben mir gestern was auf mein Sparbuch überwiesen. Ich buche einfach um.« Sie nimmt ihr Handy, und mit wenigen Klicks ist alles geregelt. »Plus einem Extrazehner für Kaffee oder Fritten.«

Ich lächele. Dass sie jetzt an Fritten denken kann! »Danke. Dann also auf zum Kakadu …«, sage ich und versuche, den Lageplan zu glätten. Nicht so einfach, denn eine Windbö reißt mir das Papier fast aus den Händen.

So heiß mir in der Schule war, so zittrig fühle ich mich jetzt. Ich stelle den Jackenkragen auf und angele meinen Schal aus meiner Tasche. Weil mir der Wind ständig die Haare ins Gesicht weht, binde ich sie zu einem Pferdeschwanz. »Hast du nichts Wärmeres mit?«, frage ich Fleur, die ihre Arme um sich schlingt. »Hier.« Ich gebe ihr meinen Schal. »Vielleicht hilft der ja ein wenig.«

Fleur schaut beim Gehen stoisch vor sich hin. Einmal wirft sie einen Blick in eine Voliere, aber sogar bei den niedlich aussehenden, farbenfrohen Sittichen duckt sie sich weg. »Igitt, diese Knopfaugen! Superekling!«

»Wieso hast du eigentlich so eine Angst vor ihnen?«, frage ich. »Hast du mal was Blödes mit Vögeln erlebt?«

Sie nickt heftig. »Als wir einmal auf einem Platz in London waren, hat mein Vater eine Packung Vogelfutter gekauft. Er dachte, ich hätte Spaß am Taubenfüttern. Na ja, innerhalb von Sekunden haben sie mich dann zu Hunderten belagert, ungelogen! Sie hockten auf meinem Kopf, flatterten mir ins Gesicht, sie waren überall. Einfach der Horror! Schreien, schlagen, treten, nichts half. Nicht mal Papa hat es geschafft, die Mistviecher zu verscheuchen.«

Ich pfeife durch die Zähne. »Wie alt warst du da?«

»Neun.«

»Uff.« Aus den Augenwinkeln checke ich die Wegweiser. Rechts die Raubvögel, links die exotischen Arten. »Willst du erst einen Kaffee?«

»Weißt du, was ich will?«, fragt sie mit zitternder Stimme. »So schnell wie möglich zu diesem blöden Kakadu, schauen, was dieser Freak jetzt wieder für uns vorbereitet hat, und dann weg hier.«

»Okay.« Ich spähe die Umgebung ab. Den ganzen Weg hierher hatte ich nicht das Gefühl, dass uns jemand folgt. Jetzt bin ich mir da nicht mehr so sicher. Bäume und Sträucher neigen sich im Wind, Äste wippen auf und ab, sogar die Vögel suchen Schutz im hinteren Bereich ihrer Käfige. Trotzdem sehe ich nichts Auffälliges. Wartet er beim Kakadu auf uns? Ich hasse ihn, auch wenn ich nicht genau weiß, wen ich hassen soll. Aber diese Dares, die Karten und die Nachrichten … Ich will mein normales Leben wiederhaben. Oder was davon übrig ist. Noch lieber wäre ich wieder in der Zeit, als Milan noch bei uns war.

Fleur zupft an meinem Ärmel. »Ich glaube, wir sind da.«

Ich schrecke aus meinen Gedanken auf. Wir laufen tatsächlich direkt auf den Kakadukäfig zu.

»Ich muss ihn nicht sehen«, sagt Fleur und hält sich den Schal vor die Augen. »Guck du.«

Der Käfig ist ziemlich schmal und hoch, umzäunt von einem grünen Drahtgeflecht, durch das man leicht die Finger stecken kann. Der weiße Papagei mit seiner knallgelben Federhaube sitzt auf dem hintersten Ast. Ich lese die Informationen auf dem Schild. *Krummer, starker Schnabel. Zerstörungswütig und sehr lautstark.* Na toll, denke ich. Nur gut, dass Fleur den Schal vorm Gesicht hat und das nicht sieht. Dann erst entdecke ich es: Hinter dem Schild lugt etwas hervor. Ein Umschlag. Ich will ihn gerade nehmen, da fängt der Kakadu an zu kreischen. Hoch und laut. Ohne Pause.

Fleur rennt weg. Sie ruft etwas, aber den ohrenbetäubenden Lärm kann sie nicht übertönen.

Der Vogel spreizt die Flügel, flattert auf mich zu und krallt sich in den Käfigdraht. Sobald ich den Umschlag fassen will, versucht er nach mir zu picken. Gerade noch rechtzeitig ziehe ich die Finger zurück und halte mir die Hände auf die Ohren. Grauenhaft!

Zwanzig Meter entfernt wartet Fleur auf mich. »Das ist doch nicht normal«, sagt sie, als ich bei ihr bin. »Hast du gesehen, wie aggressiv der war?«

»Äh, ja. Ich habe es gemerkt.« Ich gebe mir große Mühe nicht zu lachen, denn Fleur sieht aus, als würde sie gleich hyperventilieren: Sie ist knallrot und schnappt nach Luft. Das kenne ich sonst nur von Mama.

Nach einer Weile beruhigt sich Fleur. Ich streiche ihr die Haare aus dem Gesicht. »Geht's wieder?«

Im Parkcafé lege ich die Trauerkarte auf den Tisch. Auf der Vorderseite ist ein Schmetterling abgebildet, darunter der Text: *Worte reichen nicht aus.* »Sollen wir reinschauen?«, frage ich, bevor ich sie aufklappe.

Sie nickt.

Stopf Papagei F den Schnabel.
Beim Bussard findest du weitere Anweisungen.

»Be…beim Bussard?«, stammelt Fleur. »Ist das nicht ein Raubvogel?«

Nein, will ich sagen. Aber ich kann es natürlich nur bestätigen. »Warum nennt er dich Papagei? Hast du irgendeine Idee?«

Sie schüttelt den Kopf. »Vielleicht habe ich mich mal verplappert?«

»Wieso?«

»Ja … äh … nichts, eigentlich. Ich weiß es auch nicht.«

»Fleur?« Bevor ich weiterrede, suche ich nach den richtigen Worten. »Ich weiß, dass ich dir das schon mal gesagt habe, also nur sicherheitshalber: Wenn irgendwann mal was vorgefallen ist oder es irgendwas gibt, was du dich nicht traust, mir zu erzählen – bitte erzähl es trotzdem. Egal wie schlimm es ist. Wirklich! Psycho hält dich offensichtlich für einen Papagei. Wenn ich das wörtlich übertrage … Ein Kakadu ist doch auch ein Papagei, oder? Dann glaubt er, dass du zu viel redest? Dass du Gerüchte verbreitest? Könnte das stimmen? Denk nach! Vielleicht ist es etwas von früher? Hast du was über jemanden erzählt? Keine Ahnung, was …? Versuch dich zu erinnern!«

Ich merke selbst, wie fordernd ich klinge. Sie muss es mir einfach sagen!

Fleur starrt mich mit offenem Mund an. Ihre Augen füllen sich mit Tränen. Bis auf ihr Schniefen bleibt es eine Weile still zwischen uns.

»Vielleicht«, sagt sie dann und zieht die Nase hoch. »Vielleicht habe ich etwas getan, was ich besser nicht getan hätte.«

Inzwischen werden sie den Vogel wohl entdeckt haben. Schade, dass ich zu spät bin und ihre Fratzen nicht sehen konnte, als sie den Umschlag geöffnet haben.
Aber erst muss hier alles fertig organisiert und bereitgestellt sein. Wo soll ich gleich am besten mit meinem Fernglas stehen? Und wann komme ich selbst zum Vorschein?
Wenn ich mich bücke, fühlen sich meine Muskeln noch strammer an als gestern. Natürlich wusste ich, dass es körperlich eine schwere Woche werden würde. Hoffentlich habe ich ein paar zusätzliche Schmerztabletten mitgenommen. Mein Körper darf mich jetzt nicht im Stich lassen. Besonders meine Arme nicht. Ich suche in meinen Taschen. Ah, zum Glück!
Der kräftige Wind kommt wie gerufen. Denn dann sind die Vögel ziemlich durcheinander.
Vor allem die Mütter, die in ihrem Nest über die Jungen wachen.
Auch wenn es mir stechende, heftige Schmerzen verursacht: Ich reibe meine Hände warm. Erst dann ziehe ich die festen Lederhandschuhe über. Die werde ich dringend brauchen! Ebenso wie die Schutzbrille. Ich bin bereit, diesen Papagei zu überwältigen. Wenn es sein muss, auch den Bussard. Wo bleiben sie eigentlich?

19

»Du musst mir versprechen, dass du nicht sauer wirst«, fängt sie an, als wir das Café verlassen.

»Versprochen.«

»Im Ernst?«

»Ich schwöre es«, sage ich.

Fleur atmet erleichtert auf. »Also, Milan und Aisha, ja?«

»Ja?«

Fleur bleibt stehen. »Na ja, ich wusste natürlich, dass sie was miteinander hatten. Und äh, an sich fand ich das schön und so, aber nun ja … Ich war auch schon ziemlich lange in Milan verknallt. Nicht, dass ich gegen die beiden hetzen wollte. Echt nicht! Aber ich habe aus Versehen etwas ganz Dummes gemacht.« Sie verbirgt ihr Gesicht in den Händen.

»Was denn?«, sporne ich sie an. Obwohl ich schon ahne, in welche Richtung sich diese Geschichte entwickelt.

Sie wiegt sich hin und her. »Du wirst bestimmt sauer, wenn ich es dir erzähle. Das kann gar nicht anders sein.«

»Was denn?«, bohre ich nach. »Was hast du denn Dummes getan? Ist es wirklich so schrecklich?«

»Nein, nein«, jammert sie. »Aber ich fürchte, dass alles doch irgendwie meine Schuld ist.«

»Jetzt hör aber auf, Fleur. Red nicht um den heißen Brei herum. Erzähl es einfach. Jetzt!« Ich ziehe ihr die Hände vom Gesicht und halte sie fest. »Jetzt.«

»Jamal wusste es von mir«, sagt sie leise.

»Jamal? Wieso?«

»Er hat mich gefragt, ob die Gerüchte stimmten. Ob Milan und Aisha wirklich zusammen waren und wie lange das schon lief.«

»Und du hast es bestätigt, obwohl du wusstest, dass es absolut geheim bleiben sollte?«

Beschämt starrt sie zu Boden.

Ich lasse ihre Hände los. »Warum? Ich verstehe das nicht.«

»Du weißt doch, wie direkt und fordernd Jamal sein kann.«

»Und was dann?«

»Siehst du – jetzt bist du sauer!«

»Nein … oder ja … Verstehst du das denn nicht? War es denn wirklich so schwierig, die Klappe zu halten? Oder es abzustreiten? Ich meine, was hat es dir gebracht? Dass du jetzt mit Jamal befreundet bist?«

»Das bin ich gar nicht!«, ruft sie unerwartet heftig. »Ich will absolut nichts mit diesem Arsch zu tun haben.«

»Ach ja? Und was war am Montag im Café? Du bist sogar bei ihm geblieben. Fand ich schon seltsam, aber jetzt verstehe ich, warum!«

»Siehst du, du bist doch sauer«, sagt sie wieder, schniefend, während dicke Tränen auf ihre Jacke tropfen.

Ich seufze und gehe ein paar Schritte weiter. Was soll ich bloß damit anfangen? In meinem Kopf herrscht nur noch Chaos. Papagei, Jamal, der doch von Milan und Aisha wusste. Ob er …? Ich drehe mich um. »Und wie hat Jamal dann reagiert? Wann war das eigentlich?«

Fleur schaut mich an wie ein ängstliches Vögelchen. »Kurz vor Milans Unfall«, flüstert sie kaum hörbar, aber ihre Worte überfahren mich wie ein Zug.

»Was sagst du da?«

»Ich bin ihm am Unfallabend begegnet. Als ich zu dir gefahren bin. Plötzlich war er neben mir mit seinem Fahrrad, ziemlich hektisch, weil er Aisha gesucht hat. Und da hat er mich auf einmal gefragt, ob ich wüsste, wo sie ist. Ja, es war superblöd, aber da ist mir herausgerutscht, sie könnte vielleicht bei Milan sein.«

»Das ist dir einfach so rausgerutscht?«

»Sorry.«

In meinem Augenwinkel zittert ein kleiner Muskel. Was mache ich nun mit diesem Geständnis? Wie konnte sie nur so dumm sein? Das Vogelgezwitscher, der heftige Wind, der in meinen Ohren rauscht, Fleurs Heulerei … Ich halte das nicht aus! Aber ich habe noch so viele Fragen. »Wenn ich dich richtig verstehe, wusste Jamal also von dem Moment an, dass Milan und Aisha was miteinander hatten.«

Sie nickt.

»Denn?«

»Er fragte genau danach.«

»Woraufhin du mit Ja geantwortet hast.«

Wieder nickt sie.

»Wie fand er das?«, frage ich, obwohl ich die Antwort bereits kenne.

»Er sagte so was wie ›Milan muss sterben‹.«

»St…Sterben?«, stottere ich. »Und das erzählst du jetzt erst?« Ich schlage die Hand weg, die Fleur mir auf die Schulter legt. »Lass das!« Ist ihr eigentlich klar, dass man so etwas Wichtiges nicht für sich behalten darf? Drei Monate lang! Jamal … Nicht zu fassen!

Wenn Fleur mir das gleich erzählt hätte, hätten sie ihn vielleicht gefasst. Oder wenigstens verhören können. Mama wäre dann zwar immer noch am Boden zerstört vor lauter Kummer.

Vielleicht sogar verrückt. Aber dann wenigstens nicht verrückt gemacht worden von ihren eigenen Zweifeln, ihrer Ohnmacht und ihrer Suche. Mama. Ich habe es schon eine Weile geahnt. Und jetzt bin ich mir zu hundert Prozent sicher. Ihr Gefühl war berechtigt. Alles, was sie nach Milans Tod gesagt, geschrien und getan hat, war mehr als berechtigt. Milan wurde ermordet. Umgebracht.

»Ich habe aber sofort danach Wouter angerufen«, sagt Fleur. Noch immer steht sie neben mir, kaut nervös an ihren Fingernägeln.

»Geh weg«, sage ich. »Geh einfach weg.«

Aber Fleur redet weiter. »Weil ich in Panik war und weder Milan noch dich erreichen konnte. Auch auf dem Festnetz nicht. Wouter wusste, wo Milan war, und ist sofort ins Auto gesprungen, um ihn vor Jamal zu warnen.«

Ich reagiere nicht.

»Aber Milan war nicht mehr in der Kneipe. Wouter sagte, er wäre gerade gegangen.«

»Kneipe? Welche Kneipe?«

»Offenbar war er mit jemandem im Rumour verabredet.«

»Mit Aisha?«

»Nein, mit jemand anderem, ich weiß nicht mit wem. Ich dachte, das würde uns Wouter bei unserer Verabredung nach seinem Praktikumstag in Rotterdam erzählen.«

Mein Kopf hämmert. Ich kann Fleurs Geschichte kaum folgen. Milan, der mit jemandem in einer Kneipe verabredet war. Fleur, die Wouter anruft. Ich verstehe das alles nicht mehr. »Hat Jamal Milan am Unfallabend noch gesehen oder nicht?«

Sie schüttelt den Kopf. »Laut Wouter nicht. Denn er und Jamal kamen gleichzeitig bei dieser Kneipe an, und da war Milan schon weg.«

»Und die Person, die er treffen wollte?«

»Auch.«

»Warum … Warum hast du das die ganze Zeit verschwiegen? Wie hast du das um Himmels willen für dich behalten können und wollen? Das kapiere ich einfach nicht.«

»Das … Das wollte Wouter so.«

»Und deswegen hast du es getan?«, höhne ich. »Weil Wouter das gesagt hat?« So herablassend hat meine Stimme noch nie geklungen.

»Er sagte, sonst würde die ganze Sache wahnsinnig eskalieren. Und das wäre dann alles meine Schuld.«

»Als ob es jetzt nicht eskaliert wäre! Verdammt noch mal, Milan ist tot. Tot!«

Schweigend und schluchzend stehen wir uns einige Minuten gegenüber. Besucher laufen an uns vorbei. Ihre neugierigen Blicke sind mir egal. Sollen sie doch gucken und denken, was sie wollen.

Dann legt Fleur die Arme um mich. »Es tut mir so leid.«

Ich winde mich raus, aber sie umarmt mich erneut. Jetzt fester.

»Könnte ich doch nur alles zurückdrehen, Juul. Es tut mir so leid.« Sie verbirgt ihr Gesicht in meinen Haaren.

Ich rieche ihr Parfüm, spüre ihren Atem, der in kleinen Stößen frei wird. Eine Träne rinnt in meinen Nacken. Sie wiederholt immer wieder, wie leid ihr das alles tut. Dass sie so blöd gewesen ist. Und dumm. Meine Arme hängen schlaff neben meinem Körper. Ich bin wütend, verwirrt und traurig, alles gleichzeitig. Alle verliere ich, Milan, meine Eltern, Fleur.

»Wie kann ich es wiedergutmachen?«, fragt sie. »Sag es mir.«

In meinem Kopf schrillen Alarmglocken. Sie verwendet exakt die gleichen Worte wie Milan. Wie ist das möglich? Was hat Milan irgendwann jemandem getan, wodurch wir in dieser Hölle gelandet sind? Ich ziehe meinen Kopf zurück und schaue sie an. »Willst du wissen, wie?«

Sie nickt.

»Indem du jetzt ohne einen Mucks zum Bussard mitkommst«, flüstere ich.

20

Vor dem Bussardkäfig bleiben wir stehen. Neben dem Informationsschild hängt eine Warnung: *Achtung! Brutzeit.* Als hätten wir vor, bei einem Raubvogel die Finger durch den Maschendraht zu stecken.

Es sieht aus, als wäre der Käfig leer, aber dann entdecke ich ihn. Oder sie. Ein kleiner Kopf ragt über einem Nest aus dürren Zweigen hervor. Auf dem obersten Ast, fast an der Käfigdecke.

Ich schiebe meine Finger in den Schlitz hinter das Schild. Sofort ertönt ein schriller Laut, der an ein Miauen erinnert. »Hier steckt nichts«, sage ich.

Fleurs Gesicht ist starr, ihre Lippen sind fest aufeinandergepresst. Sie gibt sich große Mühe, sich nicht anmerken zu lassen, wie verängstigt sie ist. Oder ist es wegen eben? Ich habe schon sehr heftig reagiert. Doch wenn ich an ihre Lügen denke, koche ich innerlich. Aber ich brauche sie jetzt! Ich laufe links um den Käfig herum. Der Bussardkopf bewegt sich mit. Pechschwarze Augen belauern mich. »Wo ist der Umschlag nur?«, höre ich mich sagen. Ich suche den Boden und das Drahtgeflecht ab, schaue noch einmal hinter dem Informationsschild nach, und dann sehe ich es. Hinter dem Schild mit *Achtung! Brutzeit* steckt etwas Weißes. Ich nehme den Umschlag. Wieder eine Trauerkarte, diesmal mit der Abbildung einer weißen Taube. *Mit jedem Abschied wird eine Erinnerung geboren.* »Okay«, seufze ich, als ich die Karte aufklappe. »Dann mal los.«

Scheuche Papagei F mit gestopftem Schnabel und Aas in den Käfig.
Lass sie mindestens zehn Minuten dort hocken.
Alles, was du brauchst, findest du gegenüber im Gebüsch.
Ich verlange eine Videonachricht als Beweis.
P.S.: Keine Polizei! Ich sehe, höre, weiß alles.
P.P.S: Du hast es fast geschafft. Die Wahrheit ist näher, als du denkst. Ich übrigens auch. :-)
1603 2200 5000KD …

Ich drücke Fleur die Karte in die Hand und renne zum Gebüsch. Das hier toppt wirklich alles! So sauer ich auch auf Fleur bin – das kann ich nicht machen! So ein Tier ist doch lebensgefährlich. Oder? Es heißt schließlich nicht umsonst »Raubvogel«. Was soll ich nur machen? »Milan, bitte hilf mir!«

Ich stolpere über etwas Hartes. Eine kleine Kiste. Darin sind eine Rolle Klebeband, eine Kneifzange und eine Brotdose. Ich ziehe den Deckel ab. Igitt! Würmer! Eklige, bräunlich-violette Regenwürmer. Sie haben sich völlig verknäult. »Fleur?«

Sie reagiert nicht. Mit leichenblassem Gesicht starrt sie mich an. Als könnte sie jeden Moment zusammenbrechen. Der Umschlag und die Karte liegen auf dem Boden.

Das kann nicht sein. Das darf nicht sein. So bin ich nicht. Fleur in den Käfig schicken … Nein! So sehr hasse ich sie nicht. Ich bin wütend, fühle mich total verraten. Aber ich hasse sie nicht.

»Komm schon, ich mache das«, sage ich. »Zieh deine Sachen aus.« Ich öffne den Reißverschluss meiner Jacke, trete meine Turnschuhe von den Füßen und knöpfe meine Hose auf. »Wir tauschen unsere Klamotten. Dort, hinter dem Gebäude. Gleich bist du ich, und ich bin du. Ich gehe in den Käfig. Du filmst und passt auf, ob jemand kommt.«

»Nein, das ist nicht nötig«, sagt sie. »Ich tue alles, um es wiedergutzumachen, also auch …«

»Dann tust du jetzt, was ich sage. Und gib mir meinen Schal zurück, damit ich ihn mir um die Haare binden kann.«

Mit der Kneifzange zwicke ich ein Loch in das Drahtgeflecht. Ich muss dabei viel Kraft aufwenden. »Nicht davorstellen, okay? Wer weiß, vielleicht fliegt das Tier hier raus, statt auf mich zu. Dann hätten wir Glück!« Ich weiß nicht, was mit mir passiert, aber genau wie in der Leichenhalle werde ich merkwürdig ruhig. Nur so traue ich mich das hier alles, trotz meiner Angst. Bevor ich mit dem Klebeband und der Brotdose mit den Würmern durch das Loch krieche, schaue ich mich um. Kein Personal oder Besucher in der Nähe? Doch! Shit. Fleur, jetzt pass doch auf! Ich trete einen Schritt zurück, bleibe aber vor dem Loch stehen.

Ein Mann in Khakihosen und olivgrüner Jacke kommt auf uns zu. Ist er ein Tierpfleger? Hoffentlich entdeckt er das Loch nicht …

»Hallo«, sage ich, um ihn abzulenken. »Füttern Sie jetzt die Vögel?«

»Nein«, sagt der Mann. »Ich hole den Habicht für die Raubvogelshow.« Er wirft einen Blick auf seine Uhr. »Beginnt in fünf Minuten, auf dem Feld beim Eingang. Lohnt sich wirklich!«

»Schön!«, rufe ich so begeistert wie möglich.

»Fein. Passt du ein bisschen auf mit dieser Dame hier?« Er zeigt auf den Bussard. »Sie brütet gerade, extrem früh dieses

Jahr. Halte lieber ein bisschen Abstand, sie kann ganz schön aggressiv reagieren, wenn man ihren Jungen zu nahekommt. Passieren kann dir aber nichts, keine Sorge. Ihr Käfig ist selbstverständlich gut verschlossen.«

Sobald der Mann mit dem Habicht weg ist, hole ich tief Luft. »Ich stelle mein Handy in den Käfig. Startest du die Videoaufzeichnung? Dafür musst du nur eine einzige Sekunde mit den Fingern durch den Maschendraht fassen, in Ordnung?«

»Okay. Aber Juul … machst du das jetzt wirklich? Ich finde es echt unheimlich. Man weiß ja nie, wozu so ein Vogel in der Lage ist.«

Ich ignoriere ihre Bedenken. Das hier ist ganz bestimmt die letzte Dare. In der Karte steht, dass ich es fast geschafft habe. Die Wahrheit ist zum Greifen nah! Nicht nachdenken, sondern einfach machen.

Das Klebeband drücke ich mir lose auf den Mund und wickele den Schal sorgfältig um meinen Kopf. Es darf keine Strähne meiner schwarzen Haare hervorlugen. »Los geht's«, murmele ich den Würmern zu und öffne die Brotdose. »Drück auf Start, Fleur«, sage ich dumpf durch das Klebeband. Meine Beine zittern. Mein Mund ist staubtrocken. Ich lasse den Vogel keine Sekunde aus den Augen. Die Bussardmutter ist wie hypnotisiert. Ihr Kopf bewegt sich nicht. Sie gibt keinen Laut von sich. Eine ganze Weile passiert nichts. Seltsam …

Ich spüre etwas Kaltes. Hilfe! Ein Wurm glitscht über den Rand der Brotdose auf meinen Handrücken. Ein weiterer folgt. Mich schüttelt es.

»Wie lange noch?«, flüstere ich.

»Sechs Minuten.«

Oh Hilfe. Gefühlt dauert hier gerade jede Sekunde eine

Stunde. Wie lange traue ich mich, im Käfig zu bleiben? Inzwischen kriechen vier Würmer über meine Hand. Einer liegt schon im Sand. Behalte den Vogel im Auge, sagt meine innere Stimme. Schau hin.

Zu spät.

Schrilles und hohes Kreischen.

Unter meiner Jacke stellen sich die Haare auf. Auf meinem Gesicht. In meinem Nacken. Überall. Ich traue mich nicht zu atmen. Nicht bewegen. Nichts tun. Kein Geräusch machen. Sillstehen wie eine Wachsfigur.

O. Mein. Gott.

Die Bussardmutter richtet sich auf. Spreizt die Flügel. Auf einmal sind sie riesig. Unglaublich! Mit gespreizten Flügeln bleibt sie auf dem Nest hocken. Kreischend.

Ich schließe die Augen. Nicht! Schau weiter hin. Beobachte das Tier.

Eine Windbö bringt mich ins Wanken.

Sie schlägt mit den Flügeln. Nein! Bitte nicht!

Wie ein Betonblock stürzt die Bussardmutter aus dem Nest. Dicht vor mir spreizt sie die Flügel erneut. Von unten sind sie weiß. Der Schnabel berührt mich fast. *Ein* Ausholen und … der Wurm verschwindet in ihrem Schnabel. *Wusch, wusch* – mit ein paar kräftigen Schlägen ist sie an der Käfigdecke und kreist über meinem Kopf.

Ich werde von Angst überspült und reiße mir das Klebeband vom Mund. »Hol den Habichtmann her. Fleur, hol den Mann!«

»Komm raus!«, höre ich Fleur schreien. »Kriech durch das Loch.«

Aber meine Beine wollen nicht. Ich traue mich nicht mal, mich umzudrehen.

Wusch, wusch.

Ich bin lebendiges Aas.

»Ich rufe den Rettungsdienst«, brüllt Fleur.

»Ja«, piepse ich.

Ich höre sie fluchen. »Wo ist mein Handy? Verdammt!«

Nein, denke ich. Nicht jetzt. Dann wird mir klar, dass ihr Handy in ihrer Jacke steckt. Und diese Jacke habe ich an!

»Jetzt hol diesen Mann her«, jammere ich. »Oder sonst wen!«

Fleur rennt weg.

Meine Hand gleitet vorsichtig Zentimeter um Zentimeter in die Jackentasche. Die Brotdose bebt in meiner anderen Hand.

Wusch, wusch. Das Kreischen schwillt an. Immer länger und schriller.

Mach was. Nimm das Handy. Aber welchen Sinn hat es, den Rettungsdienst zu rufen? Als könnte der mir helfen, innerhalb einer Minute aus dem Käfig zu kommen.

Hilfe, sie fliegt tiefer. Und tiefer und …

Ich ducke mich und schreie, werfe die Brotdose von mir. Meine Augen! Ich muss meine Augen schützen. Ich schlage die Hände vors Gesicht. Spüre etwas Scharfes an meiner Wange. Eine Klaue? Ein Schnabel? Meine Angst ist größer als der Schmerz. »Weg du. *Kscht!*« Plötzlich übernimmt etwas in mir die Kontrolle. Als würde jemand anderes in meinen Körper kriechen. Ich ziehe den Schal vor meine Augen, suche tastend nach dem Loch. Wo ist es? Oh, beeil dich! Ich spüre, wie das Tier dicht an mir vorbeifliegt. Kreischen in meinem Ohr. Und dann zwänge ich mich durch die Öffnung.

Lang ausgestreckt liege ich auf dem Boden, die Nase im Sand und zitternd vor Erleichterung. Ein warmes Rinnsal läuft mir über die Wange in den Mund. Es hat den metallischen Geschmack von Blut. Hinter mir höre ich das Toben der Bussardmutter. Sie prallt gegen das Drahtgeflecht oder was auch immer. Ich rappele mich auf und lasse meinen Kopf auf Höhe meiner Knie hängen. »Danke, Milan«, sage ich. »Falls du es warst, der mir gerade geholfen hat.«

Manchmal läuft etwas nicht so, wie es laufen sollte, aber das Ergebnis ist trotzdem perfekt. Fleur ist mir genau in die Arme gerannt. Um Hilfe schreiend. Die Erleichterung in ihrem Gesicht, als sie mich sah. Großartig! Was Angst nicht alles mit einem Menschen machen kann. Sie hat sich nicht einmal gefragt, warum ich auch im Papageienpark war.

»Hilf uns!«, hat sie gerufen. »Juul ist in Gefahr. Du musst uns helfen.«

Am Arm hat sie mich mitgezogen. Und wie leicht ist sie darauf reingefallen, als ich sagte, ich wüsste einen kürzeren Weg zu den Raubvögeln. Lammfromm ist sie hinter mir her zur Rückseite des Papageienparks getrottet. Erst dort wurde sie misstrauisch und hat protestiert.

Aber ich habe sie an den Handgelenken gepackt und sie ihr über Kreuz auf den Rücken gedreht. Ein einziger kräftiger Tritt genügte.

Stöhnend ging sie zu Boden. Kinderleicht: Kabelbinder um die Handgelenke, Knebel in den Mund und mit Tape abkleben.

Hopp, durch das Loch im Zaun und zu meinem Kleintransporter auf der anderen Seite. Ich habe nicht mal den Käfig betreten müssen, um sie einzufangen. Welch wunderbare Begleitumstände ihres Ungehorsams.

Noch eine Nacht schlafen, und dann sitzt das Publikum bereit. Es ist Zeit, Juul wissen zu lassen, wo sie hinmuss.

Dafür brauche ich dieses Video nicht einmal mehr. Ich konnte alles live mitanschauen. Aber ich sollte mich an mein Drehbuch halten und warten, bis ich den Beweis in Händen halte. Und Videos anzuschauen macht immer Spaß.

21

»Wo steckst du denn bloß?« Ich suche schon seit Stunden. Mittlerweile kenne ich jeden Weg, jeden Vogelkäfig, jede Bank und jede Toilette. Aber Fleur ist und bleibt verschwunden.

In fünf Minuten schließt der Papageienpark. Ob sie irgendwo am Ausgang auf mich wartet? Oder bei der Bushaltestelle? Sie kann mich nicht anrufen, denn ihr Handy ist bei mir. Die Räder in meinem Kopf drehen auf Hochtouren. Was, wenn sie wirklich verschwunden ist? Wie Versteden? Und Wouter? Drei Dares und drei verschwundene Personen … Was haben Milan, Versteden, Wouter und Fleur miteinander zu tun? Außer, dass sie sich gut kannten? Alle drei waren bei Versteden in der Klasse … Plötzlich fällt mir ein, was Fleur über ihn gesagt hatte. *Wenn es wirklich darauf ankommt, ist er so ein Feigling.* Hätte ich damals doch bloß nachgehakt, was sie damit meinte. Jamal und Levi hatten im Café auch schon Anspielungen in diese Richtung gemacht …

Zu viele Fragen drängen sich in den Vordergrund. Sie machen mich total verrückt. Es ist zum Verzweifeln. Als säße ich auf einem durchgehenden Pferd. Draußen vor dem Eingang blicke ich suchend über den Parkplatz. Keine Fleur.

Als ich die Haustür öffne, kann ich mich kaum noch auf den Beinen halten. Ich bücke mich, um die Werbeprospekte und das Wochenblättchen aufzuheben. In der Küche werfe ich den

Stapel auf den Tisch. Mein Blick fällt auf einen Zettel neben der Obstschale. Papas krakelige Handschrift.

Bin kurz zu Mama.
Ich habe Brötchen mit Krabbensalat geholt (stehen im Kühlschrank).
Bis nachher, Papa.

Krabbensalat, denke ich. Lieb von ihm! Er weiß, wie sehr ich den mag. Obwohl ich wieder keinen Appetit habe, zwinge ich mich, eins der Brötchen zu essen. Träge kauend starre ich vor mich hin.

Zwischen den Prospekten ragt ein Umschlag hervor. Auch ohne die grässlichen Blockbuchstaben zu sehen, weiß ich gleich, dass mein Name draufsteht. Ich reiße ihn auf und sehe die Abbildung einer untergehenden Sonne mit den Worten: *Viel Kraft und Stärke in dieser schwierigen Zeit.* Das Brötchen bleibt mir in der Kehle stecken. Hustend und nach Luft schnappend klappe ich die Karte auf.

Sie ist bei mir. Schweig, oder sie ist tot.
P.S.: Keine Polizei! Ich sehe, höre, weiß alles!!!
P.P.S: Ich freue mich schon auf deine Naturdoku.

Angst breitet sich in mir aus. Was soll ich nur machen? Hektisch stehe ich auf. Der Stuhl kippt um. Mein Verstand schreit, ich soll die Polizei benachrichtigen. Jetzt sofort! Denn bisher ist es ohne Polizei immer nur schlimmer geworden.

Ich höre Fleurs Stimme in meinem Kopf. Okay, mal angenommen, nur mal angenommen, er kriegt mich – dann rufst du sofort die Polizei, okay?

Wo habe ich nur die Visitenkarte von diesem Polizisten gelassen? Ihn könnte ich anrufen. Ich muss ihn anrufen.

Meine Zähne knirschen übereinander. Die Schramme auf meiner Wange brennt fies. Ich wühle in meiner Hosentasche. Nichts. In meiner Jacke? So ein Mist, wir haben doch die Klamotten getauscht! Wie hieß der Polizist? Job noch was. Wenn ich jetzt die Wache anrufe und nach einem Polizisten namens Job frage, dann wissen die doch, wer das ist, oder?

Im Internet finde ich die Nummer der Wache. Plötzlich scheint das Eintippen der Zahlen das Schwierigste auf der Welt zu sein. Drei Mal vertippe ich mich. Mit dem Handy am Ohr tigere ich durch die Küche. Wo soll ich anfangen? Hilfe, meine Freundin ist weg? Mein Bruder wurde ermordet? Sie haben mich heute Morgen schon im Zusammenhang mit meinem Lehrer befragt und …

Eine automatische Stimme bietet mir Wahlmöglichkeiten an. Während ich mir alle Optionen anhöre, scheint mich der Satz Schweig, oder sie ist tot von der Karte regelrecht anzuspringen. Abrupt lege ich auf. Was um Himmels willen mache ich da gerade? Das ist keine leere Drohung. Wenn ich die Polizei einschalte, bekommt das dieser Psychopath bestimmt mit. Ich sehe, höre, weiß alles! Und das hat er schon mehrfach bewiesen.

»Halt durch, Fleur«, sage ich. »Ich überleg mir was. Versprochen!«

»Was überlegst du dir?«, höre ich plötzlich Papas Stimme hinter mir.

Langsam drehe ich mich um. Die Karte schiebe ich unauffällig in meine Tasche. Nichts anmerken lassen, denke ich. Tu so, als wäre nichts. Aber ich spüre, dass ich blass werde.

Papa lächelt. Sein Gesicht ist grau und müde, als hätte er

wochenlang nicht geschlafen. »Die Brötchen hast du gefunden?«

Ich nicke. »Ja, total lecker, danke!«

»Fein.« Erstaunt betrachtet er den umgefallenen Stuhl, hebt ihn auf und setzt sich an den Tisch. »Wie kommst du an den Schnitt auf deiner Wange?«

»Ach, nicht schlimm. Ich bin völlig bescheuert gegen einen Ast geprallt.«

»Sag mal, was war das denn mit der Polizei in der Schule? Ich habe eine Mail von deinem Direktor bekommen, aber ich musste noch alles Mögliche für Mama regeln und danach arbeiten, deshalb habe ich es nicht geschafft, vorbeizukommen.«

»Ein Lehrer wird vermisst«, antworte ich und lehne mich an die Anrichte.

»Wie vermisst? Wer denn?«

»Versteden.«

Er dreht mir ruckartig den Kopf zu. »Milans Vertrauenslehrer?«

»Ja, und meiner auch. Vor ein paar Tagen hat er sich bei uns im Unterricht nicht wohlgefühlt, und danach ist er nicht mehr aufgetaucht.«

»Wie furchtbar.«

»Wie war es bei Mama?«, frage ich, um das Thema zu wechseln.

Er zuckt mit den Schultern. »Ganz okay. Sie ist froh … oder wie soll ich es nennen … erleichtert ist vielleicht ein besseres Wort, dort zu sein. Unser Haus birgt zu viele Erinnerungen für sie, nehme ich an.«

»Ja«, sage ich mit rauer Stimme.

»Für dich auch?«, fragt er.

»Ich weiß es nicht ...«, antworte ich, weil ich jetzt nicht in der Lage bin, es noch einmal zu erklären.

Er starrt vor sich hin. »Vielleicht sollten wir umziehen.«

»Papa?«

Verwirrt schaut er mich an.

»Kann ich dich etwas fragen?«

Er wirkt unschlüssig, bestimmt befürchtet er, ich könnte mich wieder wie gestern so reinsteigern. Aber schließlich nickt er.

»Hast du dich nie gefragt, ob es überhaupt ein Unfall war?«

Zögernd gibt er Antwort. »Doch, ganz kurz.«

»Warum? Kam das durch Mama?«

»Auch.« Seine Miene verfinstert sich.

»Dachtest du denn, jemand anderes ...«

»Nein!«, unterbricht er mich. »Davon war und ist absolut keine Rede!«

»Warum wirst du denn jetzt so wütend?«, frage ich leise.

»Weil ich Ruhe will«, sagt er und reibt sich heftig über die Stirn. »Verstehst du das? Gestern hast du auch schon davon angefangen. Ich will einfach, dass Ruhe in die Familie einkehrt. Mama muss es bald wieder besser gehen. Warum es jetzt wieder so problematisch geworden ist, ist mir ein Rätsel. Am Dienstag scheint sie in Milans Grab gewühlt zu haben. Als wollte sie ihn ausgraben.«

Ich senke den Kopf und fummele an meinen Nägeln. Im Gegenteil, sie wollte etwas begraben, will ich sagen. Nicht ausgraben. Aber ich bringe es nicht über die Lippen.

Die peinliche Stille, die eintritt, und Papas gequälter Blick führen dazu, dass ich vollkommen dichtmache. Alle Fragen, die ich stellen möchte, sind wie eingefroren.

»Hey«, sagt er. »Ich bin nicht auf dich wütend. Ich bin wütend auf den Zustand, in dem wir uns schon seit Monaten befinden. Und ich will, dass es aufhört.«

Und ich erst, denke ich.

Sobald Papa oben ist, verschicke ich das Video.

Wo ist Fleur?

tippe ich dazu.

Schon nach einer Minute bekomme ich eine Reaktion.

😉

Ein Geräusch lässt mich aufschrecken. Es ist pechschwarz in meinem Zimmer. Die Leuchtziffern auf meinem Wecker zeigen an, dass es zwei Uhr nachts ist. Wieder dieses Summen. Es kommt von unter meinem Schreibtisch. Dann wird mir klar, dass Fleurs Handy in meiner Tasche steckt. Als ich die Decke zurückschlage, klingelt mein eigenes Telefon – ich erkenne die Nummer, aber ich kann sie nicht sofort zuordnen. Schon vier Mal wurde ich von dieser Nummer angerufen. Ich gehe dran.

»Ist Fleur bei dir?«, fragt ihre Mutter.

Ich erschrecke. Was soll ich sagen? »Nein«, antworte ich dann.

»Weißt du denn, wo sie ist?«

»Äh …«

»Juul, ich will es wissen«, sagt sie fordernd. »Also egal, was es ist – keine Ausreden oder Lügen. Ist sie bei diesem jungen Mann?«

»Ich weiß wirklich nicht, was Sie meinen.«

Sie seufzt ärgerlich. »Netter Versuch. Ich meine den von der Karte. Über den ihr neulich geredet habt.«

»Ach, der.«

»Und? Ist sie bei ihm oder nicht?«

Ich muss eine Entscheidung treffen. Jetzt!

»Also?«, höre ich wieder am anderen Ende der Leitung.

»Ich glaube schon.«

»Glaubst du oder weißt du es sicher? Und wie heißt er? Wo wohnt er?«

»Weiß ich nicht. Äh, Lars heißt er, glaube ich«, denke ich mir aus. »Aber ich habe keine Ahnung, wo er wohnt.«

»Und wie ist sein Nachname?«

»Weiß ich wirklich nicht.«

»Kennst du ihn?«

»Nein.« Ich fühle mich schrecklich. Fleurs Mutter ist immer so nett zu mir. Von dieser ganzen Lügerei bekomme ich akute Bauchschmerzen.

»Juul?«

»Tut mir leid, das hat sie mir alles nicht erzählt.«

Sie seufzt. Ich höre Fleurs Vater im Hintergrund nörgeln, und dann übernimmt er das Telefon. »Eins noch, Juul, ja?« Er klingt genau wie Fleur. »Solltest du doch mehr wissen, dann möchte ich, dass du zurückrufst, okay? Denn das hier geht echt nicht, das verstehst du doch wohl, oder?«

»Ja, äh, ja.«

Die Verbindung wird abrupt unterbrochen. Verwirrt starre ich vor mich hin. Ich halte mich nur mit Lügen über Wasser. In den letzten Tagen bin ich eine wandelnde Lüge. Und ich hasse mich dafür.

22

Kaum bin ich wach, da überfällt mich die Erkenntnis wieder gnadenlos. Ich greife nach meinem Handy und sehe nach, ob es schon eine Reaktion auf das Video gibt. Wie soll ich diesen Tag bloß überstehen? Indem ich Fleur suche, so viel ist sicher. Aber ich habe keine Ahnung, wo ich anfangen soll. In die Schule will ich nicht. Ich kann es nicht ertragen, dort herumzulaufen und so zu tun, als wäre nichts, während drei Menschen verschwunden sind! In Gedanken gehe ich noch einmal alles Schritt für Schritt durch. Aber ich drehe mich nur im Kreis.

Ich schlage die Decke zurück und ziehe mich an. Papa ist bestimmt schon zu seiner Arbeit gefahren, wegen der Schule brauche ich mich jetzt also nicht zu rechtfertigen. Die Schramme auf meiner Wange brennt noch mehr als gestern. Im Spiegel sehe ich, dass die Wundränder rot und geschwollen sind. Drecksvogel. Eine Entzündung kann ich gerade nicht auch noch gebrauchen.

Außer dem zwinkernden Smiley habe ich keine Antwort bekommen. Und auch keinen weiteren Umschlag. Ich bin zu unruhig, um zu Hause darauf zu warten, und beschließe, ein wenig Rad zu fahren.

Kurz darauf fahre ich ziellos durch die Stadt und zerbreche mir den Kopf über diese blöden Zahlen. 1603, 2200, 5000KD. Sind es Koordinaten? Aber von was? Oder doch die Postleitzahl von Tivoli? Vielleicht sollte ich mal durch dieses Viertel fahren.

Über den roten Radweg lande ich in Tivoli. Ohne viel nachzudenken erkenne ich einige Häuser von Mitschülerinnen und Mitschülern. Alte, teure Häuser. Als ich die Professor-Donderstraat überquere, trete ich auf die Bremse. Hier wohnen Wouters Eltern. Ich zögere. Soll ich klingeln oder lieber nicht? Ach, denke ich. Nicht sehr wahrscheinlich, dass ich Wouter hier antreffe, aber versuchen kann ich es ja mal.

Seine Mutter begrüßt mich überrascht. Genau wie bei Wouter ist ihr ganzes Gesicht beteiligt, wenn sie lacht.

»Ist Wouter vielleicht zu Hause?«, frage ich.

»Wouter?«, wiederholt sie überrascht. »Nein, der ist noch in Rotterdam. Er kommt erst heute oder morgen heim – wenn überhaupt, denn in letzter Zeit hat er so viel mit seinem Praktikum zu tun, dass er meistens auch am Wochenende dortbleibt. Aber komm doch kurz rein.« Sie tritt einen Schritt zurück. »Möchtest du etwas trinken?«, fragt sie. »Tee? Oder lieber Sprudel? Hat es am Mittwoch übrigens noch geklappt, bei ihm vorbeizugehen?«

»Ja, er war nur leider nicht zu Hause.«

»Setz dich.« Sie zeigt auf einen Barhocker an der riesigen Kochinsel. »Kaffee?«

»Nein, danke schön. Nur ein Glas Wasser, bitte.«

»Bist du hingefallen?«, fragt sie und zeigt auf meine Wange.

»Ja«, sage ich schnell. »Wobei, nein, unsere Katze hat mich aus Versehen gekratzt.«

»Au. Aber erzähl, du kommst wegen Wouter, oder?«

Ich nicke. »Haben Sie zufällig nach letztem Mittwoch noch mal mit ihm gesprochen?«

»Nun ...« Sie lacht. »Das hätte ich gern!«

»Wie meinen Sie das?«

»In seinem Terminkalender kommt ›Mama anrufen‹ eher nicht vor. Also, nein, ich habe ihn nicht mehr gesprochen. Brauchst du ihn denn? Für das Schulprojekt, oder was meintest du noch, als du mich wegen seiner Adresse angerufen hast?«

»Ja, Fleur und ich haben noch ein paar Fragen zum Krankenhaus, und weil ich ihn nicht erreichen kann, habe ich es einfach hier mal versucht.«

»Tut mir leid«, sagt sie und zuckt mit den Schultern. »Aber schön, dass ich dich wieder einmal gesehen habe nach … äh …«

»Milan«, ergänze ich.

»Ja.«

Meine Wange glänzt von dem Wunderöl, das Wouters Mutter aufgetragen hat. Während meines kurzen Besuchs hat Fleurs Mutter vier Mal angerufen. Als ich wieder draußen stehe, höre ich die Nachricht ab, die sie hinterlassen hat.

»Juul, Fleur ist immer noch nicht zu Hause. In der Schule ist sie auch nicht. Und wir haben auf ihrem Konto gesehen, dass sie gestern in einem Papageienpark gewesen ist. Weißt du etwas darüber? Ruf mich bitte an. Die Polizei wird erst nach vierundzwanzig Stunden aktiv.«

Ich erschrecke vor der Verzweiflung in ihrer Stimme. Aber auch, weil sie offensichtlich bei der Polizei waren. Wenn Psycho das mitkriegt, dann … dann … Plötzlich wird mir genauso beklommen zumute wie Fleur gestern beim Kakadu. Was sage ich ihren Eltern? Wie mache ich ihnen klar, dass sie die Polizei nicht hinzuziehen dürfen, ohne auch den Rest zu erzählen? In meinem Bauch wächst noch mehr Unsicherheit. *Ignoriere ihre Nachricht. Ruf sie nicht zurück*, sagt eine Stimme in meinem

Kopf. Und ich beschließe, auf diese Stimme zu hören. Noch mehr Ausreden, noch mehr Lügen, denke ich beschämt. Nie, wirklich nie hätte ich auf die erste Dare eingehen dürfen! Das ist das Dümmste, was ich je in meinem Leben getan habe. Ein einziger großer Irrtum. Wer springt denn freiwillig in einen Strudel? Wohl nur ich. Obwohl Fleur versucht hat, mich davon abzuhalten. Angst kribbelt in meinem Nacken, wenn ich an sie denke. Bestimmt nur ein Bruchteil der Angst, die sie wahrscheinlich empfindet, nachdem sie Psycho in die Hände gefallen ist. Wo soll ich nur nach ihr suchen? Der Wind bläst mir in den Rücken und schiebt mich voran, als könnte ich ein wenig Hilfe gut gebrauchen. Und dann fahre ich auf einmal zum Haus von Jamal und Aisha. Nicht, dass ich auch nur einen Funken Hoffnung hätte, dass Jamal mir helfen wird, aber ich setze jetzt einfach auf Aisha. Milan war nicht umsonst so verrückt nach ihr.

Jamal öffnet die Tür, ein Brötchen zwischen den Zähnen. Sein Gesicht erstarrt, und ich sehe ihn fast denken: Was will die denn hier?

»Hallo, ist Aisha zu Hause?«, frage ich ohne weitere Einleitung.

»Aisha, wieso?« Er schiebt die Tür ein wenig zu und schaut über seine Schulter.

»Einfach so. Ist sie zu Hause?« Ich versuche, locker zu klingen, obwohl ich das Gefühl habe, dass der Boden unter mir schwankt. *Tot, tot, er wollte Milan tot sehen*, hallt es in meinem Kopf. Hat er Fleur?

»Ja.«

»Würdest du sie dann bitte mal rufen?«

»Wofür? Kennst du meine Schwester überhaupt?« Er verbirgt seinen Argwohn nicht einmal.

Du weißt genau, dass ich sie kenne, denke ich, aber ich antworte: »Nicht gut. Ich habe gehört, dass sie dasselbe studiert, was ich auch machen will, und dazu habe ich ein paar Fragen.«

»Ach so. Ich dachte schon. Wartest du kurz? Dann frage ich sie, ob sie Zeit hat.« Er geht wieder in die Diele zurück.

Ich hasse es, dass ich hier mit buchstäblich wackligen Knien stehe, während es doch eigentlich genau umgekehrt sein müsste. Warum lasse ich mich von diesem Idioten so beeindrucken?

Es dauert lange, bevor Aisha rauskommt. Sobald ich ihr liebes Gesicht sehe, kämpfe ich gegen die Tränen. »Juul, es ist lange her, dass wir uns gesehen haben«, sagt sie. »Willst du reinkommen? Jamal meint, du hast Fragen zu meinem Studium.«

»Eigentlich geht es um etwas anderes«, flüstere ich. »Können wir vielleicht woanders reden?«

Ihr Gesicht verfinstert sich, und sie streicht sich durch die schwarzen Locken. »Oh, äh, jetzt?«

»Ja, am liebsten schon. Es ist ziemlich dringend.«

Sie macht einen Schritt nach vorn. »Geht es um Milan?«, fragt sie kaum hörbar.

Ich nicke, und eine Träne läuft mir über die Wange.

Sie sieht mich einen Augenblick traurig an, aber dann wischt sie meine Träne mit ihrem Daumen weg. »Gut. Sollen wir uns im Rumour treffen? In einer Viertelstunde, okay?«

Noch bevor ich Tschüss sagen kann, hat sie die Tür schon geschlossen.

23

»Es tut mir leid, Juul«, sagt sie, sobald sie sich mir gegenüber hingesetzt hat, »dass ich mich nicht mehr gemeldet habe.«

Sobald ich sie ansehe, steigen mir wieder Tränen in die Augen. Um uns herum ertönt Gelächter, Gläser klingen und die fröhliche Musik im Hintergrund stört mich.

Aisha legt ihre Hand auf meine und sagt noch einmal, wie leid es ihr tut.

»Nein, nein, darum geht es gar nicht«, schniefe ich. »Es ist eher, dass ich gerade nicht mehr weiterweiß. Deswegen bin ich zu dir gekommen.«

Sie schaut mich mit einem fragenden Blick an. »Was ist denn los? Soll ich uns erst etwas zu trinken holen? Vielleicht redet es sich dann leichter.«

Ich nicke, aber als sie aufsteht, halte ich sie zurück. »Warum warst du eigentlich nicht auf Milans Beerdigung?«

Mit einem leisen Seufzen setzt sie sich wieder. »Das ist eine komplizierte Geschichte.«

»Kannst du versuchen, sie mir zu erklären? Denn das geistert mir immer noch im Kopf herum.« Ich hatte nicht vor, davon anzufangen, und als ich Aishas trauriges Gesicht sehe, tut es mir auch schon leid. Trotzdem warte ich ihre Antwort ab.

»Weißt du«, beginnt sie, während sie kleine Stücke von einem Bierdeckel abreißt. »Milan und ich waren schon eine Weile nicht mehr zusammen.«

»Wirklich?«

Sie nickt, und ihre Mundwinkel gehen nach unten. »Ungefähr zwei Wochen und …«

»Aber warum?«, unterbreche ich sie. »Ihr wart doch so superverliebt, zumindest hat Milan bei uns zu Hause ständig so getan.«

»Das stimmt auch«, antwortet sie. »Aber, dass wir uns immer heimlich verabreden mussten und Angst hatten, erwischt zu werden, hat uns kaputt gemacht. Vor allem mich. Du weißt doch, dass meine Familie absolut gegen eine Beziehung mit einem Nicht-Marokkaner ist, oder?«

Ich nicke.

»Das klingt für Außenstehende vielleicht seltsam, aber meine Familie denkt nun mal so darüber. Wären sie dahintergekommen, hätten wir wirklich ein Riesenproblem gehabt. Einer meiner Onkel hat Milan und mich einmal Arm in Arm gesehen und mich zur Rede gestellt. Damals konnte ich es noch herunterspielen, aber das würde sicher kein zweites Mal mehr funktionieren. Meine Familie hätte sich von mir verraten gefühlt, und das konnte ich einfach nicht ertragen.«

»Und Milan?«

Sie lächelt. »Milan wollte immer nur das Beste für mich. Und deswegen hat er es respektiert. Okay, ich muss dazusagen, dass er dachte, wir würden später wieder zusammenkommen. Darauf wollte er warten …«

Auch ich muss lächeln, weil ich es ihn fast sagen hören kann. »Und? Wäre es so gekommen?«

»Wenn Jamal davon keinen Wind bekommen hätte, ja. Er ist der Grund, weshalb ich nicht bei Milans Beerdigung war. Am Abend von Milans Unfall – und da wusste ich noch nicht, was passiert war –, ist er stinksauer zu mir ins Zimmer gestürmt. Erst nachdem ich ihm dann klargemacht hatte, dass es vorbei war mit Milan und mir, hat er sich beruhigt. Aber ich musste bei meinen Eltern schwören, dass ich Milan nie wiedersehen oder sprechen würde.« In ihren Augen schimmern Tränen. »Am Tag danach habe ich erfahren, dass er verunglückt ist.«

»Von wem?«

»Jamal hatte es von jemandem gehört und mir erzählt. Gleich darauf hat er mir verboten, zur Beerdigung zu gehen, sonst würde er der ganzen Familie erzählen, was ich getan hatte.«

»Du meinst, er hätte ihnen dann von eurer Beziehung erzählt?«

»Ja, was sonst?«

»Nein, nichts.«

»Ich habe gehört, dass es ein wirklich schöner Abschied war.«

»Ja …« Einen Moment lang bekomme ich keine Luft. Es ist einfach immer noch so schwierig, daran zu denken.

»Juul, in Gedanken war ich die ganze Zeit dabei«, sagt sie, und ihre Stimme bricht. »Wirklich.«

Ich starre in die Flamme des Teelichts zwischen uns.

»Neulich habe ich gehört, wie Jamal zu jemandem sagte, er sei begraben worden, nicht eingeäschert. Das wusste ich nicht, aber für mich ist das eine gute Vorstellung.«

»Wusstest du das nicht?« Erstaunt schaue ich auf. »Das stand doch auf der Trauerkarte.«

»Ich habe keine bekommen.«

»Ich bin sicher, dass wir dir auch eine geschickt haben. Oder warte, lass mich raten … Jamal?«

Sie schlägt die Augen nieder und fegt die Bierdeckelfetzen auf einen Haufen.

Was für ein ätzender Bruder, denke ich. So etwas hält man doch nicht zurück! Es sei denn … »Mit wem hat Jamal gesprochen?«, frage ich.

»Weiß ich nicht. Ich war auf dem Flur und habe ihn in seinem Zimmer telefonieren gehört.«

»Oh. Und du hast keine Ahnung, wer dran war?«

Sie schüttelt den Kopf. »Aber ich fand es schon seltsam, dass es um Milan ging.«

»Wäre er in der Lage, jemandem etwas anzutun? Sorry, Aisha, aber ich muss dich das fragen. In letzter Zeit passieren nämlich sehr merkwürdige Dinge und …«

»Nein, auf keinen Fall«, sagt sie. »Er ist ein seltsamer Kerl. Und ich verachte ihn auch ein wenig dafür, dass er mich nach Milans Tod so in die Ecke getrieben hat. Aber Jamal hat nichts Böses im Sinn.«

»Na ja, er hat immerhin zu jemandem gesagt, Milan müsse sterben.«

»Oh, ganz bestimmt. Das ruft er ständig, wenn ihm irgendetwas nicht passt. Ich bin schon mindestens tausend Mal gestorben. Und meine Eltern auch.«

Es wundert mich, dass Aisha ihren Bruder plötzlich so heftig verteidigt. Auch ihr Blick ist schärfer als vorhin.

»Juul, bist du deswegen zu mir gekommen? Dachtest du, Jamal hätte etwas Schlimmes auf dem Gewissen?«

Ich zögere. Soll ich ihr erzählen, was los ist und warum ich so meine Zweifel habe bei Jamal?

Aisha klingt gereizt, und ich weiß, dass ich es lassen sollte. »Sorry«, sage ich. »Ich glaube, ich bin in letzter Zeit ganz schön durcheinander. Wie meine Mutter.«

Aishas Blick wird sanfter. »Macht nichts. Ich verstehe das schon.«

Zu Hause liegt wieder ein Zettel von Papa auf dem Tisch. Auf einem Umschlag.

Juul, ich habe heute Spätschicht. Machst du dir eine Pizza warm? Wenn du willst, kannst du Mama besuchen. Die Besuchszeit endet um 21:00 Uhr.
Papa

Hastig reiße ich den Briefumschlag auf. Ich achte nicht einmal darauf, was auf der Vorderseite steht. Im Augenblick interessiert mich nur der Inhalt.

Video ist in Ordnung (tut die Wange weh?).
:-)
Belohnung: 133
1603 2200 5000KD 133, weißt du es schon?
Streng dich an für Fleur. Und natürlich für die Wahrheit …
P.S.: Keine Polizei! Ich sehe, höre, weiß alles!!!

Ich schleudere die Karte in die Luft. Wieder so ein paar nichtssagende Zahlen! Ich bin es so furchtbar leid. Draußen dämmert es schon, und ich trete immer noch auf der Stelle. Es muss ein Wunder geschehen. Jemand muss mir helfen …

24

»Ich möchte zu meiner Mutter, Noor den Ouden«, sage ich zu der Pflegerin, die mich im Gang abgefangen hat. Sie mustert mich von oben bis unten. Die meisten Pflegekräfte kenne ich mittlerweile, aber diese nicht. »Hast du dich schon in die Besucherliste eingetragen? Da musst du deinen Namen, das Datum und die Uhrzeit notieren. Am besten begleitest du mich einfach.«

Ich folge ihr zum Eingang. Die Liste hatte ich tatsächlich vergessen.

»Sie wird sich bestimmt freuen, dich zu sehen. Gerade hat sie noch von dir gesprochen, als ich ihr das Abendessen gebracht habe.«

»Wirklich?«

»Sie hat mir das Rezept ihrer Sambalbohnen verraten und gesagt, dass du immer einen Nachschlag davon nimmst.«

Sambalbohnen … Mehr fällt ihr nicht zu mir ein? Enttäuscht schreibe ich meinen Namen, das Datum und die Uhrzeit auf das Blatt. Ich habe große Lust, darauf herumzukritzeln, aber ich lasse es.

»Darf ich fragen, was da drin ist?« Sie zeigt auf die Bijenkorf-Tasche. »Keine Sorge, wir fragen das immer. Vorschrift, verstehst du?«

»Ein Geschenk. Besondere Bodylotion.«

Sie lächelt, wirft aber doch einen flüchtigen Blick hinein.

»Hallo Mama«, sage ich, als ich sie schließlich in einem Ledersessel am Fenster sitzen sehe. Auf ihrem Schoß liegen Stricksachen. Zu Hause strickt sie nie, aber hier hat sie schon vier Schals und ein paar Pantoffeln fertiggestellt.

»Hallo«, antwortet sie. Kein Lächeln, keine aufleuchtenden Augen. Ihre Haut wirkt fast durchsichtig, und ihre Wangen sind von roten Äderchen durchzogen.

Ich setze mich ihr gegenüber auf die Fensterbank und starre auch aus dem Fenster. Bis auf eine Rasenfläche und ein paar Bäume ist wenig zu sehen. »Wie nett, die Vögelchen da hinten«, sage ich, um etwas zu sagen. »Schön, oder, so direkt vor deinem Fenster?«

»Ach«, sagt sie. »Ich interessiere mich nicht für Vögel.«

»Nicht?«

Lustlos schüttelt sie den Kopf.

»Und … hat das Essen geschmeckt?«

»Ganz okay. Ich habe noch einen Joghurt, wenn du willst. Steht auf dem Tischchen neben meinem Bett.«

»Gern, esse ich gleich. Willst du vielleicht ein Stückchen spazieren gehen? Kurz raus, da kannst du auch rauchen.«

»Das wäre schön, ja. Nimm ein bisschen Geld aus meiner Tasche mit, dann kannst du unten etwas zu trinken kaufen.«

Wie eine alte Frau steht sie auf. Ich kann nichts dafür, aber es stört mich. Körperlich fehlt ihr doch gar nichts.

Zehn Minuten später gehen wir durch die große Eingangshalle der Klinik. In einem Lädchen kaufe ich eine Flasche Eistee, ein Snickers und für Mama Tee in einem Pappbecher. Immer, wenn ich mich bei ihr unterhaken will, macht sie einen Schritt zur Seite. Sie antwortet zwar auf meine oberflächlichen Fragen, aber selbst fragt sie nichts. Nichts über den Schnitt auf meiner Wange oder die Schramme an meiner Stirn. Nichts über die Schule oder meine Weglaufaktion. Wenn ich nicht rede, ist es zwischen uns still. Auch wenn ich weiß, dass das an ihrem Zustand liegt, macht es mich doch noch trauriger, als ich sowieso schon bin.

Draußen raucht sie zwei Zigaretten nacheinander, vor sich hinstarrend und natürlich schweigend.

Mir fällt nichts mehr ein. Ich kann ja wohl schlecht fragen, ob ihr die Zigarette schmeckt. Was mache ich hier eigentlich? Warum quäle ich mich selbst mit diesem Besuch?

Wenn sie wüsste, in welchem Albtraum ich gelandet bin und was ich in den letzten Tagen alles angestellt habe, um die Wahrheit herauszufinden. Es ist, als würde in mir etwas flattern, das unbedingt raus will. Muss. Denn plötzlich schnauze ich sie an: »Hallo, ich sitze direkt neben dir!«

Mama schaut mich an, als hätte ich etwas völlig Absurdes erzählt. »Ja, und was willst du damit sagen?«

»Dass du mich nicht totschweigen sollst.«

Sie zündet sich die dritte Zigarette an und reagiert nicht.

»Warum bist du so zu mir?«

»Wie?«

»So kalt.«

»Ich mach doch gar nichts. Ich sitze hier nur auf einer Bank und rauche. Was ist daran falsch? Du hast es mir doch selbst vorgeschlagen.«

Ich springe auf. »Alles! Alles daran ist falsch. Mir ist mittlerweile auch klar, dass es dir lieber gewesen wäre, wenn ich gestorben wäre und nicht Milan. Aber kann ich was dafür, dass er in dem verdammten Auto saß und nicht ich?«

»Juul!«, ruft sie schrill.

»Nein, schon gut. Du brauchst es wirklich nicht auszusprechen. Ich sehe es in deinen Augen, merke es schon seit Monaten an allem. Zu Hause ist es echt unerträglich, oder? So schrecklich mit Papa und mir? Ich sag dir jetzt mal was: Zu Hause laufen wir die ganze Zeit auf Zehenspitzen, trauen uns nicht, was zu sagen, weil du dann wieder zusammenbrichst. Reiß dich doch mal zusammen, oder versuch es wenigstens! Denn so furchtbar es auch ist – damit bekommst du Milan auch nicht wieder zurück!«

Sie gibt keinen Mucks von sich.

Jetzt laufen mir die Tränen über die Wangen, aber was soll's? Ihr ist es doch sowieso egal. »Noch viel Spaß beim Rauchen«, sage ich und stelle die Bijenkorf-Tasche neben ihr ab. »Fast hätte ich vergessen, dir das da zu geben. Bitte schön, ein Geschenk. Leider nicht von Milan, sondern von mir. Ich hoffe, du kannst damit leben.« Ich drehe mich um und gehe, ohne mich zu verabschieden. Wenn ich bleibe, mache ich es nur noch schlimmer, fürchte ich.

Erst als ich zu Hause bin, merke ich, dass ich meine Tasche in ihrem Zimmer habe stehen lassen. Neben ihrem Bett. Ich kann nicht mehr. Meine Beine fühlen sich so schwer an, als würde aller Frust in ihnen stecken. Aber ich brauche unbedingt mein Handy! Was, wenn ich eine Nachricht wegen Fleur kriege …

Wie betäubt fahre ich zur Klinik zurück. Auf meiner Armbanduhr sehe ich, dass es schon kurz nach halb zehn ist. Die Besuchszeit ist vorbei. Hoffentlich kann ich über den Nachteingang rein.

»Bitte, ich muss meine Tasche holen, ich brauche sie«, sage ich noch einmal zu der unerbittlichen Pflegerin. »Meine Hausschlüssel sind da drin und mein Handy und …«

»Dann aber ganz fix. Und ich möchte, dass du dich in die Liste einträgst, wenn du weggehst.«

»Natürlich.«

Rasch gehe ich zu Mamas Zimmer. Währenddessen wiederhole ich in Gedanken, was ich sagen werde. *Entschuldigung, ich hab's nicht so gemeint. Sorry, das wollte ich nicht.* Aber sie ist gar nicht da. Ob sie immer noch draußen auf der Bank sitzt? Die zigste Zigarette raucht? Vielleicht sollte es so sein. Dann spare ich mir zumindest die Konfrontation.

Ich suche meine Tasche. Neben ihrem Bett, bei der Fensterbank, ich schaue in ihren Schrank, unter das Bett und ins Badezimmer, aber sie ist nirgends zu finden. Hatte ich sie doch mit nach draußen genommen? Sicherheitshalber beschließe ich, nachzusehen. Am Tresen kritzele ich wieder meinen Namen, das Datum und die Uhrzeit auf die Liste. Ich starre auf die Namen darüber. Heute waren vierzehn andere Personen zu Besuch. Ich sehe es am Datum: 16.03. Der letzte Besucher vor mir ist um 21:33 Uhr gegangen. Und da geht mir endlich ein Licht auf. Ich schaue noch einmal, beuge mich noch näher über das Papier. Mein Herz schlägt schneller. Plötzlich weiß ich, was die Zahlen bedeuten. 1603 ist 16. März. 2200 ist 22 Uhr. 5000 KD und 133. Fleur und ich lagen also richtig mit der Postleitzahl! Datum, Zeit und Ort. Dass ich das nicht früher begriffen habe! Um zehn Uhr muss ich bei Nummer 133 sein. Das ist schon in einer Viertelstunde!

Ich muss wissen, in welcher Straße das ist. Am Tresen sitzt keiner. Der Computer läuft, und Sekunden später sitze ich vor dem Bildschirm. Es ist mir völlig egal, ob gleich eine Pflegekraft vorbeikommen könnte. Meine Finger fliegen über die Tastatur, 5000 KD 133 Tilburg tippe ich in die Suchleiste. Enter.

Tivolistraat 133. Die ehemalige Kulturbühne, das Pop-Podium! Und mir bleiben noch exakt zehn Minuten, um dorthin zu kommen.

Wie eine Irre renne ich durch die Klinikgänge. Bitte, bitte, sitz noch auf der Bank und rauche, meine Tasche neben dir. Ich brauche mein Handy! Und diese verdammten Trauerkarten. Auch wenn sich die 133 in mein Gedächtnis eingeritzt hat – ich will trotzdem zu tausend Prozent sichergehen, dass ich genau zu dieser Hausnummer muss.

Aber sie sitzt nicht mehr dort. Auf dem Boden liegen ausgedrückte Kippen, der Pappbecher mit dem Tee steht unangerührt auf der Bank. Und ich habe nur noch wenige Minuten … Dann eben ohne Handy.

Das alte Pop-Podium wirkt verlassen. Die Türen des Haupteingangs sind mit Brettern zugenagelt und mit Graffiti besprüht. Schmutzige Fenster, durch die man kaum mehr schauen kann. Bin ich hier richtig? Oder soll ich zum neuen Pop-Podium, ein paar hundert Meter weiter? Nein, das hier ist wirklich Nummer 133. Ich biege rechts in die kleine Gasse ab und gelange zu einer schwarzen Tür, bei der eine Scheibe eingeschlagen wurde. Die Glasscherben knirschen unter meinen Füßen. Ob ich hier reinkomme? Vorsichtig drücke ich gegen die Tür. Zu meinem Erstaunen gibt sie nach, und einen Augenblick später stehe ich drin. Um mich herum herrscht Totenstille. Ich glaube, ich bin über den Künstlereingang hereingekommen, denn über einen kleinen Raum gelange ich in einen schmalen Gang mit Türen auf beiden Seiten. Das Licht funktioniert noch. Seltsam. An den Wänden hängen Poster, vergilbte Fotos von Bands, von denen ich noch nie gehört habe. Ich drücke die erstbeste Tür auf und lande in einem Zimmer mit einem großen Wandspiegel, einem Sofa und einer

Garderobe, an der sogar noch eine Jacke hängt. In der Ecke steht eine Kiste mit leeren Bierflaschen, eine ungeöffnete Flasche Wein und ein alter CD-Player. Auf dem Boden liegt eine Matratze mit einem Schlafsack. Staub kitzelt in meiner Nase. Bei jedem Schritt, den ich mache, fürchte ich, mit dem Gesicht in Spinnweben zu hängen. Oder dass eine Maus vorbeischießt. Aber noch mehr, dass plötzlich jemand hinter mir auftaucht. Vor dem Spiegel bleibe ich stehen. Das einzige Licht, das in den Raum fällt, kommt vom Gang. Ein graues, müdes Gesicht starrt mich an. Als würde Mama vor mir stehen, und als wäre es ihr Gesicht, das ich sehe. Bin ich das wirklich?

Ein lautes Poltern auf dem Gang. Oder in dem Raum neben mir. Ich erstarre. Noch ein Poltern. Das Geräusch einer zuschlagenden Tür. Ich will hier weg. Jetzt! Aber statt wegzurennen, gehe ich langsam direkt auf den Lärm zu. Jetzt oder nie. Im Gang schaue ich nach links und rechts. Noch einmal nach links. Nach unten. Und dann sehe ich den Umschlag. Unmittelbar vor meinen Füßen. JUUL DEN OUDEN, SPECIAL GUEST, steht in zierlichen Buchstaben darauf. Es ist eine Karte mit einer Musiknote und den Worten: *Der Abschied ist definitiv, aber die Erinnerung ist unauslöschlich.*

Es überläuft mich kalt, und ich klappe die Karte auf.

Endlich!
Die Show beginnt.
Komm in den Saal.
Herzlich willkommen!

25

Ich kann keinen Lichtschalter finden und taste mich mit ausgestreckten Armen durch den finsteren Saal. Ich spüre, dass ich abwärts laufe, wie im Kino. Keucht da jemand? Oder bin ich das selbst?

Die Dunkelheit und die Angst vor dem, was mich erwartet, ersticken mich fast. Ich versuche, meinen Blick scharf zu stellen und mich an die Schwärze zu gewöhnen. Ich bin vollkommen desorientiert, schwindelig. Na los, denke ich. Her mit der Wahrheit. Die Härchen auf meinen Armen kribbeln.

»H-hallo?«, sage ich. »Ich bin da …«

Nichts tut sich.

Ich bin auf der Hut und bleibe stehen. Reglos, mit angehaltenem Atem. Dann höre ich wieder ein Keuchen. Rasselnd, als bekäme jemand schlecht Luft. Vor mir. Oder neben mir?

»Hallo? Ist da jemand?« Ich will nicht ängstlich klingen, aber ich habe meine Stimme nicht unter Kontrolle. »Hallo?«

Die Stille dauert unglaublich lange.

»Setz dich«, ertönt es plötzlich laut. Eine hohe, verstellte Stimme, die im leeren Saal nachhallt. Ein Scheinwerfer leuchtet auf. Grelles Licht beleuchtet einen roten Sessel in der Saalmitte. »Setz dich«, ertönt es wieder.

Mein Magen verkrampft sich.

Ich schirme meine Augen vor dem gleißenden Licht ab und setze mich. Der Scheinwerfer erlischt. Wieder ist es pechschwarz um mich herum. Und totenstill. Wonach riecht es?

Außer dem schalen Geruch nach altem Bier und Schweiß? Etwas Brennendes. Zigarettenrauch?

Ich schaue über meine Schulter. Der Sessel knarzt. Weiter hinten glüht ein winziges, orangefarbenes Pünktchen auf. Wie beim Schrottplatz! Das Pünktchen wird schwächer und leuchtet dann erneut auf.

»Ich sehe, höre und weiß alles!« Die verstellte Stimme schallt durch den Saal. »Dass du jetzt nicht nach vorne schaust, sehe, höre und weiß ich also auch.«

Gänsehaut. Jetzt, da ich weiß, wo er steht, wächst meine Angst.

Seine Zunge schnalzt einen Rhythmus. Erst langsam. Dann schneller und immer schneller. Es hört nicht auf.

Ich halte mir die Ohren zu.

»Nimm die Hände runter!«, höre ich. »Und genieß meine Show!« *Show, Show, Show, Show*, hallt das Echo.

Ein anderer Scheinwerfer blitzt auf, etwas weiter hinten. Weißes, starkes Licht blendet mich. Einen Moment bedecke ich meine Augen. Dann spähe ich durch die Finger zur Gestalt auf der Bühne. Wie kann er so schnell den Standort gewechselt haben? Wer ist das? Allmählich verschwinden die Sternchen vor meinen Augen, und ich sehe schärfer. Unter dem Lichtbündel taucht Fleur auf. Gefesselt auf einem Stuhl. Die Arme straff auf den Rücken gebunden. Oh Hilfe! Halten mich meine Augen zum Narren? Oder trägt sie tatsächlich eine Augenbinde und hat Klebeband über dem Mund? Sie bewegt sich nicht. Gibt keinen Laut von sich. Ihr Kopf hängt abgeknickt zur Seite.

Mein Magen rebelliert. Der Abstand zur Bühne beträgt vielleicht fünf Meter. Oder mehr? Wie schnell könnte ich bei ihr sein? Ich muss mich zusammenreißen und nicht in blinder Panik handeln.

»Fleur!«, rufe ich, aber es klingt so kratzig, dass sie es wahrscheinlich nicht einmal hört.

Der Scheinwerfer erlischt. Finsternis umgibt mich.

Ich atme in meine Angst hinein. Denn wenn sich ein Moment ergibt, und wenn es nur eine Sekunde ist, und ich sie befreien kann, dann ergreife ich diese Chance. Aber ich darf keine Fehler machen. Jetzt nicht und gleich auch nicht. Da ist ein Monster am Werk. Ein Psychopath. Es ist lebensgefährlich.

Ich erschrecke vor einem plötzlichen Lichtkegel über meinem Kopf. Auf der Bühne entrollt sich eine weiße Leinwand. Musik erklingt rechts, links und hinter mir, und der Saal füllt sich mit lauten Gitarrensounds.

»Wie kann ich es wiedergutmachen?« Milans Stimme übertönt den Lärm und nimmt mir den Atem.

Ich schüttele wild den Kopf und schnappe nach Luft. Woher kommt das?

»Sag es mir.«

Stille.

Dann wieder die Gitarren.

Stille.

»Ist das dein Ernst? Mit einer Dare?« Es ist wirklich Milans Stimme.

Etwas läuft über meine Wange. Eine Träne. Und noch eine. Sie laufen einfach weiter. Ich schaue nach oben, von wo weiße Zettelchen wie Schnee herabrieseln. Ich fange eins auf. Es ist ein Totenkopf aus Seidenpapier.

Auf der weißen Leinwand erscheint das von mir bearbeitete Klassenfoto. Milans Mitschüler starren mich beschuldigend an, als würden sie sagen: *Guck nicht so erstaunt. Du hast sein Gesicht doch selbst bearbeitet. Was bist du nur für eine Schwester. Tsss!*

»Okay, dann rück raus mit der Dare.« Milans Stimme, lachend. Aber es ist nicht sein vertrautes, spontanes Lachen, das keine so gut kennt wie ich. Ich höre etwas anderes. Zweifel?

Das Foto verschwimmt und geht in ein Video über. Milan sitzt am Steuer seines Clio. Bis auf die Straßenbeleuchtung ist es draußen dunkel. Er legt den Gurt um, startet den Motor und dreht den Kopf zur Seite. »Gut, Leute.« Es ist, als würde er zu mir reden. Er blickt direkt in die Kamera einer Person, die neben ihm sitzt. »Heute ist Samstag, der 27. November. Soeben wurde ich gnadenlos herausgefordert. Und ich nehme die Dare zu hundert Prozent an, weil ich etwas gutzumachen habe. Ich soll mit verbundenen Augen Autofahren. Auf dieser kurvigen Strecke. Mein Beifahrer, der mir Anweisungen geben wird, will anonym bleiben. Dann drückt mal schön die Daumen …« Er verzieht gespielt ängstlich das Gesicht, bevor er sich vorbeugt, um sich ein kariertes Tuch vor die Augen binden zu lassen.

Zwei schwarze Handschuhe machen einen Knoten. Ich sehe ein Stück Haut. Ein Glänzen. Mehr kann ich vom Beifahrer nicht erkennen.

»Fertig?«, fragt Milan. »Soll ich Gas geben?«

»Ja«, antwortet eine leise, heisere Stimme. »Geradeaus.«

Das Auto setzt sich in Bewegung. Milan schaltet und umklammert dann mit beiden Händen das Lenkrad.

»Kleine Biegung nach links. Kurz warten. Jetzt wieder geradeaus.«

Die heisere Stimme klingt kräftiger. Milan lenkt. Zu grob. Das Auto schießt in die Böschung. Ich höre, wie Steinchen gegen das Metall spritzen.

»Zurück! Nach rechts. Ja, so. Jetzt geradeaus. Gib mal ein bisschen Gas, Schlappschwanz.«

Die Stimme kommt mir bekannt vor und doch wieder nicht. Es ist eine ziemlich hohe, nicht wirklich jungenhafte Stimme. Aber eine Frau ist es auch nicht. Vermute ich.

Ich habe so eine Angst vor dem, was jetzt kommen wird. So eine Angst. Samstag, der 27. November. Dieses Datum werde ich nie vergessen. Nie im Leben! Ich schließe die Augen. Das will ich nicht sehen. Nicht hören. Wenn ich wählen könnte zwischen zusammengeschlagen werden und zuzusehen, wie mein Bruder stirbt, würde ich mich für die Prügel entscheiden. Aber ich habe keine Wahl.

»Nach rechts, rechts. RECHTS. Hey! Hallo! Da kommt einer entgegen. Willst du sterben, oder was?«

Ich krümme mich zusammen. Ich kann das nicht. Ich will das nicht.

»Sehr schön. Die Straße gehört dir jetzt wieder ganz allein.« Der Beifahrer beugt sich nach links. Eine dunkle Lederjacke, kurz geschnittene Haare. Braun? Dunkelblond? »Mann, wieso fährst du denn nur schlappe Dreißig? So kann ich das auch … Schalt mal in den dritten Gang. Den vierten, wenn du dich traust. Ha, ha, *if you dare* …«

»Okay.« Milan schaltet. Das Auto gerät ins Schleudern. Das Bild wackelt. Eine Hand schubst gegen Milans Schulter. Und noch einmal. »Hör gefälligst damit auf!«, ruft mein Bruder. Wieder ein Schubsen.

»Wir legen jetzt mal einen Zahn zu«, sagt die hohe dünne Stimme, von der mir kotzübel wird. »Ein kleines Stück ohne Hände. Nur Gas geben, okay? Zehn Bäume lang. Ich zähle sie. Okay?«

Milan nickt. »Jetzt?«

»Kleinen Moment noch. Erst ein Stückchen nach links. Weiter. Noch ein bisschen mehr. In den vierten Gang. Noch ein paar Sekunden. Ja. Jetzt!«

Milans Hände lassen das Lenkrad los. »Aber keinen Blödsinn, ja?«

»Eins, zwei, drei, komm schon, nicht so lahm, vier, fünf, ja, Wahnsinn Mann, sechs, sieben …«

Ein brutal fester Stoß gegen seine Schulter. Noch einer. Milan schreit auf und knallt gegen die Fahrertür. Der Motor brüllt. Der Beifahrer übernimmt das Steuer. »Wir fliegen!«, schreit er. Das Bild verändert sich, ich sehe schwarze Schuhe, das Schaltgetriebe. Mehr nicht. Jetzt höre ich nur noch quietschende Reifen. Keuchen. Ein Schrei und ein aufheulender Motor. Ist das Milan, der da flucht? Es geht so schnell. Trotzdem kommt der Knall unerwartet. Und entsetzlich laut.

Ich presse mich in meinen Sessel.

Keuchen, Fluchen und ein Geräusch wie von einem Blitzlicht. Eine Autotür wird geöffnet. Wieder ein paar Blitze. Dann endet der Film. Stattdessen sehe ich eine körnige Abbildung. Ich erkenne das Bild sofort. Es ist das Foto von Milan mit dem Kopf auf dem Lenkrad. Tot. Das Foto, das in der ersten Trauerkarte lag.

Ich spüre, dass ich die Kontrolle über meine Atmung verliere. Luft! Als würde ich durch einen Trinkhalm atmen müssen. Violette Flecken tanzen vor meinen Augen.

Milan wurde in den Tod gejagt. Mitgerissen von einem durchgeknallten Idioten. Das ist die Geschichte. Damit muss ich leben. Zeit zum Verarbeiten bekomme ich nicht. Ein Gong ertönt, gefolgt von leiser Klaviermusik und einer Opernstimme. Ich kann die Klänge nicht zuordnen. Oder doch? *Ave Maria* … Schubert … Zu diesem klassischen Stück wurde Milans

Sarg aus der Trauerhalle gebracht. Von Papa, Mama und mir. Mama hatte es sich so gewünscht. *Ich habe ihn auf die Welt gebracht. Ich bin seine Mutter.*

Der Gedanke, dass er bei Milans Beerdigung war! Dass er Aufnahmen von einer so intimen Feier gemacht hat … Ich kann es kaum ertragen.

Ungewollt schließe ich die Augen, wiege mich zur Musik. Die violetten Flecken vervielfachen sich. Es fühlt sich an, als würde ich wegschweben. Wie die Schirmchen einer Pusteblume. Zurück zu dem Moment, als ich wie betäubt neben Milans Sarg hergegangen bin. Papa auf der anderen Seite. Mama schob den Sarg. Meine Hand ruhte auf dem Holz, in der Nähe seiner Füße.

Ich weiß noch, wie ich krampfhaft meinen Blick auf die weißen Rosen gerichtet habe, während ich spürte, dass uns alle anstarrten. Voller Mitleid.

Die Musik schnitt mir ins Herz, als würde Mama selbst singen. Ich bin innerlich zerbrochen.

Und jetzt zerbreche ich wieder.

Brillant!
Ein anderes Wort fällt mir dazu nicht ein.
Bislang verläuft meine Show einfach perfekt.
Die Technik lässt mich nicht im Stich.
Im Gegenteil, die Bilder kommen auf der großen Leinwand noch mehr zur Geltung. Je schockierender, desto besser. Wie gut, dass ich mir die Videos von Milans Handy zugeschickt und sie danach auf seinem Handy gelöscht habe. Als hätte ich damals schon gespürt, dass ich sie mal brauchen könnte.
Für ein so veraltetes System ist der Ton gar nicht übel. Das »Ave Maria« hallt hier noch mehr als damals in der Trauerhalle.
Juul ist ein Mädchen nach meinem Geschmack.
Wäre sie nicht seine Schwester, hätte ich sie vielleicht verschont.
Sie ist wie mein Instrument. Ich spiele auf ihr ganz nach meinem Willen. Hier noch ein Mollakkord und das Ganze klein und raffiniert halten.
Aber mein Inneres schreit nach einem Dur. Es muss groß sein, größer, am größten. Picking, Licks, Riffs, Powerchords! Da liegt mein Talent. *Lag* mein Talent. Mein kreatives Hirn trauert jede Sekunde um das, was mir genommen wurde. Und um meinen zerstörten Traum.
Ohne meine Gitarre bin ich unsichtbar. Ein Nichts. Eine Null.
Aber nach dem heutigen Tag bekomme ich doch noch den Ruhm, den ich verdiene. Likes, Shares und so weiter. Man wird über mich reden, garantiert.

Man wird sich an mich erinnern als den Regisseur und Komponisten eines spektakulären und kreativen Endes.
Mit meinem Nachtsichtgerät verfolge ich jede ihrer Bewegungen. Wie sie gerade auf die Stimme ihres Bruders reagiert hat! Genau, wie ich es erhofft hatte: nach Luft schnappend wie ein Fisch auf dem Trockenen.
Ein paar Sekunden lang hatte ich sogar Mitleid. Weil ich sie benutze. Aber sie muss erfahren, dass Milan nicht so unschuldig war. Alle müssen das erfahren. Noch immer könnte ich ausrasten, wenn ich an den Trauergottesdienst denke. All die lobenden Worte über ihn. Wie toll er war. Und so brillant! So furchtbar, dass die Welt nun auf einen solch talentierten jungen Mann verzichten muss. Wirklich zum Kotzen.
Ich hätte auch in einem Sarg liegen sollen. So hätte es sein sollen. Gemeinsam ans Ende reisen. Man hätte für mich klatschen, um mich weinen und von mir sprechen sollen. Aber was damals nicht passiert ist, wird jetzt kommen. Das ist die größte Dare, die ein Mensch je mit sich selbst eingegangen ist. Die Zeitungen werden voll davon sein. Die sozialen Medien werden explodieren. Ein Trendthema wird es werden. Immer her mit den Schlagzeilen. Alle Aufmerksamkeit wird mir gelten.
Sie hat jetzt einen Teil der Wahrheit gesehen. Sie weiß, *wie* er gestorben ist. Es ist Zeit für das *Warum.* Danach ist sie selbst an der Reihe. Im Augenblick ziehe ich noch zart an den

unsichtbaren Fäden. Aber fast ist der Moment gekommen, in dem ich fester ziehen kann. Oh, so viel fester! Schon allein die Vorstellung macht mich wahnsinnig glücklich.
Ob ich wohl einen Platz neben ihr und Milan bekomme? Oder erwarte ich da zu viel?

26

Woher ich plötzlich die Kraft nehme, weiß ich nicht. Aber ich springe auf und renne zum Bühnenrand. Wieder strömt das Adrenalin durch meinen Körper. Ich sehe nur den stumpfen Blick in Milans Augen, die mich anstarren.

Der Scheinwerfer sucht den Raum ab. »Geh zu deinem Platz zurück!«, ruft die hallende Stimme. »Die Show ist noch nicht vorbei!«

»Hau ab!«, brülle ich einige Mal hintereinander. Mein Hals wird ganz rau davon. Und es war dumm, denn innerhalb weniger Sekunden stehe ich wieder im Lichtkegel.

Ein ekelhaft schriller, hoher Ton dringt in meine Ohren, laut und lang. Als würde ein Mikrofon zu dicht an die Lautsprecher gehalten. Danach sind die schneidenden Gitarren zurück. Unglaublich viele Dezibel dröhnen auf mich ein. Gleich platzen noch meine Trommelfelle. Grelles Licht flackert im Takt der Musik.

Erst als ich wieder auf meinem Platz sitze, hört alles auf. Plötzlich ist es wieder dunkel und still. Es ist, als würde ich in einem großen schwarzen Loch verschwinden. Mir ist alles recht. Verschwinden ist das Einzige, was ich im Moment will. Sonst hört der Lärm in meinem Kopf nie mehr auf.

Wieder beginnt ein Video. Es dauert eine Weile, bis mir klar wird, dass es in der Schule aufgenommen wurde. Ich sehe die Schwingtüren, die Vitrine im Flur mit den Gasbrennern und anderen Laborutensilien. Eine Nahaufnahme von Milan. Quicklebendig.

Der Kontrast zum Foto von eben tut weh. Ich weiß nicht, was ich schlimmer finde: ihn tot zu sehen oder lebend.

Neben ihm steht noch jemand. Aber ich sehe nur ein Stück von einem dunkelblauen Sweater mit Kapuze.

»Hallo Leute. Es ist Freitag, der 21. Juni«, fängt Milan an. »Hier sind wir wieder mit einer, wie ich glaube, der großartigsten Dares aus unserem Repertoire. Genießt sie, denn sie ist die letzte in unserer Schullaufbahn. Und das Schönste daran: Es gibt jemanden, der sich traut, sie anzunehmen. Ja, okay, für fünfzig Euro, aber die sind es uns bestimmt wert, nicht wahr, Wouter?«

Wouter hält grinsend einen 50-Euro-Schein vor die Kamera.

Ich schlucke. Nicht, weil ich Wouter sehe, aber es ist seltsam, Milan so reden zu hören. Ein bisschen hochmütig.

»Also, lieber Freund«, sagt Milan und pikst seinen Zeigefinger gegen die eigene Brust. »*I dare you* … Setz den Chemieraum komplett unter Rauch. Herr Versteden war schon so freundlich und hat uns ein paar Sachen geliefert. Wouter und ich stehen Stand-by und werden natürlich alles festhalten. Fertig? Oh ja, bevor ich es vergesse und wir es später vielleicht nicht mehr erzählen können … Diese müssen wir natürlich aufsetzen. Zeig mal kurz, Wouter, ja?«

Wouter hält eine schwarze Gasmaske vor die Kamera.

Für einige Sekunden ist das Bild schwarz. Aber bevor ich mit den Augen zwinkern kann, sehe ich drei Personen im Chemieraum. Milan, Wouter und einen Jungen in schwarzen Klamotten, auf seinem T-Shirt erkenne ich eine Abbildung der Band Kensington. Sein Gesicht ist vollständig von der Maske bedeckt. Ich höre sie schnaufen. Die Kamera scheint jetzt auf einem Stativ zu stehen.

Eine vierte Person mit Gasmaske kommt nun hinzu. Ich sehe einen blauen Anzug. Dunkle Haare, an den Schläfen leicht ergraut. Das muss dann wohl Versteden sein. Er stellt eine Kiste mit Flaschen auf den Tisch. Dann entfernt er seine Maske. »Leute«, sagt er, »es ist ganz einfach. Zwei Reagenzgläser füllen, nebeneinanderstellen und: Tada! Schon habt ihr den Rauch, den ihr wolltet. Aber bitte die Anweisungen genau befolgen und die richtigen Verhältnisse mischen, dann ist es im Prinzip im Nu erledigt.« Er hält eine eingeschweißte Karte in die Höhe. »Seht her, hier steht alles genau drauf. Ich gehe in den Flur, in Ordnung?«

Alle drei nicken.

Er lacht und hebt den Zeigefinger. »Aber denkt dran, Jungs, mein Name ist Hase. Ich sehe, höre und weiß nichts. Keine Aufnahmen von mir. Jetzt nicht und auch sonst nie. Klar?«

Wieder nicken sie. Versteden weiß ganz offensichtlich nicht, dass er gefilmt wird. Kurz darauf ist er aus dem Bild verschwunden. Es dauert ein Weilchen, bevor sie loslegen. Wouter schlendert hin und her. Der Junge in Schwarz überprüft die Fenster. Plötzlich wackelt die Aufnahme. Dann schaut Milan direkt in die Kamera und hebt den Daumen. Ein aufpeitschender Beat setzt ein.

Meine Atmung beschleunigt sich. Irgendwas wird gleich passieren. Der Beat kündigt es an. Ich muss mich zwingen, weiter zuzusehen. Du willst doch unbedingt die Wahrheit wissen! Dann hab auch den Mumm!

»Hier, fang!«, ruft Milan und wirft dem Jungen mit dem

Kensington-T-Shirt ein Fläschchen mit durchsichtiger Flüssigkeit zu.

Seine Arme gehen nach oben. Er fängt es auf. Der Korken fliegt aus der Flasche und Flüssigkeit spritzt. Ein grausiger Schrei. Noch nie habe ich jemanden so schreien hören.

Der Junge krümmt sich zusammen. Hört nicht auf zu schreien. »Hilfe, Hilfe, das brennt so sehr!«

Wouter eilt zu ihm. Milan steht da wie angewurzelt.

»Nein, nein!« Wouter klingt verzweifelt. »Wasser, Milan, hol Wasser. Jetzt sofort! Fuck, Mann, tu was!«

Milan rennt zu den Wasserhähnen und schaut sich suchend um. »Ich sehe nichts. Hier ist nichts, was ich mit Wasser füllen könnte, verdammt!«

Das Heulen und Schreien des Jungen gellen sirenenartig durch die Lautsprecher.

Feuerrote Flecken an seinem Hals, glänzend, blutig. Dasselbe gilt für sein Handgelenk und die Hand.

Ich senke den Kopf und schlucke. Es fühlt sich an, als würde die Säure meine eigene Haut zerfressen.

»Spülen!«, höre ich Versteden plötzlich rufen. »Kommt mit zum Wasserhahn!« Er schleift den Jungen zu den Hähnen hinten im Chemieraum. »Milan, du die Hand, ich den Nacken. Gibt es noch mehr Stellen? Stell den Strahl weicher.«

Der Junge wimmert und stöhnt.

»Hey, bleib wach. Hey! Das wird alles wieder gut. Verdammt, nicht einknicken.«

Wie eine Lumpenpumpe hängt der Junge in Verstedens Armen.

»Ruft einen Rettungswagen!«, brüllt Versteden. »Oder nein, ich fahre selbst. Ihr kommt mit. Mein Auto steht am Hintereingang. Ich werde reden. Er ist selbst leichtsinnig mit dem

Zeug umgegangen. Ihr nicht und ich auch nicht. So wird die Geschichte lauten. Sonst ist euer Leben im Arsch. Das hat er sich selbst angetan. Verstanden?«

Und dann hält der Film an.

Ich höre nichts anderes als das Sausen in meinen Ohren. Das kann nicht sein. Das ist ein Albtraum. Aber es ist die Wirklichkeit. Diese schmerzliche Erkenntnis dringt allmählich zu mir durch.

Eine einzige idiotische Dare hat alles verändert. Alles zerstört. Obwohl ich wieder komplett im Dunkeln sitze, sehe ich es in meinem Kopf ganz scharf. Plötzlich verstehe ich, weshalb ich hier bin. Warum ich diese Bilder zu sehen bekomme. Dieser Junge wurde ernsthaft verletzt, vielleicht sogar für sein Leben gezeichnet.

Versteden wollte es ihm in die Schuhe schieben. Im Video konnte ich klar und deutlich hören, wie er das zu Wouter und Milan gesagt hat. *So wird die Geschichte lauten. Das hat er sich selbst angetan. Verstanden?*

Milan und Wouter haben sich darauf eingelassen. Bis Milan offensichtlich nicht länger mit dem Schuldgefühl umgehen konnte und es wiedergutmachen wollte. Jetzt verstehe ich den Screenshot. *Wie kann ich es wiedergutmachen? Sag es mir. Ich bin zu allem bereit.*

Milan wollte den Kopf nicht länger in den Sand stecken. Er wollte es mit diesem Jungen wiedergutmachen!

Ich könnte sie ihr jetzt zeigen. Meine so genannten therapeutischen Tagebuchvideos, in denen ich vor Schmerzen fast krepiere. Einsam im Krankenhaus an der Morphinpumpe.
Wochenlang. Während sie sich irgendwo in der Sonne auf das Studentenleben vorbereitet haben. Von manchen ehemaligen Mitschülern habe ich sogar Postkarten bekommen. Fuck you!
Irgendwas in mir war schon kaputt. Und dann ging auch der Rest flöten.
Noch habe ich es in der Hand. Ein Knopfdruck und sie kennt die ganze Geschichte. Wie wird sie auf die Fotos reagieren, die meine Mutter im Reha-Zentrum gemacht hat? Wo mir tagein, tagaus vorgehalten wurde, die Schäden an meiner Hand und meinem Hals seien ernst, aber nicht das Ende der Welt. Nein, Gitarre spielen sei leider nicht mehr drin. Meine Zulassung zur Rockakademie für den Müll.
Als wäre es nichts.
Wie schade aber auch.
Die Nerven in der Hand und den Fingern werden sich nie mehr erholen. Sehr unangenehm, aber mit den richtigen Schmerzmitteln und Übungen in den Griff zu bekommen.
Kämpf weiter, Junge. Mit ein wenig Glück kreuzt etwas anderes Schönes deinen Weg. Diese Psychologen und Physiotherapeuten hatten absolut keine Ahnung.
Meine Eltern haben es auch nicht verstanden.
Die Enttäuschung stand überdeutlich in ihren Gesichtern, als Versteden mit seiner

ungerührten Fresse immer wieder betont hat, wie leichtsinnig ich doch gewesen sei.

Tja, ein Unfall kann jederzeit passieren, das hat sich wieder mal gezeigt. Ich bin so froh, dass die Jungs und ich in der Nähe waren. Gott weiß, wie es sonst ausgegangen wäre. Und wir sollten es unbedingt für uns behalten. Denn ich will nicht, dass Sie auch noch für alle Schäden aufkommen müssen oder dass die Versicherung Sie hängen lässt.

Und meine Eltern haben bloß genickt und ein Dankeschön gemurmelt. Dass ich meine Musikerkarriere abschreiben konnte, fanden sie noch am wenigsten schlimm.

Milan hat mich ein einziges Mal besucht. Braungebrannt nach einem sorglosen Urlaub ist er einfach so in mein Krankenzimmer marschiert. Ich wollte nicht mal hören, was er zu sagen hatte. Hab mich schlafend gestellt, während ich nur an eins denken konnte: Wart's ab, Mann. Du wirst es noch merken. Es ist alles nur eine Frage des richtigen Zeitpunkts.

Es heißt, Schmerzen könnten einen irre machen, die Gedanken negativ beeinflussen, und noch mehr von diesem Unsinn.

Im Gegenteil, auf mich hat der Schmerz eine stimulierende Wirkung. Er festigt meinen Willen, heute Abend zu glänzen. Also nein, ich lasse es doch lieber sein, das mit den jämmerlichen und mitleiderregenden Bildern. Wer weiß, vielleicht weint sie sonst noch um mich.

Ich will kraftvoll und stark meinem Ende entgegentreten. Hand in Hand mit dem Rest.

27

Der Saal ist groß, trotzdem kommt es mir so vor, als wäre ich in einem Pappkarton gefangen, von schrecklicher Angst umgeben. Ich habe es gesehen und gehört!, will ich rufen. Du willst Gerechtigkeit! Aber es ist, als wäre meine Zunge gelähmt.

Wie kann ich es wiedergutmachen? Milans Frage hallt durch meinen Kopf. Es war zu spät. Zu spät, Milan, damit warst du Monate zu spät. Du hättest deine Schuld sofort eingestehen müssen. Vielleicht wäre es dann anders gelaufen.

Ein Scheinwerfer leuchtet auf. Noch einer. Und noch einer. Links, in der Mitte und rechts auf der Bühne. Fleur, Versteden und Wouter. Gefesselt auf Stühlen, aber jetzt ohne Augenbinden. Ich sehe sie, doch sie sehen mich nicht. Sie blinzeln ins grelle Licht. Ihre Münder sind mit Tape zugeklebt. Mir wird kotzübel, wenn ich mir vorstelle, dass sie durch meine Schuld hier sitzen. Wenn ich die Dares nicht angenommen hätte … Wenn ich nicht unbedingt hätte wissen wollen, was mit Milan passiert ist … Nein, Juul, ermahne ich mich selbst. Für solche Gedanken ist jetzt keine Zeit. Du musst ihnen helfen. Jetzt sofort.

Der Einzige, der zerrt, zieht und tritt, ist Wouter. Seine Haare sind zerzaust. Mit wildem Blick schaut er in den dunklen Saal.

Gerade, als ich etwas rufen will, ist die hallende Stimme wieder da. »Hochverehrtes Publikum, wir sind beim letzten Teil der Show angelangt. Schaut hin und genießt!«

Versteden sitzt ruhig da. Zumindest wirkt er so. Ich sehe, wie er Wouter zunickt. Fleur hält die Augen geschlossen.

»Ich bin hier!«, rufe ich und springe von meinem Sitz auf. »Fleur! Herr Versteden! Wouter!«

Ich muss etwas tun! Auch wenn ich nichts habe, um mich zu verteidigen, und auch, wenn dieses fürchterliche Pfeifen gleich wieder durch die Lautsprecher kommt oder der Scheinwerfer mich blendet. Ich. Muss. Etwas. Tun.

Mühsam klettere ich auf die Bühne. Sofort fangen alle Lampen an der Decke an zu flackern. An, aus, an, aus. Knallharte Musik ertönt, im Wechsel mit diesem ekelhaft schrillen Pfeifton. Ich sehe nicht, wo ich hintrete, und schwanke. Für mein Gefühl laufe ich in Fleurs Richtung. Ja! Ich ertaste ihr feuchtes Gesicht. Schweiß oder Tränen, oder beides. Vor lauter Schreck schüttelt sie wie wild den Kopf. Trotzdem gelingt es mir, ihr mit einem Ruck das Tape vom Mund zu reißen, und ich brülle ihr ins Ohr: »Fleur, ich bin es, Juul!«

Fleur schreit etwas, aber durch den Lärm kann ich es nicht verstehen. Ihre Hände und Füße sind mit Kabelbindern fixiert. Ich ziehe und zerre. Aber sie bewegen sich keinen Millimeter. Hätte ich doch nur etwas Scharfes bei mir. Schlüssel oder so. Ich nehme die Zähne zu Hilfe. Beißen, biegen, nichts hilft.

Dann spüre ich eine Hand auf meinem Kopf. Jemand streicht über meine Haare. Mein Atem stockt. Die Lautsprecher gehen aus und eine sanfte Stimme sagt: »Schade, dass du das machst, Juul.«

Es geschieht so schnell, dass ich nicht einmal die Chance bekomme, etwas zu tun. Ein Ruck. Ein stechender Schmerz. Ich werde an den Haaren gezogen! Mit den Armen fuchtelnd falle ich hintenüber. Mein Kopf schlägt so fest auf dem Boden auf, dass mein Schädel kracht. Oder kracht der Boden?

Die flackernden Lichter springen wieder an. Oder sehe ich Millionen Sternchen? Schreie ich? Ist es Fleur?

Ein Schuh drückt auf meine Kehle und hält mich am Boden.

Luft, ich bekomme keine Luft! Ich würge und gurgele. Luft!

Dieser schwarze Schuh … Er muss weg. So sehr ich auch schiebe, am Knöchel ziehe – der Druck auf meine Kehle wird immer stärker. Meine Lunge kämpft um Luft.

Plötzlich wechselt der Schuh auf meine Brust.

Röchelnd hole ich Atem. Ich will nicht sterben. Bitte, bitte nicht!

Mein Körper zappelt. Frei, ich will frei sein. Ich trete, zerre wieder an diesem Schuh. Er ist wie ein Betonklotz. Schnell verliere ich die Kontrolle. Meine Muskeln zittern zu heftig.

Das grelle Licht zerbricht in zahllose Stücke. Es ist, als würde alles um mich herum langsamer. Ich sehe nicht, wer sich hoch über mir auftürmt. Eine riesenhafte Gestalt, die sich zuckend bewegt. Schwer keuchend. Oder bin ich das selbst? Ich weiß es nicht. Alles dreht sich. Die Schwärze dringt durch meine Augen in den Kopf. Dann legt sich eine seltsame Ruhe über mich.

Was mache ich jetzt mit ihr? Dass sie mit mir geht, ist sicher. Aber nicht auf diese Weise. Nein! So habe ich mir das nicht vorgestellt. Sie muss dableiben und das Ende meiner Show sehen. Gemeinsam mit dem restlichen Publikum. Es kommt noch so viel Schönes!

Meine Rache ist süß.

So einfach ist es. Danach dürfen sie meinetwegen schweigen. Bis in die Unendlichkeit. Die Welt wird es sehen, hören und wissen.

Ich schleife sie an den Armen mit. Ihre Schuhe schaben über den Boden.

Der Schmerz in meinem Körper wird vom Adrenalin verjagt. Das ist so toll. Erleichternd. Zehn Mal besser als diese Antidepressiva.

Jemand schaut mich an. Ich spüre die Augen in meinem Rücken brennen. Oh ja. Sie!

Papagei.

Sie schalte ich zuerst aus. Immerhin wollte sie doch nicht einmal tot neben mir gefunden werden, oder?

Hach! Außerdem ist Fleur als Publikum nicht die geringste Mühe wert.

»Nein, nein«, piepst sie, als ich auf sie zugehe und aushole. »Nein, nein.«

Zwei Schläge reichen. Ihr hübsches Köpfchen knallt gegen die Stuhllehne.

Zerbricht der Stuhl jetzt? Oder ist es ihr Kopf? Ach, was macht das schon. Zurück zu dem anderen Mädel.

Wo liegt sie? Gottverdammt, wo ist die denn jetzt abgeblieben?

28

Schmerz. Weiße Blitze zucken in meinem Kopf. Zusammengekauert hocke ich in den Kulissen im Vorhang. Mit dem letzten bisschen Kraft habe ich mich herschleppen können.

»Komm gefälligst hierher!«, höre ich ihn brüllen.

Ich sehe nur seine Konturen. Durch die Flackerlichter sind seine Bewegungen ruckhaft und träge.

»Du solltest lieber von allein zum Vorschein kommen, als zu warten, bis ich dich finde. Und finden werde ich dich.«

Ich lege eine Hand auf meine Brust. Mein Herz wummert gegen meine Rippen.

Er kommt näher, ich rieche ihn. Schweiß und Tabak. Haare, die wochenlang nicht gewaschen wurden. Ich ekele mich so, dass mir kotzübel wird. Der Schmerz in meinem Kopf ist wie eine hin und her prallende Kugel in einem Flipperautomaten. Wenn er sich jetzt umdreht, dann … dann … Ich schlüpfe unter dem Vorhang durch auf die andere Seite.

»Das ist so schade«, seufzt er. »So furchtbar schade, dass du mich ausgerechnet auf dem Höhepunkt im Stich lässt. Du bist genau wie dein Bruder. Der hat mich auch eiskalt meinem Schicksal überlassen. Wenn er nur gleich die Verantwortung übernommen hätte … gleich die Schuld auf sich genommen und zugegeben hätte, dass *er* so leichtsinnig war mit dieser verdammten Salzsäure.«

Er hört auf zu reden und schnaubt laut durch die Nase.

Diese Stimme. Ich erkenne die Stimme! Warum kann ich

sie nicht einordnen? Klar ist, dass er der Junge aus dem Chemieraum ist. Vollkommen klar. Aber wer ist er?

»Ganz vielleicht hätte ich ihm vergeben, dass er mein Leben ruiniert hat«, fährt er monoton fort. Als würde ein Computer mit mir reden. »Mit seinen Scheiß-Dares. Denn wehe, wenn man sich geweigert hat. Oder wenn man die Dare nicht gut genug ausgeführt hat. Dann schoben Wouter und er einen ganz schnell in die Ecke der Schisser und Trottel ab. Dann gehörte man nicht mehr dazu und fand sich im Nu auf YouTube unter der Überschrift ›Fails‹.«

Plötzlich gehen alle Scheinwerfer aus, und ich bin wieder von Finsternis umgeben. Tränen rollen aus meinen Augen. Was er da über Milan sagt ... Als würde er über einen völlig anderen Menschen reden. Er ... Er sieht das vollkommen falsch. So kenne ich meinen Bruder nicht. Das kann nicht sein, oder?

Blitz, Blitz, Blitz. Überall Licht. Ein wahres Lichtermeer. Ich blinzele.

Und dann sehe ich ihn.

Seine glasigen Augen starren mich an. »Da hockst du also«, sagt er schleppend, Wut im Gesicht.

O Gott. Levi! Es ist Levi. Ich verstehe es nicht. Er ...?

Unwillkürlich wird mein Blick auf die glänzenden Narbenwülste auf seinem Handgelenk und der Hand gezogen.

Noch bevor ich etwas sagen kann, ist er bei mir. Bläst seinen heißen Atem über mir aus. Etwas Hartes donnert gegen meine Schläfe. Meine Handgelenke werden auf dem Rücken gefesselt. Er zerrt mich zur Bühnenmitte und stößt mich auf einen Stuhl. Aus dem Augenwinkel sehe ich Fleur. Von ihrer Stirn tropft Blut. Oh Fleur. Nicht sterben. Halte durch!

»Ich bestimme das Ende«, wiederholt er immer wieder.

Mit gesenktem Kopf sitze ich auf dem Stuhl. Der Kunststoff der Kabelbinder schneidet mir in die Haut. Ich sitze so was von fest.

Grob fasst er mir ans Kinn. Sein Kopf dicht an meinem. Er bringt seinen Mund zu meinem Ohr. Fast stoße ich mit den Lippen an seine feuerrote Narbe im Nacken. »Schau mich an«, zischt er. »Von jetzt an schaust du mich an, wenn ich mit dir rede.«

»J-ja«, antworte ich mit trockenem Mund.

»Wir machen das jetzt folgendermaßen. Ich nehme den beiden da hinten jetzt auch die Tapes ab. Fleur ist k.o., vielleicht sogar schon tot. Witzig eigentlich: Noch vor wenigen Tagen hat sie laut geplärrt, sie wolle nicht mal tot neben mir gefunden werden. Und was haben wir jetzt? Na ja, hätte sie mich mal lieber nicht so beleidigt.« Er lacht. »So, und du sorgst dafür, dass alle schön die Klappe halten. Ich will absolute Stille im Finale. Ist das klar?«

Eine Welle Magensäure steigt in meiner Kehle auf. Tot?

»Ist das klar?«, wiederholt er, übertrieben artikulierend.

Ich nicke und schlucke.

»Was sagst du?«

»Ja.«

»Ja, wer?«

»Ja, Levi.«

Er lächelt. »Gut so.«

Während Levi Versteden und Wouter das Tape abreißt, schießen meine Gedanken in alle Richtungen. Was soll ich tun? Was kann ich tun? Ihn beruhigen? Ihm das Gefühl geben, dass ich ihn verstehe? Dass ich auf seiner Seite stehe? Aber wie?

Sobald das Tape von seinem Mund ist, fängt Wouter an zu

schimpfen. Sofort bekommt er einen Stoß in den Magen und klappt zusammen.

Obwohl Versteden nicht flucht und sich nicht einmal bewegt, schlägt Levi auf ihn ein. Blut fließt aus seiner Nase.

Ich wende den Blick ab.

»Okay, Juul«, sagt Levi und wischt sich die Hände an der Hose ab. »Ich dachte, ich helfe dir ein bisschen, hier Ruhe zu halten. Juul? Hey, schau mich an!«

»Levi«, setze ich an. »Darf ich dich etwas fragen?«

Ein spöttisches Lachen. »Ähm, lass mich kurz nachdenken … Ach, was soll's, weil du es bist.«

»Milan wollte es doch wiedergutmachen, er war doch zu allem bereit, richtig?«

»Zu allem, ja.«

»War sein Tod denn nicht genug?«

Levi denkt wieder nach oder tut zumindest so. »Ja und nein. Er hätte mich mitnehmen sollen. Ich wollte mit ihm sterben. Aber nein! Wieder wollte er alle Aufmerksamkeit für sich. Alle haben über ihn geredet, als wäre er berühmt. Der fantastische, talentierte und beliebte Milan.« Er lacht abfällig, bevor er weiterredet. »Was konnte der Junge überhaupt, außer dass er andere für sein Vergnügen missbraucht hat?«

Ein Schluchzer will aus meiner Kehle heraus, aber ich schlucke ihn hinunter. Spiel mit, sagt ein Stimmchen in mir. Sag, was er hören will. Tu es! Jetzt! Es ist deine einzige Chance.

»Du hast recht«, flüstere ich.

Sein Kopf dreht sich ruckhaft zur Seite. »Was?«

Hoffnung keimt in mir auf, also wiederhole ich lauter: »Du hast recht. So war das tatsächlich immer mit ihm. Ich verstehe deine Gefühle. Du hättest nach diesem fürchterlichen Unfall im Chemieraum alle Aufmerksamkeit bekommen sollen. Und ganz sicher nicht die Schuld. Sie hätten es zugeben müssen. Vor allem Milan. Ich verstehe deinen Hass, und dass du ihn bestrafen wolltest. Milan kam immer mit allem davon.«

»Genau«, sagt er heiser. »Aber das gehört bald endgültig der Vergangenheit an. Ich werde allen zeigen, wie er wirklich war. Und vom Himmel aus werden wir zusammen zuschauen, wie erstaunt die Leute sind, wenn sie die Wahrheit erfahren.«

»V-vom Himmel aus?«, wiederhole ich stammelnd. »Was hast du vor?«

»Das.« Er verschwindet kurz in den Kulissen und kommt mit einem Karren zurück, auf dem zwei Fässer stehen. Auf den Fässern steht etwas von HCl und Natrium-noch-was.

»Ja, du siehst richtig. Tolles Zeug. Sobald ich die Deckel entfernt habe, ist es schnell passiert. Aber erst sorge ich dafür, dass die Aufnahme meiner Show viral geht. Alles, wirklich alles wird zu sehen sein. Im Livestream und auf YouTube. Also auch, wie wir durch die giftigen Dämpfe ersticken, die gleich aus den Fässern aufsteigen werden. Und sollten Rettungskräfte herbeieilen … Nun ja, dann ist es bereits zu spät.«

»Tu es nicht«, erklingt die raue Stimme von Versteden. »Levi, bitte. Wir können das doch auch anders lösen.«

»Halt's Maul!«

»Ich kann erklären, dass das alles meine Schuld war. Nimm es auf. Ich sage, was immer du willst. Ich werde sagen, dass ich Milan und Wouter gezwungen habe zu schweigen. Wirklich. Ich will alles tun. Möchtest du Geld? Sag mir, wie viel. Aber lass die Fässer zu! Diese Säure … Das ist …«

»Ach, Herr Versteden, mir brauchen Sie nun wirklich nichts über die zerstörende Wirkung von Säure zu erzählen«, höhnt Levi. Seine Nasenflügel zittern beim Sprechen. »Sehen

Sie meine Hand? Mein Handgelenk?« Er hebt seine Hand hoch. »Sehen Sie? Damit kann ich nichts mehr machen. Überhaupt nichts. Und haben Sie auch nur einen blassen Schimmer von meinen Schmerzen? Von innen und von außen? Nein, nehme ich an. Das interessiert Sie einen feuchten Dreck. Es ist meine eigene Schuld, richtig? Haben Sie das meine Eltern nicht glauben lassen?«

»Levi! Lass mich dir helfen!«, schreit Wouter. »Ich kenne Ärzte, die dir bestimmt helfen können.«

»Und damit kommst du jetzt an? Als zukünftiger Arzt solltest du doch wissen, dass sich kaputte Nerven nicht wieder erholen. Also halt einfach dein Maul und akzeptiere die Konsequenzen deines Verhaltens.«

Ich lasse den Kopf hängen. Egal, was wir sagen – es hat keinen Sinn.

Diese Hilfeschreie gehören dazu.
Hatte ich auch einkalkuliert.
Aber ich lasse sie schön noch ein Weilchen zappeln. Vor Angst bebend. Mit weit aufgerissenen Augen und zitternden Muskeln.
Ha! Sich ein wenig darüber bewusst zu werden, dass das Ende naht, ist nie falsch. Soll ich das Licht ausmachen? Oder macht die Dunkelheit den Sterbeprozess eher angenehmer?
Nein, sie sollen ruhig zuschauen, wie der Erste umfällt, während sich die eigene Lunge aus ihrem Körper zu quetschen scheint. Im Zuschauen sind sie schließlich gut. Haben sie ja auch gemacht, als ich vor Schmerzen gebrüllt habe.
Der Schweiß trieft von meiner Stirn und rinnt über meine Wangen zum Hals. Das Salz sticht in meinen Narben.
Jetzt kommt plötzlich alles so nah.
Ich finde es fast schade, dass meine Show in wenigen Minuten zu Ende sein wird.
Ich könnte Juul noch einen Vorschlag machen.
Eine allerletzte Dare – um das Ganze noch ein wenig auszudehnen. Zu intensivieren. Obwohl ich bezweifle, dass sie dazu in der Lage ist.
Sie traut sich viel, das hat sie mehrfach bewiesen. Aber das?
Vielleicht sollte ich es lieber selbst machen.
Sie kurz fühlen lassen, wie es ist, wenn einem das Zeug die Haut wegfrisst. Einfach so, rein für die Sensationsgier. Für Bilder, die noch mehr schockieren. Das bringt natürlich noch mehr Zuschauer. Mehr Zuschauer bedeuten

automatisch mehr Aufmerksamkeit. Vor allem für mich.

Ich klappe meinen Laptop auf und logge mich in meinen frisch angelegten Account ein.

Verbinden und live gehen.

Do & Die habe ich als Titel für den Livestream gewählt. Klingt schön international.

Ein Klick, und wir reisen um die Welt.

29

Fleur hängt auf ihrem Stuhl vornüber.

Ich glaube, sie ist wirklich tot.

Und wir beinahe auch.

Mein Gesicht glüht und ist nass von all den Tränen. Frustriert lecke ich das Salz von meiner Oberlippe.

Versteden versucht, auf uns einzureden. Dass wir vor allem Ruhe bewahren sollen. Unsere Energie nicht vergeuden dürfen. So oberflächlich atmen, wie wir können, sobald die Deckel von den Fässern genommen werden.

Aber ich höre ihm nicht zu. Auch wegen seiner Feigheit kam es bei Levi zu einem solchen Kurzschluss im Hirn. Welcher Lehrer lässt einen Schüler so furchtbar im Stich? Weil er um sein eigenes Leben fürchtete. Warum hat er sich dazu entschieden, nur Milan und Wouter zu schützen? Weil sie beliebter waren? Allein deswegen?

Jetzt ist es still. Das Einzige, was ich höre, ist unser gehetztes Atmen und Wouter, der über den Sitz von seinem Stuhl scheuert.

Levi ist in den Kulissen zugange. Es dauert lange, bis er wieder zum Vorschein kommt. Mit einer großen Pipette in den Händen geht er zu den Fässern, hebt den Deckel ein wenig an und tunkt das Glasröhrchen der Pipette ein.

Ich will nicht sterben. Auf keinen Fall. Aber das hier scheint mir extrem aussichtslos.

Bei Versteden bleibt er stehen. Levi drückt den weichen

Teil der Pipette zusammen. Tröpfchen für Tröpfchen landet auf Verstedens Kopf.

Der wimmert und stöhnt.

»Eigentlich hatte ich dir diese Rolle zugedacht, Juul«, sagt Levi grinsend. »Wenn du gehorsamer gewesen wärst.«

Ich schüttele den Kopf. Denk nach, denk nach, denk nach! Levi hat von einem Livestream gesprochen. Ob er den jetzt schon gestartet hat? Er ist meine einzige Hoffnung. Vielleicht eine eitle Hoffnung? Denn es muss schließlich genau jetzt jemand zuschauen und verstehen, dass es sich hier nicht um irgendein schlechtes Theaterstück handelt.

Ich spähe in den Saal. Wo hängen die Kameras? Sind sie in den vielen Scheinwerfern verborgen, die an den Metallstangen hängen? »Hilfe!«, rufe ich. »Helft uns! Wir werden gefangen gehalten. Levi wird uns umbringen. Hilfe! Ich bin Juul den Ouden. Wenn du uns jetzt zuschaust, ruf die Polizei. Wir sind im ehemaligen Pop-Podium gegenüber …«

Ein harter Schlag gegen meinen Hinterkopf macht alles schwarz. Und still.

Der Regisseur

»Los geht's«, sage ich direkt in die Kamera.
»Dieses Mal richtig!«
Die Deckel sind von den Fässern. Das Zeug darf seine Arbeit verrichten.
Nur noch ein paar Minuten, bevor es anfängt zu verdampfen, schätze ich.
Ich binde mir den Schal vor Mund und Nase, und über die Schulter hinweg betrachte ich mein Publikum voller Spannung.
Werden sie zappeln? Gurgeln?
Wer wird sich als Erste oder Erster übergeben?
Eins ist sicher: Ich gehe als Letzter.

30

Wo bin ich? Warum fällt so ein grelles Licht auf mich? Stiche in meinem Kopf. Als würden Knallerbsen in meinem Schädel explodieren. *Bäng, bäng, bäng.*

Blinzeln tut weh. So weh … Reiben, ich will das brennende Gefühl aus meinen Augen reiben. Aber meine Hände machen nicht mit. Was stinkt hier so? Was ist das für ein seltsamer, durchdringender Chlorgeruch?

Meine Augen tränen. Stechen. Warum machen meine Hände nicht, was ich will? Ich rutsche ein Stück nach vorn. Etwas Scharfes schneidet in meine Handgelenke. Ich beiße mir auf die Unterlippe. Rucke mit den Armen. Nichts bewegt sich! Dann dringt es ganz allmählich wieder zu mir durch. Ich sitze auf einem Stuhl und bin gefesselt. Meine Haut sticht, als würde ich durch ein Brennnesselfeld gerollt. Es geht durch meine Kleidung. »Nein!«, schreie ich. »Nein, nein, nein!«

Die Luft, die ich einatme, versengt meine Lunge. Erstickt mich. Luft! Ich brauche mehr Luft.

»Oberflächlich atmen, Juul«, höre ich Versteden neben mir sagen. »Ein durch die Nase, aus durch den Mund.«

Ich schaue zur Seite, aber durch meine tränenden Augen und den Rauch erkenne ich nur eine verschwommene Gestalt. Galle steigt in meiner Kehle auf. Ein ekliger Geschmack im Mund. Ich würge.

»Schlucken. Genau so. Noch einmal.« Verstedens Stimme klingt schwach, aber entschlossen. »Ruhig weiteratmen.«

Wie soll ich verdammt noch mal ruhig weiteratmen? Welchen Sinn hat das? Ich sterbe doch sowieso. Mein Körper fängt an zu zucken.

Neben mir schabt etwas über den Boden. Versteden schafft es also auch nicht, ruhig zu bleiben. Sein Oberkörper bewegt sich wild hin und her. Der Stuhl rückt vor. Zentimeter für Zentimeter in Richtung Fässer. Was hat er vor?

Levi lacht ihn laut und schrill aus. »Mann, rackere dich doch nicht so ab.«

Plötzlich ist es, als würde jemand Lava in mich schütten. Meine Lunge wird versengt und presst alle Luft heraus. Ich schließe die Augen. Irgendwo in der Ferne höre ich ein Poltern. Lasst mich nur schlafen.

Etwas Warmes gleitet über meine Wange. Zitrusduft dringt in meine Nase. Schwebe ich? Träume ich?

Zarte Hände umfassen mein Gesicht. Ich schaffe es nicht, die Augen zu öffnen. Lass mich schlafen, denke ich. Geh weg.

»Juul«, flüstert eine Stimme. »Juul, bleib bei mir.«

Milan? Höre ich da Milan? Kommt er mich holen?

»Juul, sieh mich an!«

Wer rüttelt so an mir? Hör auf! Flüchtig schaue ich in sanfte Augen. Dunkle, vertraute Augen. »Mama«, murmele ich.

Eilige Schritte um mich herum. Läuft das so? Wird man hochgehoben und weggetragen? Müssen wir durch eine Tür? Wartet Milan irgendwo dort auf mich?

Plötzlich wache ich auf. Meine Zunge, mein Hals, meine Luftröhre, alles brennt. Aber man hat mich nicht hochgehoben und weggetragen. Ich sitze noch immer auf diesem Stuhl und bin fixiert. Alles um mich herum ist verschwommen. Als wäre ich mitten in einem dicken, grauen Nebel.

»Levi, stopp!«, ruft eine vertraute hohe Stimme.

Ich drehe mich um, als ich meinen Namen höre.
Das ist doch wirklich nicht zu fassen.
Soll ich ihr Kommen nun als Überraschung oder als Hindernis betrachten?
Oder als keins von beidem? Ach, sie wird sowieso gleich ausgeschaltet sein. Dafür brauche ich mich nur wenig bis gar nicht anzustrengen.
»Levi«, sagt sie noch einmal, die Hand vor ihrem Mund.
»Bitte.«
Ich zucke mit den Schultern.
»Herzlich willkommen.
Nehmen Sie Platz.«
»Was willst du? Sag es mir!«
»Ich möchte vor allem absolute Stille.«
Ihre Panik ist wie ein Geschenk.
Bekomme ich doch tatsächlich im letzten Moment noch jemanden dazu.
Zwei sind schon umgekippt, Fleur und Wouter.
Beide hängen schon schlapp auf dem Stuhl.
Perfekt!
Noch drei also.
Vier, wenn ich mich selbst mitzähle. Ich richte meinen Blick wieder auf die Kamera.
Gibt es schon Zuschauer? Fans? Irgendwie finde ich es schade, dass ich nie erfahren werde, wie viele es sehen werden.
Plötzlich bohren sich Fingernägel in meine Haut. »Ich habe die Polizei schon benachrichtigt!«, schreit sie. »Sie ist unterwegs!« Ich werde bei den Armen gepackt.
Ein einziger Ruck, und ich bin wieder frei. Sie

ist wie eine Fruchtfliege. Nervig, aber schwächlich.
Sollen sie ruhig kommen, denke ich. Sie sind sowieso zu spät. Es ist nur noch eine Frage von Minuten. Mehr nicht.
Trotzdem gibt sie nicht auf. Tritt gegen meine Beine. Zerkratzt meine Wange, zieht mich an den Haaren. Aber dieser Schmerz ist nichts im Vergleich zu meinen brennenden Nerven.
Meine Muskeln verkrampfen sich.
Wie ein Fels bleibe ich stehen.
Eigentlich ist es ganz wundervoll.
Eine Mutter, die um ihr Junges kämpft. Sie ist wie dieses Bussardweibchen.
Mit dem Unterschied, dass ihr Junges schon erbeutet wurde.
Ah, jetzt sind auch für Versteden die letzten Sekunden angebrochen.
Er schnappt hörbar nach Luft. Seine Stuhlbeine schaben wieder über den Boden. Sind das die letzten Zuckungen? Ich bin mir nicht sicher.
Einerseits will ich es sehen.
Andererseits darf mein Gesicht nicht aus dem Bild verschwinden.
Die Aufmerksamkeit muss auf mich gerichtet bleiben.
Versteden schreit laut. Lieber Himmel, denke ich. Was für ein theatralischer Tod!
Tut sterben wirklich so weh?
Ein Stoß in meinen Rücken.
»Oh, ist das wirklich Ihr Ernst? Das nervt allmählich!«

Noch ein Stoß.
Mehrere Hände.
Ich falle von der Bühne, und ein Schatten springt auf mich.
»Schnell, schnell!«, wird gerufen. »Reißt die Türen auf. Sucht etwas Scharfes. Schnell!«
Im Mund schmecke ich Blut.
Ein stechender Schmerz schießt durch meinen Rücken. Und wer schlägt so fest auf meinen Schädel?
Nein, nein, so darf es nicht laufen.
»Stoppt die Show, stoppt die Show!«

31

Mein Kopf liegt auf etwas Weichem. Langsam öffne ich die Augen. Bin ich tot? Ist das der Himmel? Milan, wo bist du denn?

Jemand beugt sich über mich. Ein liebes Gesicht direkt über meinem. Ein Streicheln über meine Wange. Wieder rieche ich den zarten Zitrusduft.

»Mama?«

»Hallo, mein Schatz.« Sie drückt mir einen Kuss auf die Stirn.

»Wo bin ich?«

»Im Krankenhaus.«

»Wirklich?« Ich richte mich mühsam auf und schaue mich verwirrt um. Die Schmerzen zwingen mich in die Kissen zurück.

Sie nickt. »Wirklich.«

»W-wie … bin ich hier …« Mein trockener Hals verursacht einen Hustenanfall.

»Psst. Ganz ruhig. Versuch, etwas zu trinken.« Sie führt ein Glas mit einem Trinkhalm an meinen Mund. »Du musst viel Wasser trinken.«

»Wo ist Papa?«, frage ich, als das Glas zur Hälfte leer ist.

»Auf dem Flur. Er spricht mit Fleurs Eltern.«

Plötzlich ist es, als würde der Schuh wieder auf meine Brust drücken. Fleurs schlaffer Körper erscheint vor meinen Augen. Das Wasser kommt wieder hoch.

Mama hilft mir und hält eine Schale aus Karton unter mein Kinn. »Alles gut. Das ist eine ganz normale Reaktion.«

Tränen laufen über meine Wangen. »Ich … ich will zu Fleur.«

»Gleich, Schatz. Erst kommt noch der Arzt. Und die Polizei. Aber danach bringe ich dich zu ihr. Du darfst nur nicht erschrecken. Viele ihrer Wunden mussten genäht werden, und ihr Gesicht ist grün und blau.«

Ich schüttele verzweifelt den Kopf. Genäht? Macht man das auch bei Verstorbenen?

»Aber«, sagt Mama, »zum Glück ist sie schon wieder auf den Beinen. Ich habe sie und ihre Mutter gerade auf dem Flur getroffen.«

»Sie lebt noch?«

»Ja. Oh, sorry, Schätzchen! Ich dachte, dass du das … Oh, wie dumm. Ja, Schatz. Sie lebt ganz sicher noch! Alle haben es überlebt. Fleur, Wouter, Versteden und, äh, …«

»Levi auch?«

Sie nickt, während ihr Gesicht grimmig wird. »Der auch.«

Ich seufze abgrundtief, als wollte ich alle schlimmen Bilder aus meinem Kopf blasen. Es ist mir egal, dass Levi nicht tot ist. Wirklich völlig egal. Trotzdem fange ich so heftig an zu schluchzen, dass ich das Gefühl habe, nie mehr aufhören zu können.

Mama schlägt meine Decke zur Seite und legt sich neben mich. Sie schiebt einen Arm unter mir durch und zieht mich an sich. »Komm mal her«, flüstert sie und wiegt mich so lange, bis ich ruhiger werde.

Ich lege meinen Kopf an ihren Hals und rieche ihren wunderbar zarten Duft.

Nach einer Weile beginnt sie zu sprechen. »Weißt du, ich

möchte dir etwas erzählen.« Sie räuspert sich. »Ich glaube, dass ich endlich wachgerüttelt wurde. Nach Milans Tod war es, als hätte ich mich in einer dunklen Höhle verkrochen, in die mir niemand folgen konnte. Papa nicht. Unsere Freunde nicht. Auch du nicht. Ich dachte, dort würde ich mich sicher fühlen. Allein sein mit meinem Kummer. Wenn man ein Kind verliert, fühlt sich das an, als würde man selbst sterben, weil es einem das Herz bricht. Mütter sind und bleiben immer über einen unsichtbaren Faden mit ihrem Kind verbunden. Ich habe es gespürt und war mir sicher, dass etwas an Milans Tod nicht stimmte. Ich konnte es nur nicht beweisen. Egal, wie sehr ich nachgeforscht oder die Polizei buchstäblich auf Knien um weitere Ermittlungen angefleht habe … Es hat mich wahnsinnig gemacht. Frostig, kalt und hart. Und das tut mir so schrecklich leid, Juul.«

»Nein, Mama«, piepse ich. »Sag nichts, das ist nicht nötig.«

»Doch, doch. Denn dich habe ich dabei vergessen. Ich hätte den unsichtbaren Faden zwischen dir und mir nie so hängen lassen dürfen. Nie. Als ich in meinem Zimmer deine Tasche fand und die fürchterlichen Karten und all diese Nachrichten auf deinem Handy entdeckte … Oh Juul, ich hatte eine Wahnsinnsangst, dich auch noch zu verlieren. Ich glaube, in diesem Moment hat Milan uns zusammengebracht. Er hat mich in meiner Panik zur Ruhe ermahnt und mir eingeflüstert, was die Zahlen bedeuteten. So habe ich verstanden, wo ich hinmusste.«

Sie zieht mich noch enger an sich und gibt mir lauter kleine Küsse auf die Haare. »Du bist so tapfer. So unglaublich tapfer! Vergiss das nie. All diese Monate musstest du allein überstehen, ohne jegliche Unterstützung von Papa oder mir. Du bist die Stärkste von uns allen. Du hast sogar für Blumen auf Milans Grab gesorgt.« Sie hebt mein Kinn ein wenig an.

»Ich fand es schön, bei Milan zu sein. Mit ihm zu reden, oder, na ja, zu ihm zu reden.«

Sie lächelt.

»Und jetzt, Mama? Was machen wir jetzt?«

Ihre Unterlippe zittert, aber wieder lächelt sie. »Jetzt werden wir versuchen, Schritt für Schritt nach vorn zu schauen. Wir müssen lernen, miteinander zu reden, du, Papa und ich. Und wir werden die Kisten auf dem Speicher auspacken. Alle schönen Erinnerungen mitnehmen, statt sie zu verstecken.«

32

»Gestern haben sie ihn ins Gefängnis gebracht«, sagt Fleur. »Jetzt sind wir unseren Herrn Psycho vorläufig los.«

Sie redet schon wieder wie ein Wasserfall, in ihrem blauen Krankenhaushemd und trotz der dunkelvioletten Flecken auf Wangen und Stirn. Als sie Wouter vom Papageienpark erzählt, ist es, als wäre sie selbst im Bussardkäfig angegriffen worden.

Doch sobald sie schildert, wie Levi ihr im Park aufgelauert und sie in den Transporter gezerrt hat, ist sie schon deutlich weniger ausführlich.

Ich lasse sie reden. Das ist Fleurs Art, damit umzugehen.

Wouter trägt schon seine eigene Kleidung und sitzt still bei uns. Kurz berichtet er, wie Levi in der Leichenhalle den Reißverschluss vom Leichensack geöffnet und ihn anschließend k.o. geschlagen hat. Erst auf der Bühne sei er wieder zu sich gekommen, gefesselt und mit zugeklebtem Mund. Versteden habe schon vor ihm dort gesessen, im selben Zustand.

Zwei Tage hat Wouter so verbracht, auch wenn er zu diesem Zeitpunkt schon keine Vorstellung von Zeit mehr hatte. Für sein Gefühl wurde Fleur erst Tage später hereingebracht.

Er erzählt auch, dass Levis Wahnsinn vielleicht durch die Kombination von Medikamenten entstanden ist. »Schwere Schmerzmittel vertragen sich nicht immer mit Antidepressiva und können zu einem Kurzschluss im Gehirn führen – und sogar zum Wahnsinn«, sagt er. »Zumindest könnte das eine Ursache gewesen sein.«

Über das, was während der Dare im Chemieraum passiert ist, erzählt er nichts. Doch an dem Mittwoch, als wir ihn im Krankenhaus besucht haben, hatte er schon so eine Vermutung, dass Levi hinter den Dares stecken könnte. Das wollte er erst an dem Abend mit uns besprechen. Dafür war dann leider keine Gelegenheit mehr …

Ich weiß, dass Polizist Job Gijsbers Wouter Fragen zum Chemieraum gestellt hat. Das hat mir der Polizist erzählt, als ich an der Reihe war.

Papa und Mama wissen ebenfalls, was damals passiert ist. »Traurig«, war ihre Reaktion. »Einfach nur traurig, wie das gelaufen ist. Für alle.«

Von der Polizei haben wir erfahren, dass Levis Video nicht live gegangen ist. Die Verbindung, von der er glaubte, sie hergestellt zu haben, war nicht zustande gekommen. Levi hat die Aufmerksamkeit, nach der er sich so gesehnt hatte, nicht bekommen.

Die USB-Sticks, die Videos und Fotos auf seinem Laptop: Nur die Polizei hat sie gesehen. Und wir, live während seiner »Show«.

»Hat jemand Versteden schon gesehen?«, fragt Fleur. »Ganz schön cool, was er und deine Mutter getan haben, was?«

Ich muss lachen. »Ganz schön cool?«, wiederhole ich.

»Äh, na ja, eigentlich schon supercool.«

»Und schlimm für ihn«, antworte ich. »Seine Hände, Unterarme und die Kopfhaut wurden von der Salzsäure schwer verätzt. Es scheint noch zehnmal schlimmer zu sein als bei Brandwunden.«

Wouter nickt. »Hat deine Mutter ihn wirklich mitsamt Stuhl zu diesem Fass geschoben?«

»Ja, er hat sie geradezu angefleht. Die Säure hat die Kabelbinder innerhalb weniger Sekunden schmelzen lassen.«

»Aber auch seine Hände«, sagt Fleur.

»Zumindest seine Haut.«

»Weißt du noch, was er im Unterricht dazu gesagt hat? Dass kein Knöchelchen oder was auch immer übrigbliebe, wenn er einen Finger in ein Gefäß mit Säure stecken würde?«

»Hey, jetzt ist es aber gut!«, sage ich.

»Wieso, das Beispiel hat *er* doch gebracht.«

»Ja, aber müssen wir jetzt wirklich darüber reden? Der Mann hat sich ziemlich für uns eingesetzt, meinst du nicht? Er hat sich danach sogar noch auf Levi gestürzt, zusammen mit Mama. Wir können also nicht behaupten, er hätte nicht alles getan, um uns zu helfen.«

»Ja ...« Einen Moment lässt Fleur kleinlaut den Kopf hängen.

Eine Weile bleibt es still. Dann sagt Wouter leise: »Aber wenn Milan, Versteden und ich auch alles für Levi getan hätten, dann ...«

Ich nicke. Wenn, dann, hätte ... Levi helfen wir damit nicht mehr. Aber uns wird es noch lange im Kopf herumgehen.

Margje Woodrow hat viele Jahre als Lehrerin gearbeitet. Nun widmet sie sich voll und ganz dem Schreiben und hält Lesungen und Workshops in Schulen ab. Für ihr Buch „Fake Trip" wurde sie 2021 in den Niederlanden mit dem beliebten Leser:innenpreis der „Jonge Jury" ausgezeichnet.

Leseprobe

Danielle lernt im Skiurlaub mit ihren Freundinnen den gut aussehenden Dante kennen. Der Student spielt ihrer Meinung nach in einer ganz anderen Liga, und dennoch scheint er sich für sie zu interessieren.

Zurück in Amsterdam kann Danielle ihr Glück kaum fassen, als ihr Dante zufällig wieder über den Weg läuft. Doch gerade als die beiden sich näherkommen, entdeckt sie Dantes dunkles Geheimnis: Seine letzte Freundin Florine wurde ermordet, und ausgerechnet Dante war der Hauptverdächtige. Kann Danielle ihm wirklich vertrauen?

TAG: 0

ZEIT: 21:48 Uhr

Ihre goldblonden Haare bedecken das Kissen wie ein Fächer. Sie ist schön, so wie sie da liegt. Reglos. Still. Die Haut so glänzend und weiß wie Porzellan. Ich atme ihren Duft ein. Ein frisches, zitroniges Parfüm mit einem blumigen Oberton. Ich schnuppere noch etwas intensiver. Und dann rieche ich es, versteckt unter Deodorant und Körperlotion. Ein säuerlicher, abgestandener Schweißgeruch. Angst ist aus ihren Poren gesickert, kurz bevor sie das Bewusstsein verlor.

Ich nehme mein Handy und richte die Kamera auf ihr Gesicht. »Take one«, murmele ich. Unten im Bild laufen die Sekunden mit. Ihr Mund ist leicht geöffnet, und auf ihrer Unterlippe glänzt ein Speicheltröpfchen. Am liebsten würde ich es ablecken wie ein junger Hund. Aber dann wird sie wach, und das will ich nicht. Noch nicht. Ich zoome an die schwarze Augenmaske heran. Man könnte meinen, sie würde sie hässlich machen, doch sie verleiht ihr etwas Unbeholfenes. Etwas Niedliches.

Ich schwenke nach unten und filme ihren Hals, die dünnen Spaghettiträger ihres Tops und ihre milchweißen Brüste, die wie zwei Ballons in ihrem BH flach gedrückt werden. Meine Kamera wandert weiter, an ihrer Taille entlang zum Bund ihres Slips, der in die fleischigen Hüften schneidet. Ein billiges, synthetisches H&M-Teil. Offensichtlich hat sie ihn eine Größe zu klein gekauft. Warum kaufen Frauen immer zu kleine Unterhosen? Ist ihnen nicht klar, wie hässlich sie sich unter engen Hosen und Leggings abzeichnen?

Die Kamera filmt ihre Beine. Noch mehr kleine Schönheitsfehler. Die weiße Haut ist voller dicker schwarzer Stoppeln. Wann hat sie sich wohl zuletzt rasiert? Vor zwei Tagen? Drei? Ich halte die Kamera auf ihre Füße: Hornhaut an den Fersen und abgeblätterter violetter Nagellack auf den Zehen. Warum lässt sie sich so gehen?

Ich kann das nicht mehr länger mit ansehen und richte die Kamera auf mich selbst. Gedankenverloren betrachte ich meine Augenbrauen, die kantige Kinnlinie, meine weißen Zähne, das Schwarz meiner Pupillen. Ob man in meinen Augen das Feuer sehen kann, das ich in mir spüre? Das wachsende Selbstvertrauen? Ich nicke meinem Handy zu, als gäbe ich mir selbst die Erlaubnis anzufangen. Mit einem Daumenwischen schalte ich die Kamera aus.

Für einen Moment sauge ich die Stille in mir auf. Sie gehört ganz mir. Wie eine Blüte wird sie sich für mich öffnen. Und ich werde ein Blättchen nach dem anderen pflücken, bis nichts mehr da ist, wohinter sie sich verstecken kann. Ich spüre wie sich Der Schatten tief in mir regt, wie er versucht, den Schlaf abzuschütteln. Psst, noch nicht, besänftige ich ihn zurück ins Dunkel.

Es ist Zeit, sie zu wecken.

Ich hebe meine Hände. Wie Raubvögel sausen sie durch die Luft und klatschen laut zusammen. Ich stelle mir vor, wie sich die Schallwellen blitzschnell im Raum ausbreiten. Wie das Geräusch innerhalb von Nanosekunden ihr Ohr erreicht. Wie es sich in ihren Gehörgang presst und einen Weg ins Gehirn bahnt.

Ihre Nasenflügel beginnen zu zittern und weiten sich. Wie eine Katze streckt sie sich. Erst krümmt sie ihren Rücken, träge und zufrieden. Danach bewegt sie Arme und Beine. Weit kommt sie nicht. Das Seil um ihre Handgelenke und Fußknöchel hindert sie daran.

Es gibt keinen Weg zurück. Aber das ist ihr noch nicht bewusst. Sie liegt nur da, die Arme halb über ihrem Kopf, als könnte sie nicht glauben, was sie fühlt. Die Muskeln in ihren Gliedmaßen spannen sich erneut. Dieses Mal ist die Bewegung kräftiger – und das Seil schneidet ihr tiefer in Hand- und Fußgelenke.

Ich sehe, wie die Wirklichkeit zu ihr durchsickert. Ihre Atmung beschleunigt sich, und ihr Mund klappt auf. Mit aller Kraft zieht sie an den Seilen. Es rührt mich. Ist es nicht das, womit jeder geboren wird? Die Angst zu sterben? In so einem Augenblick sind wir alle gleich, und alle Unterschiede fallen weg.

»Nein!«

Ein Urschrei aus ihrem tiefsten Inneren. Wunderbar.

»H-Hilfe.«

Ihre Stimme bricht.

»H-hilf m-ir, bitte.«

Auf ihrer Augenmaske zeichnen sich feuchte Flecken ab. Wie ein Schwamm nimmt der Stoff ihre Tränen auf. Mit der Schuhspitze tippe ich auf den Boden.

Ihr Kopf ruckt hoch. »Ist da jemand? H-Hallo?«

Ich warte. Ich habe es nicht eilig.

»H-hallo?« Die Angst in ihrer Stimme schwillt an.

Ich tippe die Schuhspitze noch einmal auf.

»W-wer ist da? S-sag etwas, b-bitte.«

Ich lächele und falte die Hände. Für sie bin ich unsichtbar. Ich kann alles tun, was ich will.

Gerlos,
Österreich

Frühlingsferien

17 Tage zuvor

TAG: -17

ZEIT: 16:24 Uhr

»O mein Gott!« Loulous laute Stimme schmettert durch das Appartement. »Das muss ein Albtraum sein. Wake me up, please!« Ihr Blick huscht über die vergilbten Vorhänge, die Miniküche, den verschlissenen grauen Fußboden, das klapprige Sofa. »Hier sieht's ja aus wie im hinterletzten Sozialkaufhaus!«

Mit Schwung reißt Loulou eine Tür auf. »Igittigittigitt. Das ist mit Abstand das dreckigste Badezimmer, das ich je in meinem Leben gesehen habe! Und der Geruch! Es stinkt nach Scheiße.«

Über Loulous Schulter spähe ich in ein Badezimmer, das kaum größer ist als ein Schrank. »So schlimm ist es doch nicht«, sage ich und versuche den schmuddeligen Duschvorhang und das stinkende WC zu ignorieren.

»Ich hätte Flipflops mitnehmen sollen«, seufzt Robin. »Du glaubst doch nicht, dass ich hier barfuß rumlaufe?«

»Angst vor Fußpilz?«, fragt Madelief.

»Echt jetzt, hör auf.«

Loulou ignoriert sie und geht zur nächsten Tür. »Was wird hier wohl drin sein?« Wieder reißt sie die Tür auf. »Ah, ein Schlafzimmer.«

Robin, Madelief und ich drängen uns hinter ihrem Rücken zusammen. Leicht benommen lasse ich meinen Blick durch den Raum gleiten. Ein Etagenbett, ein Schrank und graue Vorhänge vor dem Fenster. Nicht gerade gemütlich, aber auch nichts Schlimmes. Erleichtert atme ich auf.

»Bisschen ranzig«, Loulou rümpft die Nase.

Innerlich stöhne ich auf. Was hat sie denn jetzt schon wieder?

Loulou zieht eine Decke vom unteren Schlafplatz. »Schaut mal! Alles voller gelber Flecken. Die ganze Matratze ist voll davon. Kotze, Spucke, Sperma – das kann alles Mögliche sein.«

»Hör auf, Loulou.« Robin schüttelt sich. »Das ist wirklich zu eklig.«

»Zu eklig? Das ist die Wahrheit.« Loulou schaut sich um. »Wo ist eigentlich das andere Schlafzimmer? Ich sehe keine weiteren Türen.«

Robin und Madelief drehen sich um.

»Jetzt, wo du es sagst«, murmelt Robin. »Es war doch ein Dreizimmer-Appartement, oder?«

Der Beschreibung im Internet nach schon.

Tolles Dreizimmer-Appartement, großzügiges Schlafzimmer mit Etagenbett. Das praktische zweite Schlafzimmer hat ein bequemes Doppelbett und lässt sich leicht vom Wohnbereich abtrennen.

Aber wo ist dann die Tür? Verwirrt schaue ich mich um. Und dann sehe ich es. Ein schmuddeliger zugezogener Vorhang neben der Garderobe. Oh nein, bitte lass es nicht wahr sein!

[...]